ベリーズ文庫

ツンデレ社長の甘い求愛

田崎くるみ

STARTS
スターツ出版株式会社

目次

ツンデレ社長の甘い求愛

我が社のボスと闘う日々……6
華麗なるオン・オフ生活の実態……27
癒し系男子がやってきた！……40
傲慢社長の意外な素顔？……56
恋が始まる予感？……70
傲慢社長と偵察カフェデート……91
不穏な影が迫ってきています……117
不意打ちの優しさは反則です！……141
衝撃の真実……153
傲慢社長の意外な過去……169
彼の意外な一面に触れた時……186

温もりに包まれたい……218
とんでもない噂が流れてしまいました……227
出張ラブパニック……248
このまま好きでいても、いいですか？……276
後悔してほしくない……287
送られてきた社内メール……303
ピンチを救ってくれたヒーロー……320
まるごと愛して……354
特別書下ろし番外編
未来は幸せで満ち溢れている……372
あとがき……388

ツンデレ社長の甘い求愛

我が社のボスと闘う日々

お花見シーズン真っただ中の四月上旬。

地上二十階にある会議室のガラス張りの窓からは、夕陽が差し込んできた。

経営幹部も出席する社内戦略会議が始まった頃には、太陽はまだ空の高い位置にあったはず。それだけ会議の時間が押しているのだ。

その原因は、この会議に出席している二十二名全員がわかっている。お偉いさんからズラリと並ぶ席順の、一番奥にいる人物のせいだ。

「いっ、以上で第二企画部のプレゼンを終了します」

第二企画部所属の同期である仙田光輝《せんだこうき》のプレゼンは、彼より前に発表した社員同様、緊張と恐怖心からか、与えられていた時間を大幅にオーバーし、おまけに度々噛《か》んでしまうという失態の中で終了。

爽《さわ》やかで好青年な彼の顔は、不安で押し潰されそうだ。

そして誰もが、ただひとりの人物の反応を待っていた。

書類をパサリとめくる音が異様に響く中、注目の人物はいよいよ口を開いた。

「おい、これは本当に第二企画部全員で、知恵を振り絞って出した企画書か？」

「はっ、はい！」

低く威圧的な声に、仙田くんは途端に慌てだす。

威勢よく返事をしたものの、それが地雷に触れてしまったらしい。

バンッと机を叩《たた》く音に、思わず肩がすくんでしまった。

「こんな企画を通せるわけねぇだろうが！　そもそも、なんだこれは！　購買層に合わせたコンセプトに、かけ離れているだろう！　こんなの却下だ、出直してこい‼」

「すっ、すみませんでした‼」

きっちり九十度に頭を下げ、逃げるように席に戻る仙田くんに、会議に出席している全員から憐《あわ》れみの眼差《まなざ》しが向けられた。

ここは『株式会社フラワーズ』。誰もが知っている大手菓子メーカーの本社ビルだ。

主に菓子の製造を行っている我が社は、全国各地に支社や製造工場があり、近年では飲食店やホテル事業まで展開している。総社員数約八千人。都心の一等地にそびえ立つ、二十四階建ての本社ビルでは、約三百名の社員が働いている。

そしてたった今、会議室内を凍《い》てつかせた人物は、今井大喜《いまいだいき》、三十歳。二年前、彼の父親である前社長が交通事故で亡くなり、今は彼が社長の座に就《つ》いている。

不慮の事故とはいえ、現社長はそれまで別の会社にいたため、突然の就任に、反対する声は特に幹部から多かったらしい。

けれど聞くところによると、大学在学中より海外企業でインターンシップ経験済《ず》み。卒業後も海外に渡り、前社長の右腕になるべく大手菓子メーカーを渡り歩いて経験を積み、いくつものヒット商品の発案、製作に携わっていたらしく、仕事がデキる人だと社内で騒がれていた。

就任後、噂《うわさ》通り実力を発揮していった今井社長に、今では誰も文句を言う者はいない。いや、『いない』というより『言わせてもらえない』と表現したほうが、正しいかもしれない。

とにかく、今井社長は自分にも他人にも厳しく、ひと筋縄ではいかない人だから誰も逆らえないのだ。

そんな今井社長だけれど、女子社員からの人気はすさまじい。

身長約百八十センチ。スラリと伸びた手足と、健康的に引き締まった身体つき。目にかかる少し長めの黒髪は崩れないよう、いつもワックスできっちりと固められている。

口を開かなければ、誰もが見とれてしまうほどの整った顔立ち。おまけに若き社長とくれば、女性が黙っているはずがない。性格に多少難ありでも、顔がよくてハイスペックとくれば、当たり前なのかもしれないけど。

さて、第二企画部のプレゼンが終わったということは、いよいよ私たちの番だ。

私はお茶を飲んで喉《のど》を潤《うるお》す。戦闘態勢に入らなくては、今井社長を納得させられないから。

ひとり気合いを入れる私、馬場《ばば》かすみ、二十八歳。

身長百六十センチのやせ形。ショコラブラウンにカラーリングされたロングヘアを、仕事中は後ろできっちりひとつにまとめている。

周囲からは『スタイルいいね』なんて褒《ほ》められるけれど、昔からいくら食べても太れない体質が悩みであり、普通より小さな胸がコンプレックスだったりする。

フラワーズに勤めて早六年目。系列の飲食店などでの研修を経て配属された先は、第一企画部。我が社の企画部は私が所属する第一企画部から、第四企画部まであり、私の部署では主に、チョコレート菓子の企画発案を行っている。

企画部での仕事はやりがいがある。まずは徹底的に情報収集を行い、商品のターゲット層やコンセプト、競合商品との差別化、価格設定、販売コストの算出、販売戦略などを考え、部署内でアイデアを出し、会議を重ねながら企画書にまとめていく。

それを経営幹部も出席する社内戦略会議でプレゼンし、そこで経営幹部……いや、今井社長にＯＫをもらえれば、やっと開発に着手できるわけだけど……。

「ばっ、馬場さんどうしようか……！　次はいよいよ俺たちの番だよ」

「松島《まつしま》主任、しっかりしてください」

小声でコソコソと励ましている相手は、私の直属の上司である第一企画部主任、松島渉《わたる》。私より一年先輩の二十九歳だ。

これがまたとことん頼りない上司で、何度もプレゼンを経験してきたというのに、緊張で手が震《ふる》えている。

「だっ、だって今日の今井社長……！　すこぶる機嫌悪そうじゃないか。あれではもう、却下される可能性大だよ」

「なに言っているんですか！　私は絶対通しますよ、この企画」

用意した資料を手に立ち上がると、松島主任は途端に慌てだした。

「え、馬場さん待って！　まだ心の準備がっ……！」

「準備もなにも、さっさと始めないと怒られますよ」

小声ながらも、声に力が入ってしまう。

進行役員が「第一企画部、お願いします」と言う頃には、私は会議室の奥、今井社長の近くへと向かっていた。

頼んでおいた資料が出席者に配られていく様子を見ながら、プレゼン場所に立つ。松島主任にはプレゼンで使用するスライドを、パソコンで操作してもらうことになっている。普通、役割は逆じゃないの？って言われてしまいそうだけど、これがベストなのだ。

ズラリと目の前にかまえる重役たち。その中心にいるのが最大の敵、今井社長だ。

私は小さく深呼吸をし、笑顔を取り繕《つくろ》った。

「第一企画部の馬場です。本日はよろしくお願いします」

「なんだ、またお前か」

挨拶《あいさつ》をすると聞こえてきたのは、今井社長のため息交じりの声。

ええ、そうです。また私です。それというのも、すべてあなたのせいですよ！

プレゼンは各企画部の代表二名で、主に発案者が行うことになっているけれど、今井社長が怖くて誰もやりたがらないから、私がいつもこの役を任される。

もちろんそんなことは言えるはずもなく、癇《かん》に障る言葉にピクリと眉《まゆ》が反応しつつも、笑顔を貼りつけた。

「よろしくお願いします」

頭を下げると、今井社長は素っ気なく「始めろ」とひと言。

もちろん言われなくても始めます！と心の中で叫んだあと、プレゼンを始めた。

私たちが今回提案するのは、我が社の主要商品のひとつでもある、『フラワーチョコレート』の冬限定フレーバーだ。

フラワーチョコレートは、発売されて今年の冬で三周年を迎える人気商品。

名称通り、花になぞらえたパッケージとオシャレなデザイン、ちょっと小腹が空《す》いた時に食べるのにちょうどいい内容量と糖質で若い女性を中心に人気を博している。

女性の心をくすぐるように、チョコレートはそれぞれ花の形になっており、ランダムに掲載されている花言葉も好評だ。

ミルクとストロベリー、ホワイトの三種類があるけれど、季節ごとに限定フレーバーを発売している。今回は三周年を迎えるということで、気合いの入った企画書を全員で仕上げた。

それを、この社長様の鶴のひと声でパアにしたくない。ポイントを押さえてプレゼンしていく。

「以上で、第一企画部のプレゼンを終了いたします」

会釈《えしゃく》をすると、書類をパラパラとめくる音が聞こえてきた。

経営幹部の顔色を見た限りでは、まずまずの評価なはず。問題は今井社長だ。彼はどんなに納得がいかない内容でも、決して途中で口を挟《はさ》むことなく最後まで耳を傾けてくれる。でも常にポーカーフェイスで、なにを考えているのかわからない。

ドクンドクンと心臓を高鳴らせながらゆっくり頭を上げると、鋭い眼差しの今井社長と早速、視線がかち合ってしまった。

うっ……来る！と思ったのと同時に、彼の口が開いた。

「記念すべき三周年限定商品なのに、通常より高い価格に設定されているが、これで客は買ってくれると思うのか？」

「はい、むしろ三周年だからこそ、ターゲットである働く女子に自分へのプチご褒美《ほうび》として買っていただけるよう、この価格にしたんです。その分、素材にとことんこだわりました」

すぐに言葉を返すと、今井社長は眉をひそめた。

なにか言われる前に、一気に攻め込んでいくしかない。

「働く女性の間でプチ贅沢《ぜいたく》が流行《はや》っているのは、今井社長もご存知ですよね？　少しくらい高くても、買ってくれるはずです。それに見合った味にさせます‼」

力説すると、経営幹部たちは顔を見合わせた。そして肝心の今井社長は……。

いつの間にか会議室内にいる全員が、今井社長に視線を向ける。

今井社長が就任してからプレゼンのたびに思うことだけど、この〝間〟でなんとも言えぬ緊張感に襲われるんだよね。けれど、伝えるべきことは伝えられた。あとは今井社長の判断を待つだけだ。

バクバクと心臓が波打つ中、彼が口を開くのを待つ。

すると、今井社長は目を通していた企画書を机の上に置いた。

「コストや販売戦略面で、詰めが甘い箇所がある。そこは今後、徹底的に改善しろよ」

ぶっきらぼうな言い方だけれど、それはつまりゴーサインを意味している。

張りつめていた空気が一気に緩み、私は満面の笑みを浮かべて、大きく頭を下げた。

「ありがとうございます！」

よかった、本当によかった‼　これで胸を張って部署に戻れる。皆にも喜んでもらえるはず。

嬉しそうに小さくガッツポーズする松島主任の姿を見て、ホッと胸を撫《な》で下ろした。

無事に社内戦略会議を終え、六階にある第一企画部のオフィスに戻ると、結果を聞いた皆は嬉しそうに顔を綻《ほころ》ばせた。

第一企画部には私を入れて十五名が在籍している。広々としたオフィスには給湯室やミーティングルームも完備されていて、仕事をしやすい環境が整っていると思う。

「あぁ～、よかったです！　連日、残業した甲斐がありました」

「それもそうですけど、なんといってもかすみ先輩がプレゼンしてくれたからですよ！　これが松島主任だったら、って考えてみてください。絶対通りませんでしたよ」

愉快そうにゲラゲラ笑う後輩たちに、松島主任は半泣き状態だ。

「皆ひどいじゃないか。そこまで言わなくても……！」

「だって本当のことじゃないですか」

「そうですよ」

口々に言われ、松島主任は撃沈状態。

第一企画部の雰囲気はいつもこんな感じで、とにかく皆仲がいい。

今はこんなだけど、仕事上でのメリハリはきっちりしている。なんだかんだ言いつつ、皆松島主任のことを尊敬しているし、大好きだからこその言動なのだ。

遠巻きに皆の様子を見ていると、背後からポンと肩を叩かれた。

振り返ると、そこには上機嫌の部長の姿。

「いや～馬場くん、今回のプレゼンも素晴らしかった!!　私も鼻高々でいられるよ」

ガハハ！と威勢よく笑う我が第一企画部の部長は、御年《おんとし》四十五歳になる中堅社員だ。今井社長に代わってから、企画部内で大きな人事異動があった。

それまでの企画部は、ベテランがズラリと顔を揃《そろ》える、いわば花形部署のひとつだった。それが今井社長になってから、新しい発想を求めたいという理由で、若手社員をメインに構成された。

入社当時から企画部に配属されていた私としては、はっきり言って今のメンバーでの仕事は非常にやりやすく、やりがいがある。

以前はベテラン社員の意見をもとに企画書を作っていたが、今は違う。ベテランも新人もお互い意見を出し合って、〝経験が少ないから〟といった理由で、自分の案が通らないことは決してない。

なによりチームワークのよさが、一層やる気を与えてくれている。

そこは人事異動を発案してくれた今井社長に、悔しいけれど感謝している。おかげさまで、日々、好きな仕事に全力で打ち込むことができているのだから。

「ようし、今日はお祝いだ！　皆で飲みにでも行くか！　もちろん奢《おご》るぞ」

「え、本当ですか⁉　さすが部長！」

「やったぁ！」

歓喜に沸く皆とは違い、ひとり身体がビクリと反応してしまう。

「かすみ先輩も、もちろん行きますよね!?」

三つ下の後輩のひとり、亜美《あみ》ちゃんが目を輝かせて聞いてきたものだから、ますますうろたえてしまう。

「えっと……その、悪いんだけど、今日はちょっと……」

いつものごとく薄ら笑いでやんわりと断ると、皆のテンションはガタ落ち。

明らかに私が雰囲気を台無しにしているとわかってはいるけれど、ここは丁重にお断りさせていただこう。

「きょ、今日は……彼とずっと前から会う約束をしていて……」

毎度のこととなっている断り文句を言うと、皆は顔を見合わせ、「それなら仕方ないですね」と言ってくれた。

「本当にごめんなさい。次はぜひ参加させていただきますね」

「え〜、かすみ先輩、絶対ですよ。楽しみにしていますからね」

「ありがとう」

残念ながら、可愛い後輩のお願いを叶えてあげられる日は遠いです。ごめんよ。

それから終業時間の十七時半でそれぞれ雑務を終え、今日ばかりは皆定時でオフィスをあとにした。

「馬場くん、また来週」

「お疲れさまでした」

皆と一階のエントランスで別れた。

部長率いる第一企画部の面々は、本社ビルの地下一階に入っている行きつけの居酒屋へ向かったようだ。

エントランスで皆を見送ったあと、どっと気だるさが襲ってきた。

「疲れた……」

人の波に乗り、駅へと向かっていく。これから満員電車に十五分も乗らなくちゃいけないのかと思うと、憂鬱《ゆううつ》になる。

本社ビルと最寄り駅は目と鼻の先。定期を取り出し、改札口を抜けた時だった。

「あれ、馬場？」

「あっ、仙田くん？」

すぐ隣を第二企画部の仙田くんが歩いていた。ふたりで邪魔にならない場所に移動すると、仙田くんが不思議そうに聞いてきた。

「今日、第一全員で飲み会って聞いたけど、馬場は行かないのか？」

「うん、ちょっと……」

言葉を濁《にご》すと、仙田くんは察してくれたのか、小さく肩を落とし「そっか」と呟《つぶや》いた。

「俺はこれから営業の佐久間《さくま》たちに慰《なぐさ》め会をやってもらうんだけど、馬場は誘っても来ないだろ？」

確信を得た表情で聞いてきた彼に、私は顔の前で両手を合わせた。

「……ごめん」

せっかく誘ってもらったのに申し訳ないけど、参加はできないや。

謝ると、仙田くんはすぐに明るい声で、「気にするな」って言ってくれた。

「ダメ元で誘っただけだから。……それに理由はなんとなくわかるしな。あれだろ？噂の彼氏と約束でもしているんだろ？」

「まぁ……」

疑うことを知らない顔で言われちゃうと、心が痛い。

目を泳がせながらも答えると、仙田くんは小さく息を漏《も》らした。

「やっぱりな……。悪かったな、約束あるのに引き止めて。また今度時間が合えば、昼飯一緒に食べようぜ。そこで愚痴《ぐち》を聞いてくれよ」

「うん、了解！」

二十人いる本社勤務の同期の中でも、仙田くんとは同じ企画部所属ってことで、入社当時からなにかと仲良くさせてもらっていた。

「言ったからな？　約束だぞ！」

「わかってるってば」

再三私に念を押すと、仙田くんは「お疲れ」と言って、人混みの中へ消えていった。

仙田くんのことは好きだ。気軽に話せるし、時にはお互いの愚痴を話したり、相談し合ったりできるし。

仙田くんの姿が見えなくなると、私もホームへ向かっていく。

帰宅ラッシュの今、かなりの混雑ぶりだ。

さっきの断り方、大丈夫だったかな？

誘ってもらえるのは嬉しい。部署内の飲み会にだって、本当は参加するべきなのかもしれないけれど……。

お酒に弱い私は一杯飲めば充分なのに、第一企画部の人たちは酒豪が多く、彼らに合わせて無理して飲まなければいけないことも少なくない。いったん参加すると、遅くまで付き合わされてしまうし。だから、外でお酒を飲むのはあまり好きではない。

それに、同期は仙田くんのように仲のいい人ばかりじゃなく、一部の男子たちは、私が仕事で結果を出すのが面白くないみたいで、よく私の陰口を言っているようだ。

今日来る同期たちが誰かはわからないけれど、とりあえず名前が挙がった営業部の佐久間くんは、私をひと際ライバル視しているから苦手。

そんなわけで、私は会社の飲み会にはあまり参加していない。

毎回断る理由に悩み、辿り着いた手段が〝架空彼氏〟の存在をちらつかせることだった。これが意外と、一番いい断り方だったりするんだよね。

まぁ……その結果として、私が付き合っている彼氏がいつの間にか、噂でとてつもなくハイスペックな男になっているようだけど。

別に誰かに紹介するわけではないし、所詮、噂は噂。周りになんて思われようが、気にしなければいいだけの話。それに家で愛《いと》しい存在が待ってくれているっていうのは、嘘《うそ》じゃないし。

その存在のことを考えると、自然と足取りは軽くなり、エスカレーターではなく階段を利用してホームへ上がっていった。電車待ちの列に並び、週末の過ごし方に思いを巡らせていると、急に横から聞き覚えのある声がした。

「飲み会に参加するのも、立派な仕事のひとつだと思うが」

「ひっ⁉」

耳にインプットされている忌《い》まわしい声に、悲鳴にも似た叫び声をあげてしまった。

「おい、なんだその声は。俺はバケモノか？」

「めっ、滅相もございません！」

咄嗟《とっさ》に首と両手を左右に振るも、頭の中はパニック状態。

それもそのはず、隣にいたのは眉間に皺《しわ》を寄せ、いかにも〝怒っていますオーラ〟をまとっているあの今井社長だったのだから。

どうして今井社長がここにいるの⁉　確か、毎日運転手付きの車で通勤しているはずじゃなかった？　それに、ちょっと待って。さっき今井社長、『飲み会に参加するのも立派な仕事だ』とかなんとか言っていなかった？

「俺が公共機関を利用したら、悪いか？」

気に食《く》わなそうに眉を吊《つ》り上げる今井社長に、たまらず大きな声が出てしまう。

「えっ⁉」

「たまたま聞こえてきた話に、上司として助言することが間違っているのか？」

「えぇっ⁉」

「いちいち、うるさい」

大きく反応してしまった私に、彼は心底うんざりした顔で言った。

「お前ら、声がデカすぎる。まさか新製品についても、外であれくらいのボリュームで話しているわけじゃないだろうな？」

「そっ、そんなわけないじゃないですか！」

威圧感のある睨《にら》みに怯《ひる》みつつ否定するけれど、今井社長はいまいち信用していないご様子。

それにしても、最悪だ。まさか話を聞かれていたとは。いや、誰だってこんなところで今井社長と鉢合わせするとは、夢にも思わないはず。

けれど出くわしてしまったものは、仕方ない。とりあえず今のこの耐えがたい空気を打破《だは》しなくては……と思い、プレゼンの時のように笑顔を取り繕った。

「どうして、本日は電車にお乗りになるんですか？」

社長なんだから、無駄に高い高級車にでも乗って帰りなさいよね！と心の中でツッコミを入れながら、聞いてみる。

すると、呆《あき》れた眼差しを向けられた。

「お前の脳みそは、ただのアクセサリーか？」

「……はい？」

一瞬にして、顔が強張《こわば》ってしまう。

えっと……今井社長ってば、今なんて言った？　私の思考回路が正常ならば、全力でバカにされた気がするんだけど。

「俺がわざわざ電車を使う理由くらい、少し考えればわかることだろ？　今の時間、一般道路は渋滞している。このあと、遅刻できない大事な打ち合わせが入っているから、電車を利用しているんだよ」

腕を組み、不愉快そうにムッとした顔で「わかったか、能無し」とつけ足す今井社長に、笑ってなどいられなくなった。

いやいや、そんなのこんな短時間で推測できるわけないじゃない！　そもそも、今井社長に大事な打ち合わせがあること自体、知らなかったし。

ワーッと言い返したい気持ちを、グッとこらえる。

「それと、せっかく同期の仙田が誘ってくれたのに断るなんて、もったいないぞ。同期なんて一番気軽に話せる相手だろ？　仕事が多少デキても人付き合いが下手じゃ、どうしようもないな」

ニヤリと笑い、今井社長はまるで人をバカにしたような顔で見下ろしてくる。

言われなくても理解していますよ、それくらい！　ですが、こっちにだっていろいろと理由があるんです！　私のことなんてなにも知らないくせに、偉そうに言わないでほしい。

唇をギュッと噛みしめてから、「ご忠告、ありがとうございます」と伝えると、ちょうど電車がホームに到着し、乗客が次々と乗り込んでいく。

けれど私は、そっと列から離れた。

今井社長がどこまで行くのかわからないけれど、たとえひと駅だけだったとしても、同じ電車になんて乗りたくない。

「お疲れさまでした。私は次の電車で帰ります」

無言で立ち去るわけにもいかず、頭を下げると、今井社長はこちらを見ることなくひと言「お疲れ」と言葉を残し、満員に近い電車に乗り込んだ。

すぐにドアが閉まり、走りだす電車。

それを見送ったあと、また少しずつホームに人が増えていく。

悔しい。今井社長はいつもそうだ。自分の考えが一番正しいと疑うことなく、ズバズバ言ってくる。

皆それぞれ事情を抱え、いろいろな思いや悩みを抱きながら、毎日生きているのに、それを知ろうともしないで、いつもいつも……！

会議の時はなにを言われたって我慢《がまん》できるし、聞き流せる。でも、完全にオフの時に言われると、ムカッとくる。

今井社長は、仕事面では尊敬できるけれど、人間性の面では受けつけない。

どうして女子社員が皆、口を揃えて『素敵！』って言うのか理解できない。私だったら、絶対お断りだ、あんな男！

悔しい思いを抱えながら、家路についた。

華麗なるオン・オフ生活の実態

　都心部から少し離れた高級住宅街の一角に、私が住む賃貸マンションがある。地上十階建ての、目を引くオシャレな外観。セキュリティ面も万全で、コンシェルジュが常駐している。

　また、ペット可ということで、多くの愛犬家が住んでおり、近くを散歩していると、同じマンションの住人とバッタリ遭遇、なんてことも日常茶飯事《さはんじ》だった。

　私が住む部屋は、最上階である十階の角部屋。

　今井社長と別れてから意気消沈していたけれど、玄関のドアの先に愛しい存在が待ちかまえているかと思うと、気持ちは浮上していった。

　ガチャリと鍵《かぎ》を開けると、すぐにこちらに駆け寄ってくる足音が聞こえてきた。

「ただいま、カイくん！」

　嬉しそうに尻尾を振って私にすり寄ってきたのは、愛犬のカイくん。大型犬であるラブラドールレトリバーの黒、俗に言う、黒ラブの三歳のオスだ。

「お利口にしていた？」

パンプスも脱がずにしゃがみ込み、カイくんの頭をガシガシ撫でていると、リビングのほうからペットシッターの佐藤《さとう》さんが顔を覗《のぞ》かせた。

「おかえりなさい、かすみちゃん。今日は早かったのね」

「はい、今日は残業せずに済んだので」

パンプスを脱いでカイくんと一緒にリビングへ行くと、朝、家を出た時とは違い、部屋が綺麗になっていた。流し台に置きっぱなしにしていた食器も片づいている。

「すみません、いつも……」

申し訳なくなって謝るものの、佐藤さんは笑顔で首を振った。

「なに言ってるの、由美子《ゆみこ》さんにも頼まれているし、長い付き合いでしょ？　いちいち気にしないの！」

気さくな人柄の佐藤さんは五十代で、子育てが一段落したあと、ペットシッターとなった。そんな彼女に、私はずっとお世話になっている。

カイくんだけではなく、私の世話までしてもらっていて、いつも頭が上がらない。

「あっ、そういえば、日中に由美子さんが来たのよ」

「え、由美子伯母《おば》さんが？」

「ええ。今日仕事が終わったら、また夜に来るからねって伝言を託されたわ」

私の母の姉である伯母、長日部《おさかべ》由美子さんは、御年五十八歳になる。若い頃に旦《だん》那《な》さんを亡くし、女手ひとつでひとり息子を育ててきた。従兄は私より五歳年上で、すでに結婚し、幸せな家庭を築いている。

由美子伯母さんは、バリバリの女社長だ。通販会社のほか、マンションや飲食店の経営にも着手しており、年商数十億円。

実は私が住むこの部屋も、由美子伯母さんが経営する賃貸マンションの一室だったりする。社会人になって田舎から上京してきた私に、ただで貸してくれているのだ。

上京したての頃は一緒に住んでいたのだけど、恋多き女である由美子伯母さんは、今はひと駅先にある高層マンションで、彼氏と同棲《どうせい》中。３ＬＤＫの広すぎる部屋でひとり過ごすのは寂しくて、カイくんを迎え入れたのだ。

佐藤さんは、もともと由美子伯母さんが飼っていた愛犬のペットシッターだったけれど、伯母さんの愛犬はカイくんを招き入れてすぐの頃、亡くなってしまった。

それ以降、由美子伯母さんは『別れがつらいから』とペットを飼っていない。私が仕事とカイくんの世話を、両立できるか心配してくれて、佐藤さんを紹介してくれたのだ。

話を持ちかけられた時、ふと気になってペットシッター代の相場を調べてみたところ、かなりの額がかかることを知り、最初は断った。けれど由美子伯母さんに『私が紹介したんだから、料金は全額払う』と半ば押しつけられたかたちで、お願いすることになった。

それでも申し訳なくて、毎月由美子伯母さんに全額は無理だけれど、払える範囲でペットシッター代を支払っている。

そんなわけで、平日は佐藤さんに朝八時半からのカイくんの散歩と、夕方十六時から二十時までの世話をお願いしている。私が残業で遅くなる時は、カイくんの水を補給したり、ペットシーツを交換していったりしてくれる。

佐藤さんがどうしても来られない時は、もうひとりのペットシッターさんにお願いしていた。

おかげで、留守中もカイくんの心配をすることなく、仕事に打ち込むことができている。

「それじゃ、私はこれで」

「お疲れさまでした。気をつけて帰ってくださいね」

カイくんと一緒に佐藤さんを玄関先まで見送り、リビングに戻る。

「疲れたな、今日は」

着替えをするのも面倒でソファに腰を下ろすと、カイくんがすかさず隣に寄り添ってきた。そして「クゥーン」と可愛い鳴き声で、甘えてくる。

あぁ、やっぱり家が一番落ち着ける。カイくんとふたりでは広すぎて、時々寂しくなってしまうこともあるけれど、仕事の疲れも今井社長のことも、帰ってきてカイくんを見たら一気に忘れてしまえるよ。

「わかったよ、カイくん。ちょっと待っていてね。着替えてきちゃうから」

カイくんの頭を撫でて、寝室でラフな服装に着替えたあと、向かった先は洗面所。コンタクトレンズを外したあと、バンダナで前髪を上げてメイクを綺麗サッパリ落としていく。

あぁ、この瞬間の解放感がたまらない。

洗顔フォームで顔を洗い、ぬるま湯で泡を流したあと、タオルで拭《ふ》いた自分の顔が、ぼんやりと鏡に映る。

見慣れたはずの自分の素顔を見ては、毎日のことながら苦笑いしてしまった。

「いつ見ても、まるで別人だよね」

よく『メイクで女は変わる』なんて言うけれど、私はまさにその言葉通りだと思う。

出勤前に、いつも一時間以上かけて施《ほどこ》しているメイク。それをすべて取っ払った今の状態で会社の人たちと会っても、向こうは絶対に私だって気づかないはず。

洗面所に置いてある分厚いレンズの眼鏡《めがね》をかけると、鏡に映った自分の顔が鮮明になった。

会社に行く時はくっきり二重《ふたえ》にしたうえ、つけ睫毛《まつげ》の効果で目が強調できていたけれど、メイクを落とすと、ほとんどない眉毛と一重《ひとえ》の細い目。口紅でごまかしていたけれど、本当は薄い貧相な唇《くちびる》……。

さらにこの眼鏡のおかげで、会社にいる時とは、全く違う人に見える。

後ろできっちりひとつにまとめていた髪をほどくと、天然のウエーブヘアが揺れる。眉毛がないのを隠すように前髪を下ろすと、オフの私のでき上がりだ。

飲み会に行きたくない、もうひとつの理由がこれ。

参加したはいいものの、メイクが崩れるような事態に陥ってしまったら……？　それを会社の皆に見られてしまったら？

「考えただけでも恐ろしい……！」

想像して、思わず身震いしてしまう。

一日結んでいたせいで、ゴムの跡がついてしまった髪をほぐしながらリビングへと戻ると、来客を知らせるインターフォンが鳴ると同時に、玄関の鍵を開ける音が聞こえてきた。

「かすみちゃーん、久し振りー！」

玄関から相変わらず陽気な由美子伯母さんの声がして、カイくんも気づいたのか「ワン！」と吠《ほ》えてお出迎え。

「久し振り。元気だった？」

「もちろんよ！　かすみちゃんも……相変わらずなのね」

リビングに入ってきた由美子伯母さんは、私を見るなり明らかに落胆の声をあげた。

そして上から下までまじまじと見ると、深いため息を漏らした。

「もー、かすみちゃんってば、オンとオフの差が激しすぎ。家でくつろぐのはいいけど、せめて休日はオシャレして外出しないと。でないと恋愛なんてできないわよ？」

「私にはカイくんがいるからいいの」

会うたびに聞かされる小言のせいで、もう耳にタコができそうだ。

由美子伯母さんは、やたらと私に『恋愛しなさい！』と勧めてくる。ソファに腰を下ろした私がカイくんの頭を撫でながら反発すると、由美子伯母さんはガックリうなだれた。

「まぁいいわ、炒飯《チャーハン》やエビチリをテイクアウトしてきたから、一緒に食べましょう。

かすみちゃん、ここの中華好きだったわよね？」

　掲げられた袋に書かれている店名に、テンションが上がった。

「さすが由美子伯母さん！　嬉しい！」

　語尾に音符マークをつけてお礼を言ったものの、途端に由美子伯母さんの表情は鬼のように険しく一変した。

「〝由美子伯母さん〟じゃなくて、〝由美ちゃん〟！　いつも言ってるでしょ？　伯母さんって呼ばれるの、好きじゃないって」

「……ごめんなさい」

　由美子伯母さん……もとい、由美ちゃんは実年齢より遥かに若く見える。スタイルもいいし、なによりオシャレで『いつまでも女性でいることが大切なのよ』と、よく言っている。

　早速、料理をテーブルに並べ、ふたりで向かい合って椅子に座り、手を合わせる。

　どれから食べようか迷いながらも箸《はし》を伸ばすと、由美ちゃんは呆れ顔で言いだした。

「若いつもりでいるかもしれないけど、かすみちゃん、もう二十八歳でしょ？　三十《みそ》路《じ》なんて目と鼻の先じゃない」

「由美ちゃん、せめて食事中はそういう話はやめてよー」

せっかくの美味《おい》しい料理の味が、落ちてしまう気がする。

箸を休めてジロリと見るも、由美ちゃんは悪びれた様子もなく話を続けた。

「あら本当のことじゃない。かすみちゃん、最後に恋愛したのはいつ？　確か大学生の時じゃなかった？」

図星を突《つ》かれ、身体がギクリと反応してしまう。

「それはまぁ……そうだけど、仕事始めちゃったからさ」

おかずをチマチマと口に運びながら言い訳すると、由美ちゃんは目を鋭く光らせ、身を乗り出してきた。

「なにが仕事よ！　彼氏を作ると、休日までメイクしたりオシャレに気を遣わなきゃいけないのが、面倒なだけでしょ？」

「うっ……！」

どこまでも見透かされていて、返す言葉が見つからなくなる。

「特にカイくんを飼い始めてから、引きこもりに拍車がかかってるわよ！　かすみちゃん、一度しかない二十代を無駄に過ごしていることに、いい加減気づきなさい！」

「と、言われましても……。やっぱり恋愛には興味ないし」

しどろもどろになりながら言うと、由美ちゃんは目を見開いて驚愕《きょうがく》した。

そりゃ私だって、青春時代はそれなりに恋愛してきた。メイクを覚えた高校生の頃から大学までは、むしろ恋愛中心の生活だった。

けれど社会人になったら、そうはいかなくなる。覚えること、やることがたくさんあって、日々の疲れはたまっていく一方。そんな中で恋愛する余裕なんてなかった。

おまけに由美ちゃんの言う通り、カイくんを飼い始めてからは、恋愛への興味がより一層薄れていった。

だって家に帰れば、私を癒《いや》してくれるカイくんがいるもの。いつもそばにいてくれるし、可愛い顔で甘えてくれるし……。

カイくん以上に私を心安らかにしてくれるリアル男子なんて、この世にいないと思っている。だから休日くらい、家で大好きなカイくんとゴロゴロしていたい。

「心配してくれる気持ちは嬉しいけど、今の生活に満足していて幸せなの」

会社にはストレスを与えてくる今井社長がいるけれど、仕事はやりがいがあって大好きだし、目一杯打ち込めていて楽しい。

「だから心配しないで。それよりも由美ちゃんは自分のことを考えてよ。そろそろ彼氏さんと再婚してもいい頃じゃないの？」

由美ちゃんには、付き合ってもう三年になる同い年の彼氏がいる。相手も若い頃に奥さんを亡くされたとか。私も一度会わせてもらったことがあるけれど、とてもダンディで優しくて素敵な人だった。

「そうよ、だからこそ、心配しちゃうんじゃない。かすみちゃんがお嫁に行かないと、私も安心して結婚できないわよ」

厳しい口調だけど、由美ちゃんは眉尻を下げていて、本気で心配してくれているのがわかる。

「もー、そんなこと言ってぇ」

由美ちゃんの気持ちは嬉しい。娘がいないからか、私のことは昔から本当の娘のように可愛がってくれていた。

成人した今も、こうしてなにかと気にかけてくれているし、よくふたりで食事に行ったり出かけたりもしている。姪《めい》と伯母だけど、私と由美ちゃんは母娘《おやこ》のような、姉妹のような、友達のような……ひとくくりにはできない関係を築いてきた。

「彼氏ができたら、一番に紹介しなさいよね」

「うん」

そんな日が訪れるのは遠いだろうけど、いつかこんな私をまるごと愛してくれる人が現れたら、約束通り、一番に由美ちゃんに紹介しよう。

それから食事を済ませ、会話に花を咲かせていたら、あっという間に時間が過ぎていき、気づけば二十二時を回ろうとしていた。

明日も仕事がある由美ちゃんは慌てて帰り支度をし、カイくんと玄関先まで見送っていた時、由美ちゃんが急に思い出したように言う。

「あっ、そういえば明日、お隣さんが引っ越してくるから。一応報告」

「そうなんだ。今度の人は長くいるのかな？」

「どうだろうねぇ」

都内でも、そこそこいい立地条件の場所に立つマンション。最上階ともなると、毎月の家賃はなかなかのもの。

下の階の住人は定住している世帯がほとんどだけど、最上階だけは裕福な人たちがペットと週末を過ごすためだけに借りていたり、長期出張の際にペット同伴で暮らす、といったケースばかり。一ヵ月で出ていってしまう人も少なくなかった。

近所付き合いなんて皆無だけど、毎回誰かが引っ越してくるって聞くと、ちょっとわくわくしてしまうのも事実。短い期間でも隣で暮らす人なのだから。

「なにもないと思うけど、もしおかしなことがあったらすぐに連絡しなさいね」

由美ちゃんは、どこまでも心配性だ。

「うん、わかったよ。気をつけてね」

「また今度ゆっくり一緒に出かけましょう」

そして、玄関のドアがパタンと閉められた。

カイくんとふたりっきりの日常に戻っただけだというのに、由美ちゃんが帰ったあとは毎回寂しさを感じてしまう。

「さて、と！　明日はカイくんと公園でゆっくり遊びたいし、今日は早めに寝ようね」

「ワン、ワン！」

気を取り直してしゃがみ込み、カイくんに話しかけると、まるで『そうだね』と言うように吠えられて心が和んだ。

明日は少し遠くの公園まで行ってみようかな。

そんな風に考えながらお風呂に入り、寝る準備をして早めにベッドにもぐり込んだ。

癒し系男子がやってきた！


カーテンの隙間《すきま》から朝日が差し込んできた。

寝室にリラックス効果のあるラベンダーの香りが漂う中、ドアの向こうからは、カイくんの鳴き声が聞こえてくる。

お腹が空いたのかもしれない。まずカイくんにご飯をあげないと。

カイくんの散歩は、平日は佐藤さんにお願いしているけれど、休日は自分で連れていくようにしている。

八時半の朝の散歩に間に合うよう、昨夜は目覚ましを七時半にセットして、ベッドに入ったはずなんだけど……ベッドから出て眼鏡をかけ、ふと時間を確認した途端、目を疑ってしまった。

「嘘っ！　もう十時⁉」

ギョッとし、急いで寝室を飛び出した。どうやら、目覚まし時計はしっかりと鳴っていたようだけど、無意識に止めてしまっていたみたいだ。

リビングへ行くと、カイくんがゲージの中で吠えていた。

「ごめんね、カイくん！　今ご飯の用意するからね」

急いで準備をし、すぐにカイくんの前に出すと、待ってましたと言わんばかりに勢いよく食べ始めた。

「本当にごめんね」

ガックリうなだれていると、インターフォンの音が鳴り響いた。

「あれ？　誰だろう」

ドアフォンのほうへ行き、モニターを見ると、そこには見覚えのない男性が映っていた。

「……はい、どちら様でしょうか？」

通話ボタンを押して恐る恐る問いかけた瞬間、「ワンワン！」と上機嫌で吠える犬の声が聞こえてきた。

『わっ！　こらラブ！』

途端に慌てだした三十代くらいの男性は、すぐにモニターから見えなくなった。

そして、いつの間にか餌《えさ》を完食していたカイくんも、触発されたのか鳴きだして、玄関に出たそうにリビングのドアをガリガリし始めた。

「あぁ！　ちょっとカイくん！　少々お待ちください！」

見知らぬ男性に、犬の鳴き声。そして昨夜聞いた話……。

彼は多分、今日隣に引っ越してきた人だろう。わざわざ挨拶に来てくれたのかもしれない。

リビングのドアを開けると、一目散に玄関へと向かっていくカイくんのあとを追うものの、ふと思いとどまる。

そういえば、今の私の姿、完全に寝起きバージョン。このまま初対面の人に会うべきではないのでは……？　せっ、せめて寝癖《ねぐせ》は直すべきだよね？

回れ右をし、手櫛《てぐし》で髪を整えながら洗面所に向かおうと一歩踏み出したけれど……。

吠えながら、『早く開けて』と言わんばかりにドアを前足でガシガシ押すカイくんに、足が止まってしまう。

おまけに、向こうのワンちゃんも早くカイくんに会いたいようで、ドア越しに吠えていた。

「えぇい！　もうどうにでもなれ‼」

所詮はお隣さん。ただ挨拶に来てくれただけだろうし、どんな格好でもいいよね。

やけくそで寝起きの格好のまま、玄関のドアを開けた。

「すみません、お待たせしまし……たっ⁉」

「ワンッ‼」

玄関を開けると同時に私に飛びついてきたのは、カイくんと同じラブラドールレトリバー。

私は勢いそのままに、後ろに尻餅《しりもち》をついてしまった。

「こら、ラブッ！」

すぐに男性によって引き離されたが、ワンちゃんの興奮状態は継続中で、今度はカイくんに興味津々。カイくんと同じ犬種だけど、向こうは茶色のチョコラブだった。

あぁ、可愛い……！　あんなに尻尾を振って嬉しそうで。しかもカイくんも嫌がる様子はなく、お互いのお尻の匂いを嗅《か》ぎ合っている。

そんな二匹の様子を、尻餅をついたまま見つめていると、目の前に大きな手が差し出された。

「すっすみません、うちのラブが。大丈夫ですか？」

「あっ、はい」

咄嗟に差し出された手をつかむと、軽々と立たされた。

「本当にすみませんでした」

少しぎこちない様子で深々と頭を下げだした彼に、両手を振る。

「いいえ、お気になさらず。……えっと、もしかしてお隣に引っ越されてきた方ですか?」

早速伺《うかが》うと、男性はハッとしたように顔を上げた。

「ご挨拶が遅れてすみません。はい、今日引っ越してきた山本《やまもと》と申します」

改めて真正面で彼を捉える。

身長は高そうだけど、猫背なのか全体的に冴《さ》えなく見えてしまう風貌。黒縁眼鏡に、顔がよく見えないボサボサ髪。おまけに上下ジャージ姿。年齢は……私と同じくらいだろうか?

そして、なぜだろう。妙に親近感を抱いてしまうのは。山本さんから私と同じ匂いが、ぷんぷんするのですが。

呑気《のんき》に分析していると、山本さんは急にしゃがみ込んだ。

「そして、この子はラブです。長日部さんのところもラブラドールですね」

カイくんを見つめながら、どこか嬉しそうに聞いてきた彼。

「長日部さん?」

急に由美ちゃんの苗字《みょうじ》で呼ばれ、マヌケな返事をしてしまうと、山本さんはラブちゃんの頭を撫でながら首を傾《かし》げた。

「……長日部さんですよね？」

表札を指差されて、納得。そうだ、ここは由美ちゃん名義の一室。表札も〝長日部〟のままだった。

咄嗟に『違います』と否定しようとしたものの、すぐに思いとどまる。

別に隣に住んでいるってだけで、今後深く付き合っていくわけではないし、わざわざ自分の個人情報をバラす必要もないかもしれない、と。

「はい、そうです。長日部です！　あっ、この子はカイです。オスの三歳なんですけど、ラブちゃんは？」

しゃがみ込んで聞くと、彼はラブちゃんに熱い眼差しを送りながら教えてくれた。

「この子はメスで二歳です。可愛いですよね、ラブラドール」

「わかります、わかります」

山本さんの気持ち、ものすごくわかる。そうなんだよね、とにかく可愛くて仕方ないんだ。きっと今の私も山本さんと同じように、デレデレした顔になっているだろう。

再度山本さんを見ると、ラブちゃんしか眼中にない様子。

さっき抱いた親近感の理由がわかった。彼は私と同じ愛犬家であり、ボサボサの髪に眼鏡で部屋着……なんてこったい！　まさしく同類じゃないですか。

そのおかげか、今の自分の姿が恥ずかしいものだという気持ちが薄れていく。

「よかったです、引っ越し先をここに決めて。ラブもお友達ができてよかったな」

目を細め、安心したように肩の力を抜く山本さん。

すると「ワンッ！」と、まるで山本さんの言葉を理解しているかのように、絶妙なタイミングでラブちゃんが吠えた。

「よろしくお願いします」

「いいえ、こちらこそ」

頭を下げた彼につられるようにお辞儀《じぎ》したところで、ハッと気づく。山本さんが、私の素の姿を見ても、表情ひとつ変えていないことに。

普通、こんな寝起きスタイルで出てこられたら、なにかしら反応してしまうはず。驚いたり絶句したり、ガン見したり……。

初めてかもしれない。こんな姿を見られても、ドン引きされないのは。

「それでは、これで」

「はい、わざわざありがとうございました」

山本さんは小さくお辞儀をしてラブちゃんのリードを引き、隣の部屋へ戻ろうとしたけれど……。

「ワン、ワン、ワン‼」

「あっ、こらラブ！」

どうやらラブちゃんはまだ帰りたくないご様子で、必死に踏ん張っている。

カイくんもラブちゃんとまだ遊びたいのか、玄関から出てラブちゃんのもとへと駆け寄っていった。

「カイくん！」

リードをしていないカイくんは、ラブちゃんのもとから離れようとしない。

これはちょっと……二匹を引き離すのは気が引ける。それでも山本さんが必死にラブちゃんのリードを引っ張っているのを見て、言わずにはいられなくなってしまった。

「あの、もしこのあとお時間大丈夫でしたら、一緒に散歩しませんか？」

「え？　あっ、こら！」

私の声に、リードを持つ彼の力が一瞬弱まり、ラブちゃんはそのタイミングを逃さなかった。すかさずリードを振り切り、通路でカイくんと戯《たわむ》れ始める。

散歩しているうちに、徐々に仲良くなったワンちゃんはいるけれど、ここまでカイくんが意気投合した子は初めてだ。

「ご迷惑でなければ、この辺りのオススメ散歩コースをご紹介しますよ」

二匹の様子を見ていたら、自然と口元が緩んでしまう。

クスクスと笑いながら山本さんに提案してみると、彼は面食らった顔をしたあと、すぐに口角を上げた。

「そんな迷惑だなんてっ……！　むしろ、教えていただけると助かります」

照れ臭そうにボサボサ頭をかく姿に、なんとも言えない気持ちが込み上げてくる。

〝ドキッ〟や〝キュン〟じゃなくて、なにこれ？　〝ほのぼの〟って言葉が一番しっくりくるような。

「あ、じゃあちょっと着替えだけしてきますので、すみませんが、その間カイくんをお願いしてもいいですか？」

「もちろんです！　しっかり見ていますね‼」

両手の拳を握りしめる姿に、ますますほっこりした気持ちになる。

「お願いします」

部屋に入ったあとも、気持ちはぽかぽかとしたまま。本当になんだろう、これ。

初めての感情に戸惑《とまど》いつつも、シャツにパーカー、歩きやすいジーパンに着替え、顔を洗って髪を軽く整えて家を出た。

「馬場さん、週末なにかいいことでもあったの？」

「……へ？」

週明けの月曜日。

今日は朝イチで新商品について開発部と打ち合わせが入っていたから、気合い充分で出勤した。

すると打ち合わせ場所である会議室に向かう途中、一緒に出席する松島主任が、なぜか私の顔色を窺《うかが》いながら聞いてきた。

「どっ、どうしてですか？」

聞き返してしまったけれど、内心は心臓がバクバク鳴っている。

え？　普通にしていたつもりなのに、なんで松島主任にバレちゃったの？

歩きながら、彼は「うーん」と唸《うな》りだした。

「なんていうか、直感っていうのかな。俺、他人のちょっとした変化にも気づけちゃうんだよね。なになに？　噂の彼氏に、とうとうプロポーズでもされちゃったの？」

目を輝かせて聞いてくる松島主任に、「いえいえ、違いますよ」と否定したのに、彼は興奮しだした。

「え～！　怪しいなぁ。でも結婚式には絶対呼んでよ」

「もちろんですよ」

笑顔が引きつる。どんなに待ってもらっても、今のままではプロポーズしてくれる相手なんていないのだから。

結婚なんて夢のまた夢。

けれど松島主任は鋭い。彼氏はいないけど、週末にいいことがあったっていうのは当たっている。

週末のことを思い出すと、口元がニヤけてしまいそうになるのを必死にこらえた。

＊＊＊

土曜日はあれから山本さん、ラブちゃんと一緒に散歩を楽しんだ。最初は気まずいんじゃないかと思っていたんだけど……。

「うわあ、大きな公園ですね！　しかもワンちゃんが多い‼」

やってきたのは、自宅マンションから歩いて十分の距離にある、大きな公園。広々とした敷地内には芝生《しばふ》のエリアがあったり、小高い丘やイチョウ並木もあって、紅葉の時期にはたくさんの人で賑わう。

園内に足を踏み入れるなり、山本さんはまるで子供のように大はしゃぎ。

「以前、住んでいた辺りには、大きな公園はなかったんですか？　散歩先で知り合った方や、ラブちゃんと仲良くしていたワンちゃんとかは？」

尋ねた途端、山本さんは表情を曇《くも》らせた。

「えっと……お恥ずかしいもので、ラブを飼い始めたものの、最初の頃は仕事第一の生活で、世話はすべてシッターさんにお願いしていたんです。でも、ラブと過ごせる時間は限られているのに今のままではよくないと思いまして、引っ越しを決めたんです。会社からも近くて、ラブと快適に過ごせる今のマンションに」

山本さんはゆっくりとしゃがみ込み、尻尾を振っているラブちゃんの頭を撫でる。

「そうだったんですか……」

私もしゃがんで、彼と視線を合わせた。

「これからは、できるだけ自分でラブの世話をしようと思いまして。なので、早速こうして長日部さんにいいところを教えていただけて、助かりました」

口元を緩める山本さんに、心底誘ってよかったと思う。

「いいえ、お役に立ててよかったです。でもいくら会社の近くといっても、お仕事しながら世話するのは大変じゃないですか？」

余計なお世話かなと思いつつ、つい聞いてしまったけれど、山本さんは嫌な顔ひとつ見せずに答えてくれた。

「なんとか大丈夫です。最初はやりたくない仕事だったのですが、慣れると意外と面白くて、今では時間をうまく使いながら両立できています。それに週末くらい、こうやってラブと外を歩かないと、足腰が弱ってしまいそうなので」

「そうなんですね」

ということは、デスクワーク中心のお仕事なのかな？　ＩＴ系とか？　そこそこ給料がよくないと、うちのマンションには住めないよね。私とは違い、彼は毎月家賃を払っていくわけだし、それなりに高給な職業のはず。

山本さんの仕事についてあれこれ考えてしまっていると、彼は急に立ち上がった。

「よし、ラブ！　あそこの芝生の広場まで全力ダッシュだ！」

「ワンッ！」

まるで少年のような笑顔でラブちゃんと走っていく彼を、微笑《ほほえ》ましく眺める……わけにはいかない。

「ワンッ！」

「あっ、ちょっとカイくん待って！」

ラブちゃんに触発され、あとを追うように勢いよく走りだしたカイくんに、引っ張られる。

そこからはもう、無我夢中でじゃれ合う二匹に、私と山本さんが必死についていく展開だった。

「あー、疲れました！　こんなに思いっ切り運動したのは、本当に久し振りです」

「おっ、同じく……」

ベンチに座り、ぐったりうなだれてしまう。当の二匹はたくさん遊んで満足したのか、仲良く寝ちゃっている。

「ラブも、だいぶカイくんのことを気に入ったようです」

嬉しそうに頬《ほお》を緩める彼と顔を見合わせ、思わず笑みがこぼれてしまった。

「それを言ったらカイくんもですよ。ほかのワンちゃんと、ここまで意気投合したことはなかったので」

「そうですか」

そう言うと、山本さんはなにやら考え込んでいる。その様子を不思議に思って見ていると、急に意を決したように私のほうに身体を向けてきた。

「長日部さん！」

「はっ、はい！」

こちらもかしこまると、長い前髪の間から澄んだ瞳を向けられた。

「もしご迷惑でなければ、時間が合う時にまた一緒に散歩しませんか？」

「え、一緒に……ですか？」

えっと……それはつまり、私と一緒にいたいってこと？

変にドキドキしてしまった私に、山本さんはきっぱり言った。

「はい！　カイくんに、ラブと一緒に遊んでほしいんです」

笑顔で言った彼に、頭の中ではズコッという効果音が鳴った。

そうですよね、私とじゃなくてカイくんね。ラブちゃんのためですよね。少し考えればわかる答えに、なにをひとりドキマギしているのよ。

「……やはりご迷惑でしょうか？」

なかなか答えない私に、山本さんはオロオロしながら伺ってくる。

私は、慌てて両手を横に振った。

「いいえ、そんなことないです。カイくんも喜びますし、ぜひ」

「本当ですか⁉　ありがとうございます！」

うっ……！　なにこれ、眩《まぶ》しい。

今日の天気は、どんより曇り空。なのに山本さんの周りだけ、太陽の光が降り注いでいるんじゃないかってくらい、キラキラしているんですけど。

まるで、山本さんが放つ光で光合成をさせてもらっている気分だ。

そっか。彼に対して〝ドキッ〟や〝キュン〟じゃなく、ほのぼのしちゃうのは、彼のまとう空気が温かくて、ほんわかしているからだ。

今井社長のせいでたまりにたまった鬱憤《うっぷん》なんて、どこへやら。むしろ、キーキー怒っているほうがバカバカしく思えてしまう。

知り合って数時間。勝手に彼に癒されている自分ってどうなのよ。

こんなに穏やかで、なにもかも忘れられるくらい楽しい時間を過ごせるのかと思うと、子供みたいに週末が楽しみになるばかりだった。

＊　＊　＊

こんなことがあった私は、それはもう元気はつらつと出勤したのだけれど……。

せっかく癒し系男子からパワーをもらったのに、今日も私は、今井社長と対峙するハメになってしまったのだ。

傲慢《ごうまん》社長の意外な素顔？

「おい、原材料価格は本当にこれでいけるのか？」

「はっ、はい！　もちろんでございます‼」

十階にある小会議室にて、朝イチで始まった開発部との打ち合わせ。私と松島主任と、開発部の人の三名で、穏やかな空気の中で始まったはずだった。

なのに、開始十分でその空気を一瞬で吹き飛ばす台風が上陸してきたのだ。

乗り込んできたのはもちろんこの方、今井社長。参加予定などなかったのに、どこで聞きつけてきたのやら、『時間があるから』と言ってズカズカとやってきたのだ。

そのせいで開発部の人、声が震えちゃっている。

「これからの時期、ゲリラ豪雨や台風が来るんだぞ？　被害状況によっては、原材料価格が跳ね上がる可能性もある。それも踏まえているんだよな」

「えっと、ですね……！」

いつもの調子でギロリと睨まれ、開発部の人は慌てて書類をめくり始めた。

わかる、慌てちゃう気持ち。答えられる質問なのに、今井社長が威圧的な目で睨むものだから、頭の中がパニックになっちゃうんだよね。

私も最初はそうだった。社内戦略会議で初めて今井社長と向き合った時、しっかり準備してきたはずなのに、伝えたいことの半分もプレゼンできなかったもの。

けれど今の私は違う。徐々に免疫が作られて、ちょっとばかり罵声《ばせい》を浴びせられても睨まれても、へこたれなくなったんだから。

「どうした、答えられないのか」とさらに追いつめる今井社長に、開発部の人はオロオロする一方で、隣に座る松島主任はひたすら視線を落とすばかり。

このままでは本題に入れないし、『最初からやり直せ！』なんて言われて、打ち合わせが長引いてしまいそうだ。

小さく深呼吸をし、「今井社長、よろしいでしょうか」と挙手をした。

すると、途端に鋭い視線が向けられる。

「馬場には聞いていない」

そして『お前は口を開くな』と言いたそうに、威圧感を与えてくる。

普通の社員だったら、ここで押し黙ってしまうところかもしれないけれど、あいにく私は違う。

「聞かれていなくても、私もこの企画に携わっているひとりですので、発言する権利はあるかと思いますが？」

「ひっ！　ばっ、馬場さん⁉」

さっきまでひたすら下を向いていた松島主任は素《す》っ頓狂《とんきょう》な声をあげ、私を止めに入る。

けれど、ここで引き下がるわけにはいかない。松島主任の制止を振り払い、目の前に座る今井社長をまっすぐ見据《みす》えた。

「もちろん、災害などもしっかりと踏まえたうえです。契約させていただいた酪農家や加工工場とは密に連携を取っていますし、たとえ大きな自然災害が発生したとしても、迅速に対応いただけると思います。ですのでこの原材料価格は、なんら問題ございません」

開発部の人が言いたかったであろう事柄をすらすら伝え終えるも、今井社長はなにも言わず、私をジッと見つめたまま。

相変わらず鋭い眼光に顔が引きつりそうになるけれど、大丈夫。私は間違ったことなどなにも言っていないのだから、堂々としているべき。

自分を奮い立たせ、真正面から今井社長の視線を受けていると、彼はフッと目を逸《そ》らした。

「それならいい。俺はこのあと用事が入っているから、失礼する」

「……え」

てっきり、なにかしら言われると思っていた私は、すっかり拍子《ひょうし》抜けしてしまった。

今井社長は腕時計で時間を確認したあと、素早く立ち上がり、あっという間に会議室から出ていってしまった。

バタンとドアが閉まった途端、開発部の人は緊張が解けたのかうなだれて、松島主任は魂が抜けたかのように、椅子の背もたれに体重を預けた。

「どうしちゃったんだろう……」

いつもの今井社長だったら、ここでなにかしら言い返してくるのに。

今井社長が出ていったドアを見つめたままポツリと呟いた途端、松島主任は勢いよく立ち上がり、私に抗議してきた。

「馬場さんさぁ‼　お願いだから、毎回今井社長に歯向かうのやめてくれないかな⁉　会議の時もいつもハラハラしてるけど、さっきも本気で心臓が止まるかと思ったよ」

目くじらを立る松島主任に、キョトンとしてしまう。

『心臓が止まる』なんて、大げさすぎると思うんだけど。

「そんなオーバーな……」

「オーバーじゃないよ！　びっくりしたよ、もう」

すぐにツッコミを入れると、松島主任はまた椅子に腰かけた。

「でも俺は助かったよ。どうも今井社長に睨まれちゃうと萎縮しちゃって、なにも言えなくなるんだ。だからありがとう」

「いいえ、そんな」

開発部の人にお礼を言われ、自然と口元も緩んでしまう。

けれど、それを見た松島主任はすかさず口を挟んできた。

「たまたま、うまく収まっただけだからね。戦略会議とは違うんだ、馬場さんも今井社長に対してもう少し控えめにならないと。いつか逆鱗《げきりん》に触れて、どこか違う部署に飛ばされても知らないからね」

本当に、どこまでも小心者な上司で困る。

けれど、開発部の人も松島主任に同調するように頷《うなず》いた。

「それはあり得るかもね、なんせあの今井社長だし」

「ですよね！　馬場さんは今井社長の恐ろしさを軽く見ていて、危機感が足りないんだよ」

共感し合うふたりだけれど、私は納得できなかった。

確かに今井社長は傲慢だし、恐ろしいと思う。

だけど、な。彼に突っかかったからとか、気に食わないからとか、そういう理由で人事を決めてしまうような人ではないと思う。怖くて厳しいけれど、筋が通らないことはしない気がする。

そんな風に思いながらも打ち合わせに戻り、その後は今井社長がいた時間がまるで嘘のように、終始穏やかに進んでいった。

「お先に失礼します」

十七時半の定時を十分過ぎて、オフィスをあとにする。本当はまだ仕事が少し残っているけれど、あとは明日に回しても大丈夫そうな雑務だけ。

朝から打ち合わせに今井社長が乱入してきたり、その後の打ち合わせもなにかと長引いたりして、一週間の始まりだというのにどっと疲れた。今週は新商品に関しての予定がいろいろと入っているから覚悟はしていたけれど、初日からこんな調子では金曜日まで体力がもちそうにない。

ところが、ちょうど帰宅ラッシュで、エレベーター前には列ができていた。企画部があるのは六階。上から乗り込んでくる社員が多いのか、到着しても数人しか乗り込めずに、なかなか列は進まない。

うーん、この待っている時間が非常に無駄な気がしてならない。ここで並んで待つより、階段を使ったほうが早い気がする。

列から離れ、エレベーターホール付近にある非常階段に繋《つな》がるドアを開け、カツン、カツンと音を響かせて階段を下りていく。

帰宅してからのことを考えながら足を進めていると、上のほうから勢いよく下りてくる足音が聞こえてきた。

やっぱり私と同じことを考える人はいたんだ、と妙に親近感を抱いてしまったのも束の間。その人物をなにげなく見てしまった瞬間、足が止まってしまった。

向こうも私の姿を目で捕らえると、立ち止まった。

「お前とはよく会うな」

笑顔で皮肉交じりなことを言われたけれど、それはこっちのセリフだ。

まさか社長様が非常階段を使用しているとは、夢にも思いませんでしたから。

「……お疲れさまです」

心の中でツッコミを入れながらも、『どうぞ、お先にお下りください』という意味も込めて頭を下げ、端に移動した。

それなのに、今井社長はいつまで経っても立ち尽くしたまま。

どうして行かないの？　こんなところで会っちゃっただけでも気まずいのに。早く行ってください、いつも忙しいんでしょ？　このあとも、なにか予定が入っているんでしょ？

チラッと顔を上げて様子を窺うと、バッチリ目が合う。

『しまった』と思ったのと同時に、今井社長が口を開いた。

「ちょうどいい、話をしながら下りるぞ」

「え、話ですか？」

「あぁ、早く」

彼は有無を言わせぬように、あっという間に私の横を通り過ぎて下りていく。

あぁ、やっぱりこの人は傲慢だ。私の意思など、一切無視しているのだから。

今井社長と話すことなんてなにひとつないし、終業時間が過ぎた今、話したくもない。けれど社長様に逆らえないのが、一社員の悲しい性《さが》……。言われるがまま、一歩後ろの距離をキープしながらついていくしかなかった。

「今朝《けさ》の打ち合わせのことだが、お前のあの言動は間違っているぞ」

「……はい？」

時間がないのか、いきなり本題を切り出されたものの、主語のないご指摘に首を傾げてしまう。

今朝の打ち合わせで自分に落ち度はなかったと思うんだけど……。

「すみません、私のどの言動がダメだったのか、ご説明いただいてもよろしいでしょうか？」

今井社長に対しても、間違ったことは言っていないはず。

すると、さっきまで規則的に響いていた階段を下りる音が、ピタリと鳴りやんだ。

三段下から私を見上げる今井社長の力強い瞳に、たまらず私も足を止めてしまう。

いつものことながら、この威圧的な目で見られたら、思考回路が機能しないよ。

ゴクリと生唾を飲み込んだ時、今井社長は口を開いた。

「間違いに気づいていないところが、ダメだって言っているんだ」

「……え？」

間違いに気づいていない？　私が？

今井社長はさらに続けた。

「お前、いつまで経っても今の状態から成長できないぞ」

憐れんばかりの眼差しに、胸がズキッと痛む。

今井社長がなにに対して注意しているのかわからない。けれどこれだけはわかる。私、彼にガッカリされているって……。

入社してから、それなりに仕事は頑張ってきたつもりだ。努力もしてきた。

今井社長に気に入られてはいないかもしれないけれど、仕事に関してだけは、会議を通して理解してくれているとばかり思っていたのに……。

言葉が出てこない。なにに対して言われているのかわからないのでは、謝罪することも意見することもできないのだから。

途方に暮れる中、今井社長は私の思いを察したのか深いため息をついた。

「身に覚えがないってところか。まぁ、そうだろうな。知っていたら打ち合わせの時のような言動は出ないはずだ。……そんな馬場に教えてやる」

そう言うと今井社長は一段階段を上り、私との目線を合わせた。真正面から重なり合う視線に、心臓が飛び跳ねたのも束の間、彼は躊躇《ちゅうちょ》することなく言い放った。

「馬場はあの時、開発部の社員を助けたつもりでいるかもしれないが、それはとんだうぬぼれだ。むしろお前は、あの時あいつが成長する機会を奪ったんだぞ」

思いがけない話に目をパチクリさせてしまう。

「どういうこと、でしょうか？」

言われてもいまいちピンとこない。

するといま今井社長は、先ほどより深いため息を漏らした。

「そういうところがますますダメだな。だからお前は人の上に立てないんだ」

痛いところを迷いなく言われると、途端に顔の筋肉が強張ってしまう。なんとなく自覚していたから余計に。

仕事はたくさん任されるようになったけれど、一向に昇進の話はない。それはきっと今井社長の言う通り、私にはその器がないからだと思う。

「あのっ……！　教えていただけませんか？　私に足りないものを」

こんなことを聞くなんて情けないと思う。けれど意地もプライドも関係ない。いつもズバズバと言ってくれる今井社長だからこそ、聞けることだ。

知りたい一心で今井社長を見据えていると、彼もまた私から視線を逸らすことなく言った。

「馬場はひとりで抱え込みすぎ。なんでも自分でやりすぎるんだ。それでは自分も他人もダメにするだけだぞ」

意外だった。もっとひどいことを言われるとばかり思っていたから。

拍子抜けしてしまい、今井社長を呆然と見つめてしまう。

「自分ですべてやってしまうのは簡単だが、人に任せて遠くからもう一度事案と向き合うことで、気づけることもある。それに、人は責任ある仕事を任されることで成長するもんだ。自分で壁を乗り越えて、やっと一人前になれるんだからな。部下にそれを経験させてこそ、人の上に立てる。時には周りを信用して任せ、相手がその仕事をできるようになるまで耐えることも必要なんだ」

今井社長の話を聞いて頭をよぎるのは、今朝の打ち合わせの一幕。そういえばあの時の今井社長、ずっと待っていたよね。開発部の人が答えるのを。

「あいつだってあの場を切り抜けたら、ひと皮むけていたと思わないか？　俺にしっかり意見できれば、取引先との交渉だって堂々とできるってもんだろ？」

そうだったんだ、だから今井社長は……。

途端に恥ずかしくなってしまった。どれほど自分がつけ上がっていたかを思い知らされてしまったから。

私、いつも戦略会議で自分が壇上に立つことが、ベストだと思っていた。なにがなんでも企画を通したかったし、それが皆のためだとばかり思っていたけれど、とんだ勘違いだった。そんなのただの自己満足で、自分に酔っているだけだ。

私がいつも前に出ることによって、ほかの人はもちろん、私自身が成長するチャンスも潰していたんだ。

なにこれ、すっごく恥ずかしい。今まで今井社長に強気で突っかかっていた自分が、ひどく滑稽《こっけい》に思えてならない。

今井社長の顔が次第に見られなくなっていき、下を向いてしまった。

「すみません、ありがとうございました」

ヤバい、うつむいたはいいけど、そのせいで涙が溢《あふ》れてしまいそうだ。

唇を噛みしめて必死に耐えていると、頭上に大きな手が触れた。ためらいがちに二度触れると、離れていく。

——え、嘘……。

ゆっくりと顔を上げれば、今井社長はやっぱりニコリともせず。けれどいつもとは違い、少しだけ柔らかい表情で私を見ていた。

「でも俺は嫌いじゃないよ、馬場みたいな部下。……それに注意すれば、素直に理解できるヤツだってことも、ちゃんとわかっているから」

「今井社長……」

ポカンとしてしまっていると、彼はほんの少しだけ口角を上げた。

「今後のお前の成長を期待してるよ。お疲れ」

突然の優しいセリフに息が詰まる。規則正しく階段を下りる音が遠のいていく。ドアが閉まる音を最後に、シンと静まり返ったところで大きく息を吐くと、軽くよろめいてしまった。

「なに？　さっきの」

よく『不意打ちの笑顔や言葉にやられた！』なんて話を聞くけれど、まさにさっきのあれがそうじゃない？　なんなの？　散々、人のことを罵《のの》しってきたくせに『期待している』とか‼

今までそんなこと、ひと言も言ってくれたことなかったじゃない。それなのに……。

「ズルいですよ、今井社長」

人が弱っている時に、予想外の優しさは反則です。仕事の面でしか尊敬できずにいたのに、少し……ほーんのちょびっとだけいい人なのかもしれない、なんて思っちゃったじゃない。

カツン、カツンと階段を下りる音が響く。

今井社長のあとを追うように、私も一階まで下り、エントランスへと向かった。

恋が始まる予感？

土曜日の朝八時過ぎ。私より規則正しい生活を送っているカイくんは、お腹を満たしたあと、早々と散歩に行こうと急《せ》かしてくる。

「カイくん、もう少し寝かせてもらってもいい？」

彼のご飯を用意したものの、そのままソファにダウンしてしまった。

私の服の裾《すそ》を、〝早く行こう〟と言うように引っ張るカイくんの姿には癒されるけれど、今は癒しより睡眠が欲しい。

やっと長い五日間が終わった。月曜日の朝は意気揚々《ようよう》と出勤したはずだったのに、その日の終業後に、まさかの事態が発生。

今井社長の意外な一面を知ってしまった私は、残りの四日間をいつもの調子で仕事に取り組むことができなかった。それは彼の言葉が胸に残っていたから。

今までの自分の言動がすべて間違っていたようにしか思えなくて、ひとつひとつの作業をやるたびに、どうしても疑問に思ってしまったんだ。『本当にこれでいいのかな？』って。

これまでは自分が正しいと信じて疑ってこなかったけれど、一度立ち止まって考えるようになった。すると意外と冷静になれて、たまには後輩と一緒に作業したり、任せてみたりした。

それは今まで以上に神経を遣うし、ハラハラして余計に疲れてしまったけれど、それ以上に大きなものが得られた。

私では到底思いつけないアイデアに驚かされたり、勉強させられたり。自分ひとりで目標を達成した時より、後輩が予想以上に仕事をこなせたりすると、嬉しかったりしちゃったんだよね。

ごろりと寝返りを打ち、リビングの天井を見つめてしまう。

仕事のスタイルを少し変えただけで、こんなにも充実感を得られるなんて。

トクンと鳴る胸の鼓動《こどう》。

今井社長はこれを伝えたかったのかな？　もしかして私やほかの社員に、今まで必要以上に厳しくしていたのは、社員の成長を願ってのことだったのかな？　傲慢な人だとばかり思っていたけれど……本当は違うのかもしれない。

「……なにこれ」

仰向《あおむ》けになったまま、両手を胸に押し当てると、びっくりするほど心臓が速く波打っていた。

いやいや、おかしいでしょ。ここは『今井社長ってば、さすが！　ますます仕事面で尊敬しちゃいます！』でしょ？　決して、少女漫画のようにときめいて『これはもしや、私ってば今井社長のこと……』じゃないでしょ‼

自分にそう言い聞かせるけれど、なぜか胸が苦しくなるばかり。しかも非常階段で頭をポンポンされたことを、思い出せば思い出すほど……。

本当になにこれ！　これじゃまるで、私が今井社長のことを異性として意識しているみたいじゃない……！

「あり得ないから‼」

声を張り上げ、ガバッと勢いよく起き上がると、カイくんは驚いて後ずさりする。

「あっ、ごめんね、カイくん」

慌てて立ち上がり、すぐにカイくんの頭を優しく撫でるけれど、心臓はいまだにトクントクンと早鐘を鳴らしたまま。

今井社長とは月曜日以降、一度も会っていない。なんせ社長様だし、一社員の私が何度も直接話ができる人ではない。

今までだって会議がなければ一ヵ月以上顔を合わせないことなんて、ザラにあった。

むしろそのほうがよかった。

今井社長となんて顔を合わせたくなかったし、遠くから見るだけでも嫌だったのにな。この一週間、なぜか今井社長の姿を探している自分がいるんだよね。

ただ単にお礼を言いたいだけ。なのにこんなにドキドキするのはおかしい！

「カイくん！　散歩に行こう‼」

「ワンッ！」

同意するように吠えたカイくんに、胸の高鳴りが少しだけ収まっていく。

そうだ、こんな時はカイくんと思いっ切り散歩するべし！　家でひとり悶々《もんもん》と考えているからいけないんだ。そもそも、どうしてせっかくの休日に、今井社長のことを考えなくちゃいけないのよ。

軽く手で髪を整え、散歩用品を持ってラフな格好のまま家をあとにした。

「んー、いいお天気！」

朝から青空が広がっていて、自然と気分も晴れやかになっていく。やっぱり休日に散歩するのっていいな。リフレッシュになる。

「いつもの公園に行ってみようか」

「ワンワンッ！」

爽やかな気持ちで走りだすと、すかさずカイくんも走りだし、私をグイグイと引っ張っていく。

「もー、カイくんってば速すぎ」

引かれるがままいつもの公園に辿り着くと、飼い主仲間の皆さんが輪を作って、なにやら神妙な面持ちで話し込んでいた。

どうしたんだろう。なにかあったのかな？

「おはようございます」

不思議に思いながらも挨拶をすると、視線が一斉に注がれた。そしてなにかを言いたそうに、それぞれ顔を見合わせて目配せしている。

さすがに素通りできず、先に進みたがるカイくんのリードをしっかり握り、皆さんの顔を窺いながら尋ねた。

「あの、なにかあったんですか？」

すると、そのうちのひとりが「あれを見てください」と言いながら、指を差す。

「あれ……？」

その先へ視線を向けると、ラブちゃんと無邪気に戯れる山本さんの姿があった。

「初めて見る顔ですよね？　挨拶しても素っ気ない人で、私たちと一切、目を合わせようとしなかったんですよ」

「どの辺りにお住まいなのかとか、ワンちゃんのお名前などを伺ったんですけど、はぐらかされてコソコソ逃げるように去っていってしまって……」

「怪しくないですか？　あの人」

同意を求められ、慌てて弁解した。

「あっ、怪しい人ではありませんよ！　あの方は山本さんといって私が住むマンションに先週、引っ越されてきたばかりなんです。きちんとお勤めされていますし、飼われている愛犬のラブちゃんを、すっごく可愛がっているんです。だからほら、あんなに楽しそうに遊んでいるじゃないですか」

ラブちゃんと戯れている山本さんを眺めながらまくし立てるように言うと、皆さんは顔を見合わせた。

「そうなんですか？　カイくんママのマンションに？」

「あら、カイくんママがそう言うなら、おかしな人ではないのかしら」

ここの公園を散歩コースにしている人たちは、皆ご近所さんが多い。ペットＯＫのマンションは数が限られているし、それぞれどこに住んでいるのか知っている。

「ちゃんとした人ですよ！　ただその……見た目はアレですけど」

そこに関しては言葉を濁してしまう。私も人のことを言えないけれど、さすがに散歩となると髪を整えるなど、必要最低限の身だしなみにしているつもりだ。

けれど山本さんは違う。先週と同じくボサボサの髪で顔が隠れてはっきり見えないし、ヨレヨレのジャージ……。うん、これでは不審者と思われても仕方ない気がする。

それに挨拶しても、素っ気なかったなんて……。少しぎこちなかったけれど、私には笑顔で挨拶をしてくれたのに。

「でもわからないわよ、見た目のまんまって人が多いしね。カイくんママも同じマンションなら、気をつけてくださいね」

注意を促され、ひたすら苦笑いを浮かべるばかり。

「ありがとうございます、えっと……それじゃ、また」

このままここにとどまっていたら、延々とこの話に付き合わされてしまいそうだ。小さく会釈をし、リードを持つ手を緩めると、チャンスとばかりにカイくんが走りだした。

それを言い訳に、そそくさとこの場をあとにした。

「ふー、危ない危ない」

皆さんとは顔見知りという程度の関係で、お互いの名前を知らない。さっきの会話の通り、飼っている子の名前で呼び合っているのだ。

年齢も性別も様々で、あのグループは主に小型犬仲間。近辺で大型犬を飼っている人は少なく、ラブラドールを飼っているのは今のところ山本さんしか知らない。

最初は犬を飼うことについてわからないことばかりで、よく話を聞いてアドバイスをもらっているうちに、仲良くなっていった。もちろん皆さん悪い人ではないけれど、どうも噂好きというか、ちょっと過剰に反応してしまうところがあるというか……。ちょっぴり苦手に思う時がある。

「助かったよ、カイくん。どうもありがとうね」

必死に先を急ぐカイくんにお礼を言っても、カイくんはただこちらを見るだけ。

無自覚ながら私のピンチを救ってくれちゃうなんて、さすがはカイくんだ。自分はカイくんがとことん好きだと再認識していると、当の本人は、遊びたい一心でひたすらラブちゃんのもとへとまっすぐ向かっていく。

あぁ、やっぱりそうなりますよね。カイくんの視線はずっとラブちゃんに釘付けだったし。

山本さんと会うのは一週間ぶり。最高に癒された相手と会うとなると、ちょっと緊張してしまうけれど、きっとまだ犬友達の皆さんは、彼を警戒して見ているはず。ここで私が仲良くしているのを見たら、見方が変わるかもしれない。

それにいろいろあった五日間。彼が放つ癒しオーラを浴びたい。せめて週末くらいは、今井社長のことを忘れたい。

その一心でカイくんにリードされるがまま、ラブちゃんと遊ぶ山本さんのもとへと歩み寄っていった。

「おはようございます」

声をかけると、真っ先に気づいたのはラブちゃんだった。

「あっ、おはようございま……わっ！　こらラブ！」

カイくんを見たラブちゃんも興奮してしまい、山本さんの制止を振り切り、駆け寄ってきた。

「あっ！　ちょっとカイくん⁉」

カイくんもまた、より一層強い力でリードを引いてきたものだから、一瞬の隙を突かれ、リードを離してしまった。

そこからはもう完全にふたり……もとい二匹の世界。傍《はた》から見たらラブラブ。しかしカイくん、出会って一週間だというのに。

　じゃれ合うふたりを眺めていると、山本さんが「すみません」と謝りながら、おずおずと隣に立った。

「いいえ、そんな。カイくんもラブちゃんのことが大好きですし」

「ラブもですよ。今までこんなに仲良くなれた子はいませんでしたから」

　楽しそうにじゃれ合うカイくんたちを見ていると、山本さんと自然に目が合い、クスクス笑ってしまった。そこで、ふとさっきの話を思い出してしまう。

　山本さん、こんなに気さくな方なのにどうして話しかけられた時、はぐらかして逃げたりしちゃったのかな？

　不思議に思い、今も愛しそうにラブちゃんを見つめる彼に、問いかけてみた。

「あの、先ほど犬を連れた方たちから挨拶をされたと思うのですが……」

　様子を窺いながら聞いてみると、途端に山本さんの表情は強張り、恐る恐る私のほうへ顔を向けた。

「えっと……」

　彼の目はせわしなく動き、私をしっかり捉えていない。

　すぐに『どうして話しかけられたのに、逃げたりしちゃったんですか？』という言葉がこぼれそうになったけれど、なんとか呑《の》み込む。

咄嗟に、なぜか今井社長に言われたことが頭に浮かんでしまったから。出しゃばりすぎないように気をつけなきゃいけないのは、今の状況にも言えるんじゃないかな？

山本さんに理由を聞くことは簡単だし、意外とあっさり教えてくれるかもしれない。けれど、誰だって言いたくないことのひとつやふたつはあるもの。どう見ても山本さんは気まずそうに目を泳がせていて、触れてほしくなさそうだ。

だったらこれ以上、追及するわけにはいかない。

「皆さん、話してみると気さくでいろいろと教えてくれたりするんですよ。私も引っ越してきたばかりの頃、助けていただきました。悪い人たちではないので、山本さんも今度機会があったら、お話ししてみてください」

「……え」

ニッコリ笑って言うと、山本さんは面食らったように目を丸くさせた。

「皆さんには山本さんはいい人ですよって、しっかりアピールしておきましたからね」

先ほどまで視線がさまよっていたというのに、今度は凝視《ぎょうし》してくる。

山本さんとは出会ってまだ一週間で、こうやって話した時間はわずかだ。それでも、彼は嘘がつけない人なんじゃないかなとか、すべて顔に出てしまう人だろうかとか、安易に想像できてしまう。

いまだに呆然と私を見つめる山本さんに、クスリと笑ってしまった。

「もしかして私の顔になにかついています？」

顔を覗き込みながら、からかい口調で言えば途端に山本さんは顔を強張らせ、大きく後ずさりした。

「いっ、いいえ！　なにもついてません‼」

そして必死に手を振って否定してくるものだから、ますます笑ってしまった。

ダメだな、山本さんといると気が緩んでしまうよ。彼が放つ癒しオーラが私の心を穏やかにしてくれるから。

しばし笑ってしまっていると、山本さんはガシガシと頭をかきながら話しだした。

「長日部さんは素晴らしいですね」

「え、なんですか？　急に」

突拍子もない褒め言葉に、また笑ってしまうと、彼は照れ臭そうに言った。

「俺の気持ちを汲《く》んで聞かずにいてくれて、ありがとうございます」

「それは……」

言葉に詰まってしまう。

なにやっているのよ、私。ここで押し黙ってしまってはダメでしょう。なにか言わなくちゃって思っていても、気の利いた言葉が出てこない。

そわそわしてしまっていると、今度は山本さんがクスリと笑った。

「すみません、余計な気遣いをさせてしまって。……でも触れてほしくないところだったので、非常に助かりました」

「そんな……」

深々と頭を下げた彼につられ、私もまた頭を下げてしまった。

「長日部さんは今までずっと周囲に頼られてきたんでしょうね。そういう人でないと、他人を気遣うことなんてできませんから。うらやましいです、長日部さんのご友人や職場の方が」

わずかに見える眼鏡の奥に細めた目が、私の心を大きく揺るがした。

ううん、違う。そうじゃない。私はそんな人間じゃない。褒めてくれた山本さんには悪いけど、『ありがとうございます』なんて言えないよ。

だって実際の私は違うから。山本さんに褒めてもらえるような人間じゃない。自分が常に正しくて、自分が動くことが周囲のためだと勝手に思い込んでいた。

念頭には〝皆のため〟……それがあったはずなのに、今思えば自分勝手な言動だったかもしれない。

思い返せば交友関係でもそう。皆でどこかに出かけようとなったら、率先して指揮をとってきたし、なにか相談されたら、自分の考えを伝えて励ましてきた。

出かける先もリサーチして提案していたけれど、自分が行きたいところばかりだったし、相談してきた友達の気持ちを考えての助言のつもりだったけど、友達はただ私に話を聞いてほしかっただけなのかもしれない。

思い当たる節はいくつもある。さっきだって今井社長の助言がなかったら、間違いなく聞いてしまっていたもの。

「あぁ、こらラブ、カイくん！　あまり遠くへ行ってはダメじゃないか」

目を離した隙に、走りだした二匹のあとを追った山本さん。

私もハッと我に返り、あとを追いかけてカイくんのリードをしっかりつかんだ。

「まったく、ラブは」

口ではそんなことを言っているくせに、山本さんはしゃがみ込んで愛しそうにラブちゃんの頭を撫でている。

そのまま私もしゃがみ込み、カイくんの頭を撫でた。

別に山本さんとは、〝お隣さん〟ってだけの関係。しかも私、彼に〝長日部さん〟って呼ばれちゃっているし。

カイくんとラブちゃんが仲良しだから、こうして公園で一緒に過ごしているだけに過ぎない。それなのに……な。どうしてだろうか、どうしても彼に聞いてほしかった。

「あの……」

「はい？」

若干ラブちゃんの勢いに押されぎみの山本さんは、彼女を必死に押さえながら顔をこちらに向けた。

「お褒めいただいて恐縮なのですが、私はその……山本さんが思っているような人間じゃないですよ」

「え？」

突然のカミングアウトに彼は目をキョトンとさせた。

山本さんの顔を真正面で見ることができず、カイくんの頭を撫でながらまくし立てていった。

「いつも周りが見えていなくて、職場では後輩が成長できるチャンスを潰してしまうような、ダメな先輩でして……。さっきの態度だって、ある人に助言してもらえたおかげなんです。いつもの私だったら、山本さんの気持ちを汲み取ることなく、ズケズケと聞いてしまっていたと思います」

五日前に言われたのに、いまだに頭から離れてくれず、私の心に深く残っている今井社長の言葉。それがあったからこそ、山本さんを傷つけずに済んだだけ。

今井社長に言われなかったら、思いとどまることなんてできなかったから。

「私、今までずっと、自分の言動は間違っていない、これが正解なんだって疑ってきませんでした。自分がすべてやるのがベストだと決め込んでいて……。それじゃダメだってことに、全く気づけなかったんです」

言葉にして思い返すと、今までの自分が恥ずかしい。過去に戻れるものなら戻って、勘違いしている自分に言ってやりたいくらいだ。

次第に曇っていく表情を見て感じ取ったのか、カイくんが悲しげに鼻を鳴らした瞬間、我に返る。

やだ、私ってばなにを話しちゃっているんだろう。出会ってまだ一週間しか経っていない彼に、こんな話しちゃうなんて……。

山本さんは口を挟むことなく聞いてくれているけれど、きっと困っているよね。

「すみません、忘れてください」

慌てて立ち上がって謝ったけれど、山本さんの顔が見られない。

いたたまれない気持ちになり、このままカイくんを連れて逃げてしまおうか。

そんな考えが頭をよぎった時、山本さんの影が揺れた。

「あの、顔を上げてください」

私と同じように立ち上がった彼に言われるがまま顔を上げると、相変わらず前髪と眼鏡で顔がよく見えない彼を視界が捉える。

猫背な彼は少しだけ屈《かが》み、言葉を選ぶように話しだした。

「えっと……俺は全然迷惑じゃなかったですよ。むしろお話を聞かせていただいて、ますます長日部さんってすごいなって思いました」

「……え？」

首を傾げてしまうと、山本さんは遊びたがるラブちゃんのリードをしっかり握りながら答えてくれた。

「自分の悪いところを認めて見つめ直すことって、一見簡単なようで一番難しいことなのに、それができるなんて。実際、俺もなかなか自分の欠点を直すことはできていません」

「山本さん……」

唇をキュッと結ぶ彼に、胸がギュッと締めつけられる。

なにこれ、どうして胸が苦しくなるのかな。嬉しいから？　恥ずかしいから？　戸惑っているから？

答えの出ない摩訶《まか》不思議な感情で、心の中は埋《う》め尽くされていく。

「長日部さんは気づけたんだ。大丈夫ですよ、一からまた頑張ればいいんです。仕事だけではなく、人生ってそういうものでしょう？　失敗と成功の繰り返しで構築されているんですから」

目から鱗《うろこ》だった。私、五日間もの間ずっと悩んでいたんだけどな。山本さんのあっけらかんと放った言葉が、胸にストンと落ちてきた。

でも悔しいことに、山本さんの言う通りだよね。人生の中で、毎回成功している人も、失敗している人もいるはずはない。どちらも繰り返して人生を送っていくものだと思うから。

もしかしたら今井社長もこれを言いたかったのかな？　そう思うと、今井社長に抱いた感情は、やっぱり尊敬の念からきているような気がする。

ドキドキしてしまったのは、普段見せてくれないような表情を見せられたから。そう思えば思うほど、まるでパズルのピースのように、しっくりきた。

そうだそうだ、私ってば恋愛とはしばらくご無沙汰《ぶさた》だったから、尊敬の気持ちと恋愛感情を勘違いしてしまっていたんだ。そうに違いない‼

必死に言い聞かせている感が否めないけれど、そうすることでまた月曜日から新たな気持ちで、自分らしく仕事に向き合える気がする。

それにしても、まさかまだ出会って一週間しか経っていない山本さんと話しただけで、こうもあっさり解決しちゃうなんて……。ダメだ、こらえ切れない。

考えているとおかしくなって、声をあげて笑ってしまった。

突然笑いだした私に、山本さんはびっくりしているし、カイくんもラブちゃんも驚いた様子。

「すみません、散々悩んでいたのに、山本さんに言われてあっさり解決できてしまったことが、なんかおかしくて……」

口元に手を当てながら言うと、山本さんは複雑そうな表情を見せた。

「えっと……それは自分も喜んでいいのでしょうか？」

本気で考え込んでしまった彼に、慌てて口を開いた。

「もちろんです！」

力が入り、拳をギュッと握りしめてしまう。

「さっきの言葉、本当に嬉しかったんです。それに前向きな発想がすぐに出る山本さんが、すごいなって思って……。なので山本さんは、私にいいことを言ったと胸を張ってください‼」

思ったままを素直に言葉にすると、彼は少しの間ポカンと口を開けたまま呆《ほう》けてしまった。けれど、それもたった数秒間。すぐにその表情は崩れ、口元を綻ばせた。

「照れますね、なんか。……さっきからお互いのことを褒め合っていますし」

ポリポリと頬を人差し指でかきながら話す姿に、たまらず笑ってしまった。

「確かに。……これは照れますね」

次第に彼も私につられるように、声をあげて笑いだした。

少しだけ話しただけなのにな。たった数十分の会話で彼のことが知れて、わかり合えたような……そんな気がした。

「そろそろ帰りますか」

「そうですね」

カイくんたちをたっぷりと遊ばせていると、時刻はそろそろお昼時。二匹が寄り添うように歩くものだから、自然と私と山本さんも肩を並べて歩くかたちとなった。

歩道には新緑が生い茂っており、風が吹くとさわさわと音をたてて揺れ動く。

春真っ盛りの今を感じられる心地よい日差し。そして隣を歩くのは、最高に癒してくれる彼。

恋愛なんて、ここ最近本当にご無沙汰だった。由美ちゃんに言われても、したいと思わなかったし、好きな人ができても素の自分をさらけ出す勇気なんて持てない。必死にひた隠しにして自分を偽って接する相手を見つけるくらいなら、このままひとりでいたほうが断然気楽でいいと思っていたほど。

そんな私の前に山本さんが現れた。初対面で素の私を見ても、一切表情を変えない彼が。一緒にいると心が穏やかになれる。自分ひとりでは到底辿り着けない思考に、瞬時に導いてくれた人。

ずっと私をまるごと愛してくれる人が、現れてくれたらいいのになって思っていた。

その相手はもしかして今、隣を歩く人なんじゃないかな……？

横に目をやると、彼はカイくんと仲睦《むつ》まじいラブちゃんを見て口元が緩みっぱなし。猫背だし、髪はボサボサでジャージ姿。おまけに前髪が長くてかけている分厚いレンズの眼鏡もあり、はっきり顔が見えない。

そんな彼だけど、今井社長に対するドキドキとはまた違ったときめきを覚える。

この感覚……久しく感じていなかったけれど、思い当たるものがあるんだ。

これは恋の始まりかもしれない——。

傲慢社長と偵察カフェデート

雲ひとつない青空が広がっている今日。窓からは太陽の日差しがたっぷりと降り注いでいて、午後の勤務が始まったばかりだ。

お腹を満たし、眠気に襲われている社員もちらほら見える中、私は亜美ちゃんの相談に乗っていた。

「かすみ先輩、この企画書のレイアウトなんですけど、グラフはどちらを使ったほうがいいですかね」

「うーん……見やすさで言ったら右だけど、わかりやすさで言ったら左よね」

「そうなんですよ。だから迷ってしまって」

亜美ちゃんの席で一緒にパソコン画面を覗き込む、月曜日の昼下がり。今日からまた一週間が始まった。

「じゃあ、ここはちょっとアレンジを加えて……」

マウスを動かし、亜美ちゃんが作成したグラフに少しばかり手を加えていく。

「こうしたらどうかな？」

「わあっ！　すごい‼　どうやったんですか、これ！　教えてください」

途端に目を輝かせる亜美ちゃんに、クスリと笑みがこぼれてしまった。

「もちろん。まずね……」

真剣にメモを取る彼女に、わかりやすいように説明していった。

社長に対する気持ちをあれほど悩みに悩んで終えた金曜日だったのに、たった二日間で私の気持ちは見事にリフレッシュされた。立役者はもちろん山本さんだ。彼のおかげで心が落ち着いた。

そもそも最初からおかしな話だった。どうして私が今井社長にドキドキしてしまったのだろうか。職場で顔を合わせないことなんて、ザラにあったというのに、どうして無意識に探してしまっていたのだろうか。先週の私は本当にどうかしていた。

それに――。

ふと頭に浮かぶのは山本さんの顔。すると胸は温かくなり、トクンと音をたてた。

もしかしたら私は山本さんに惹《ひ》かれているのかな、久し振りに恋が始まってしまったのかも……と意識してしまう。暇さえあれば、山本さんのことを考えてばかりだ。

出会って一週間でどうなの？って思う気持ちもあるけれど、私は出会ったあの日から彼に惹かれていたのかもしれない。だって素の私を見ても表情ひとつ変えなかった人は初めてで、あの時から居心地のよさや安心感を覚えていたから。

「かすみ先輩、聞いてます？」

「え？」

亜美ちゃんの声に現実に戻ってくると、彼女は眉をひそめて私を見ていた。

「『え？』って、やっぱり聞いていなかったんですね！　ここのやり方をもう一度教えてくださいって言ったのに」

可愛く頬を膨らませる亜美ちゃんに、慌てて謝った。

「ごめん、ちょっと考え事をしちゃっていて……」

しまった。なにやっているのよ、私。仕事中にほかのことを考えるなんて。しかも恋愛事って……高校生じゃあるまいし。

気持ちを切り替えて、亜美ちゃんに説明していった。

「かすみ先輩、ありがとうございました。とても勉強になりました」

「それはよかった。またなにかわからないことがあったら、遠慮なく聞いてね」

説明を終えて自分の席に戻ろうとした時、電話を終えた部長が周囲を見回し、声をあげた。

「悪い、今日手が空《あ》いているヤツいないか？」

珍しく慌てた様子の部長に、皆は一旦手を休め、スケジュールを確認し始めた。もちろん私も席に座り、デスクの引き出しにしまってある手帳を取り出して確認する。

えっと……今日は特に予定はないんだよね。急ぎの書類もないし。

なかなか名乗り出る人がいない中、立ち上がって部長のデスクへと向かっていく。

「部長、私でよろしければ」

すると、部長は安心したように肩を落とした。

「よかった、それに馬場くんなら安心だ」

さっきまで切羽詰まった顔をしていたというのに、椅子の背もたれに寄りかかり、ガハハと笑いだした。

「それでご用件は？」

早速、本題に切り込むと、部長は慌てて体勢を戻して話しだした。

「本社近くのカフェで研修中だったうちの新入社員が、急用で出られなくなってしまったようで、人手が足りないらしいんだ。ちょうど昨日から新しいコンセプトでリニューアルオープンしたばかりだから混雑しているようで、手が空いている社員を回してほしいそうだ」

部長の言うカフェとは、正式名称『フラワーカフェ』。

我が社の系列である飲食店のひとつだ。全国に五店舗あり、東京と大阪にそれぞれ二店舗、そして北海道に一店舗展開している。フラワーカフェでは期間限定で自社製品を使用したメニューを提供していて、いろいろなバリエーション、奇抜なアイデアが受けてお客様から好評を得ており、数ヵ月ごとにコンセプトを変えて営業している。

カフェの一角には自社製品を購入できるショップも併設されており、売り上げも上々。アンケートも実施しており、自社製品に対しての満足度や、改良点なども得て開発に生かされている。

新入社員は全員、系列店で研修を行う。そこで消費者の意見を聞き、実際に自社製品がどんな客層に受けているのかを知り、消費者の立場に立つことを学ぶ。

私もあの研修があったからこそ、今の自分がいると言っても過言ではないくらい、多くのことを学んだ。

もちろん新入社員だけでシフトを回しているわけではない。専任のスタッフが配属されているし、そのほかはパートやアルバイトを雇っている。

しかし新入社員が研修で訪れるこの時期は、人件費削減のため、アルバイトをあまり入れていない。

そんな状況で頼りの新入社員がいくら急用とはいえ、出られない……となったら大変だ。ましてやオープン二日目なのだから。

「昼時のピークを過ぎて今は落ち着いているが、ティータイムの時間帯は混雑するし、人手も足りないらしい。急遽《きゅうきょ》で申し訳ないが、十四時半から十七時半まで助《すけ》っ人《と》で入れるか？」

チラリとオフィスの壁にかけられている時計で時間を確認すると、時刻は十三時四十五分。本社からカフェまでは徒歩十分の距離にある。

「大丈夫です」

「すまんな。よろしく頼むよ」

私はすぐにカフェのＷｅｂサイトで、メニュー表を検索する。

フロアに出ると、お客様に商品について聞かれることがあるので、きちんと答えられるように、ある程度知識を入れていかないと。

その後、時間ギリギリまで頭に叩き込み、慌ただしくオフィスをあとにした。

「馬場さん、今日は本当にどうもありがとうございました」

「いいえ、とんでもないです。こちらこそ、勉強になりました。ありがとうございました」

あれからカフェに到着後、店長から軽く説明を受けてすぐにフロアに立った。床面積九十平方メートルの店内には、カウンター席も合わせて五十二席の客席数があるものの、常に満席で外では長い行列ができていた。

これでも、数年前にここでみっちり研修を受けた身。ある程度知識が頭に入っているので、オーダーを受けたり商品を提供したりすることはもちろん、会計処理やご案内など、ひと通りの作業をそつなくこなすことができた。

若い女性客を中心に混雑していて、時間はあっという間に過ぎていき、気づけばもう十七時半過ぎ。頼まれていた時間を経過すると、すぐに店長は『上がっていいですよ』と声をかけてくれたのだ。

今はアルバイトの子たちでフロアもまかなえているし、お言葉に甘えて残っているスタッフに挨拶を済ませ、控え室で着替えてからカフェをあとにした。


「うわぁ、すごい行列……」

従業員専用口から出てカフェの前を通ると、先ほどより長い列ができていた。

お客様を待たせているのに自分は上がってしまって、少し申し訳ない気分になる。

それでも待っている方々が、メニュー表を見ながら顔を綻ばせているのを目の当《ま》たりにすると、私まで嬉しくなる。

自社製品愛が強いのか、ほかの部署の開発商品でも嬉しいものだ。部長に『直帰してもいい』と言われていたから、行列を眺めながら、最寄り駅にゆっくりと向かっていく。

「ちょうどいいところにいた」

「え……？　わっ！」

突然背後から声が聞こえてくると共に、がっちりつかまれてしまった腕。なにがなんだかわからぬ状況のまま進行方向とは逆に引っ張られていく。

混乱する中、視界に入ってきたのは大きくて逞《たくま》しい背中。

——ん？　ちょっと待って。この自信に満ち溢れている堂々とした後ろ姿……見覚えがあるぞ。それに声も……！

徐々に冷静になり、いろいろと把握できてきた頃、行きついた先はカフェに並ぶ列の最後尾。そこでやっと、つかまれたままの腕が解放され、犯人の顔を拝むことができた。

「結構繁盛しているんだな」

列の長さを眺めながら呑気に話す人物……それは。

「どうして今井社長がこちらに？」

必死に笑顔を取り繕いながら小声で尋ねると、彼はチラリと私を見たあと、すぐに前を見据えた。

「普通に考えれば、俺がここに来た理由くらいわかるよな？」

刺々《とげとげ》しく浴びせられる声に、笑顔が引きつる。

ええ、ええ！　あなたの性格を熟知しておりますから、今井社長がなにを言いたいのかなんて嫌ってほどわかります。〝わざわざ俺に説明させるな〟ってことでしょう？

「オープンして二日目の、客の入りや提供商品のチェック、従業員の接客態度などを視察に来られたんですよね？」

「わかっているなら、わざわざ聞くな」

バッサリ言い切られ、怒りが沸々と湧いてくる。

あぁ、どうして私はこんな人に、一瞬でもドキドキしてしまったのだろうか。あの時の私は、やはりどこかおかしかったんだ。

今井社長と会うのはあの日以来なのに、今は全くときめかないし、ただイライラするだけだもの。

「それは失礼しました。しかし私が言いたいのは、どうして私まで、こうして今井社長と一緒に列に並ばされているかということです」

私も負けじと棘《とげ》のある言葉で聞くと、今井社長は一切こちらを見ることなく答えた。

「うちのような女性向けのカフェに、男がひとりで列に並んで入店したら、目立つと思わないか？　時間が空いたから来たものの、どうしようかと思っていたところに、たまたま馬場がいた。だから連れてきたまでだが？」

なっ、なにそれ！　今井社長ってば、どこまで傲慢な方なのだろうか。

「失礼ですが私、もう業務時間外なのですが‼」

語尾に力を入れても、今井社長は悪びれた様子は一切見せない。むしろ当然といった目で、私を見下ろしてきた。

「だったら喜べ。企画部のお前にとっても、いい勉強になるだろ？」

フンと鼻を鳴らして笑う彼に、カチンときた。

「申し訳ありませんが私、ついさっきまでこちらでヘルプとして働いていましたので、勉強のほうは充分してまいりました」

「なに？」

これにはさすがの今井社長も片眉を上げ、表情を変えた。

自信たっぷりな表情や怒っている顔以外を初めて拝むことができ、ひとり心の中で大きくガッツポーズする。もちろん顔に出すことなく、あくまで相手は今井社長ということを念頭に、丁寧に伝えた。

「それに、慣れない接客業で心身共に疲れてしまいましたので、明日の業務に支障をきたさないよう、今日は家で休ませていただきますね」

ここまで言えば、さすがの今井社長も反論できないだろう。小さく一礼し、さっさと帰ろうと回れ右をしたわけだけど……。

「待て、誰が帰っていいと言った」

肩をつかまれ、身動きが取れなくなってしまった。

「……はい？」

引きつり笑顔で首だけ振り返ると、鋭い目つきで睨まれてしまった。

「さっきも言っただろう？　男がひとりで入店したら目立つって」

一瞬、戸惑ったものの、彼の鋭い眼差しは次第に行き場を失い、せわしなくさまよいだす。

「だから、黙って付き合え」

耳を真っ赤にさせながらボソリと吐き出された投げやりな言葉に、思考回路が停止してしまった。

だって、照れている様子が、あの怖い今井社長だとは全く思えないから。

えっと……これはつまり、アレですか？　流行りの〝ツンデレ〟ってやつですか？

瞬《まばた》きを繰り返しながら、つい思ったままを口にしてしまった。

「つまり今井社長はひとりで入るのは寂しいし、周囲の目が気になってしまうから、私と一緒に入ってほしいってことですか？」

「なにを言って――」

「図星ですよね？」

会社で見る今井社長とは違い、どこか親近感を覚えてしまう言動に、いつもより強気な態度を取ってしまった。

私の推測は見事的中したようで、今井社長は言葉を詰まらせ、つかんでいた私の肩をゆっくりと離した。そして耳を疑うようなことを、地面を見つめたまま呟いた。

「そうだと言ったら、付き合ってくれるのか？」

「……え？」

予想外の発言に、息が詰まってしまった。

今井社長は開き直ったように私を見据え、繰り返した。

「ひとりで入るには抵抗があるから、付き合ってくれと言っているんだ」

とても人に頼んでいるようには思えない物言いだけど、普段の今井社長を知っているだけに、彼がかなり無理していることがヒシヒシと感じられる。

だからこそ信じられないというか、なんて言えばいいのだろうか。今の気持ちを。

普段とはまた違った、可愛い一面を見せられて不意打ちを食らった、というか……。

大人の男、しかも社長という立場なだけに素直に言えないけれど、頑張って頼んでいるところにキュンときたというか……。

——ん？　キュンときた？

そう感じてしまった自分の気持ちに一気に興ざめしていく。

いやいや！　違うでしょ！　素直になれない子供みたいな一面にクスリ、でしょ‼

グルグルと考え込んでしまっていると、怪訝《けげん》そうに私の様子を窺っている今井社長と目が合い、我に返る。

なにをやっているのだろうか、私は。今井社長の前で。

わざとらしく咳《せき》払いをすると、彼は気に食わなそうに顔をしかめた。

「おい、こっちは羞恥《しゅうち》を晒《さら》してまで言ったんだ。早く返事をよこせ」

うん、やっぱり今井社長に対して胸キュンはあり得ない。これが人にものを頼む態度？　偉そうに腕を組んで見下ろすなんて‼

でも、な。これが今井社長の限界なのかもしれない。普段の彼からしたら、かなり妥協していると思うし。自分が一番正しいって人が、一社員である私に頼んでいるのだから。

本音を言えば、仕事とはいえ今井社長に付き合って、一緒に食事するなんてごめんだけれど、ここは仕方ない。

「わかりました、今井社長があまりに不憫《ふびん》なのでお供いたします」

普通にOKするのが癪《しゃく》で皮肉たっぷりに言えば、彼は眉間に皺を寄せた。

「ほら、前進んだぞ」

私にお礼を言うのが嫌なようで、シレッとした顔で完全スルーし、先に歩を進める今井社長。

今井社長って傲慢なようだけど、本当はただ素直になれないだけなのかもしれない。仕事柄？　それともただの性格？　なにはともあれ、怒るどころか、傲慢社長のちょっぴり意外な一面を知ることができて、むしろニヤけてしまう。

威圧的で社員たちに恐怖を与えているけれど、仕事に真摯《しんし》に向き合っていて、上司としては尊敬できる人。

だけど子供染《じ》みた可愛い面もあって、それを知っている社員はごく少数なはず。

そう思うと、特別感みたいなものが膨れ上がり……ダメだ。ニヤニヤが止まらない。口元を押さえながら前に進み、今井社長の隣で立ち止まると、なぜか痛いくらいの視線を隣からヒシヒシと感じた。

「なんでしょうか？」

チラッと横を見れば、今井社長がまるで私を憐れむかのような目を向けている。

ニヤけも収まり、冷めた顔で聞くと、彼は表情を変えないままサラリと言った。

「お前、そんなんだから、嫁のもらい手がないんだろ」

「はい？」

普段、今井社長と話す時は、努めて心の声を封印している。けれど、さすがにこの発言にはあからさまに顔をしかめてしまった。

「今井社長、それはどういった意味でしょうか？」

しかめっ面のまま尋ねると、彼は鼻で笑った。

「そのままの意味だ。ここが公衆の面前だということも忘れて、だらしない顔をするヤツに、嫁のもらい手なんてあるわけないだろ？」

なっ、なんて失礼な人だろう！　第一、嫁のもらい手がないなんてセクハラの一種じゃない？

けれど、ここで感情の赴くままに反発したら、ますますバカにされてしまうだろう。

必死に自分を落ち着かせ、いつものように平静を装った。

「失礼ですが今井社長、私にはきちんと相手がおりますので、ご心配なく」

『会社で噂だけが大きくなっている架空の彼氏ですが』と、心の中でつけ足した。

「それに相手は、家に帰ればいつも私のそばにいてくれるんです」

常に私に寄り添ってくれるカイくんがいるのだから、これは決して嘘ではない。噂を大いに利用して、精一杯の見栄を張る自分。……うん、こうやって自信満々に言っているのがひどく滑稽に思えてならない。

けれどいくら自分が惨《みじ》めになろうと、目の前にいる今井社長に、これ以上からかわれるのだけは勘弁《かんべん》だ。それなら見栄でもなんでも、張ってやろうじゃないの。

今井社長に恋人がいるって話は聞いたことがない。傲慢で恐れられている彼だけど、見た目のカッコよさと社長というスペックにつられて寄ってくる女性は多いはず。でも性格を知られたら、間違いなく長続きしなそうだ。

むしろ今井社長のすべてを知って……いや、私もプライベートはほとんど知らないけど、彼の会社での様子などを知ってまで、愛してくれる人なんているのだろうか。

ううん、そんな相手はいないはず。

ひとり勝手に心の中で毒づき、今井社長は恋人がいないのに私にはいる、となれば、さすがの彼もなにも言い返せないだろう……という結論に至った。

「あっ、すみません。今井社長は仕事ひと筋ですもんね。私みたいに、素敵な恋人を作っている暇もありませんよね？」

もちろんただの建前上の謝罪で、本心であるわけがない。日頃の恨みと、カフェの視察に付き合わされた仕返しとばかりに、わざとらしくオーバーに言ってみる。

だが、私の読みは甘かったようだ。

今井社長は悔しそうに唇を噛みしめる……なんて素振りは見せず、まるで私の嘘を見破っているかのように嘲笑《あざわら》った。

「それは愚問だな。悪いが俺にも大切な存在くらいいるから」

「……え」

黙らせるつもりが、こちらが言葉を失ってしまった。

ポカンと口を開けたままガン見してしまっていると、今井社長は我慢できなくなったようにプッと噴き出した。

「なんだよ、その顔は。俺には恋人なんていないと思っていたのか？」

「いえ、そういうわけでは……」

咄嗟に否定するも、図星だったことはしっかり今井社長に伝わってしまっていたようで、彼は深く息を漏らした。

「失礼だな。俺にだっているさ、誰よりも愛しくてかけがえのない存在くらい」

呼吸するのも忘れるくらい、彼に釘付けになってしまった。

だってなに？　この今井社長の顔は。……初めて見た。愛しい相手を想っているのか、とても優しく目を細めて甘い顔をしちゃってる。威圧的で怖い人でも、好きな相手を想像しただけでこんな顔になっちゃうんだ。

あまりに予想外で、今井社長をボーッと見つめてしまっていると、私の視線に気づいたのか彼はハッとし、小さく咳払いをした。

「だから今後、そういった余計な心配はするなよな」

「……は、い」

なにこれ。今度は照れているのだろうか。意外すぎて、視線が逸らせない。

そして気になるばかりだった。今井社長をこんな顔にさせちゃう相手って、どんな人なのだろうかと。

気になりだすと止まらなくなる。けれど、さすがに『どんな人ですか？』なんて無粋な質問はできない。

恋愛経験が乏しい私には、今井社長のような男性がどんな女性に惹かれるのかなんて、容易に想像できるわけがない。だからこそ、ますます妄想してしまう。この人は彼女の前では、どんな顔をしちゃうんだろうって。

少しずつ進んでいく行列。並び始めて二十分。やっと私たちの番まできた。

「お待たせいたしました。二名様、ご案内いたします」

アルバイトの店員に案内され、先ほどまで働いていた店内に入っていく。案内された座席は、窓側の一番端の席だった。

「こちらがメニュー表です。お決まりになりましたら、ボタンでお呼びください」

店員は丁寧に一礼し、去っていった。

よかった。案内してくれた子や、フロアに入っている子たちは、私が上がってから入った子ばかりだし、就業時間後の今は、店長以外はアルバイトしかいないから、今井社長にも気づかれないだろう。

唯一、今井社長の顔を知っている店長も忙しそうに動き回っている。

おまけに席は目立たない端っこ。これなら気づかれるリスクは低いだろう。

早速メニュー表を手にすると、今井社長がボソリと呟いた。

「マイナス十点だな」

「え？　なんですか、急に」

なにを注文しようか吟味《ぎんみ》している私をよそに、今井社長は店内の様子をくまなく見回しながら言った。

「さっきの店員の接客だ。数時間とはいえ、ヘルプで入っておきながら、なにがダメかわからないのか？」

周囲を見回していた厳しい視線が、今度は私に向けられた。

「そんなわけないじゃないですか！」

挑発するような言い方に、負けじと反論するけれど、すぐにはダメなところが出てこない。

あの子、言葉遣いも態度も問題なかった。笑顔も素敵だったし。……あれ？　でも待って。

「コンセプト、商品の説明がされてなかった……？」

疑問形で聞くと、今井社長はフッと笑った。

「正解」

なっ、なにその顔は‼　〝よくできました〟と言わんばかりの優しい笑みは。普段は、しかめっ面か怒っている顔しか見せないくせに、どうして今日はいろいろな表情になるの？　……おかげで激しく動揺させられているじゃない。

メニュー表を持つ手の力も、自然と強まってしまう。

それに気づかない今井社長は、抑揚のない声で、淡々と解説していく。

「リニューアルオープンして二日目。大抵の客は初来店で、ここがどんなコンセプトのカフェなのか、どんなメニューがあるのか、オススメはなにか、気になるところだろ。定期的にコンセプトを変えて営業していると知れば、リピーターになってくれる可能性も高い。それをあの店員はみすみす逃したんだ」

眉をひそめる今井社長に、だんだんと冷静になっていき、熱も冷めていく。

うん、やはりいつもの今井社長だ。表情だけで再認識させられるよ。

「それに見ろ。いくら客を待たせているからって、掃除が行き届いていない」

そう言って今井社長が持ち上げたのは、紙ナプキンが入っているケース。その下にはコーヒーの染みがしっかり残っていた。

「それにお冷《ひや》を持ってくるのが遅い。オーダーを取る時に運べばいいと思っているのか？　客を散々待たせておいて、喉が渇《かわ》いているって想像できないバカなんだろうか」

徐々に声に怒りがこもりだし、イライラしているのが顔にも出てきた。

ギョッとしてしまい、慌ててメニュー表で自分たちの顔を隠し、小声で注意した。

「今井社長！　私たち、偵察に来ているんですよね⁉　そんなにイラついていたら、バレちゃいますよ？　私たちはあくまで一般客ですよね？」

釘を刺《さ》すように言うと、今井社長は眉を寄せて唸りだした。

「そう、だったな」

そしてバツが悪そうに、メニュー表へと視線を落とした。

様子を窺いながら、しみじみ思ってしまう。さすがというか、なんというか……。

店内に入った途端に社長スイッチが入ったかのように、くまなくチェックし始めて鋭い指摘をしちゃうところは、すごいと認めざるを得ない。数時間だけとはいえ、ヘルプで入っていたのに気づけなかった自分が情けなくなるくらいに。

今井社長が言っていたことは、すべて正論だ。説明がないのはマズいし、長時間待たせたお客様に、お冷を早く持ってこないのもマイナスポイント。

アルバイトといえど、オープン前に研修を受けたはず。テーブルの汚れだって、見えないところだから見落としてしまった、ではダメだよね。気にする人は気にするもの。ましてや飲食店なのだから。

どんなに今井社長のことが嫌いでも、仕事面だけでは嫌いになれない。こうやって一緒にいるだけで、本当に勉強させられる。

「とりあえず、オススメ商品を注文するかたちでいいか？　マニュアル通りに味付けや盛り付けがされているか、チェックしたい」

「大丈夫です。お任せします」

すると、今井社長はすぐに呼び出しボタンを押した。

「お決まりでしょうか」

すぐに来た店員の手にはお盆があり、その上にはたくさんのお冷。

どうやら、まとめて提供するつもりでいたようだ。

あぁ、これ完全にマイナスポイントでしょ。目の前に座る今井社長を恐る恐る見れば、顔が引きつっている。

本当はガーッて文句を言いたいんだろうな。それを必死にこらえているのだろう。

今井社長の心情が手に取るようにわかる中、彼はメニュー表を見て気持ちを落ち着かせ、オーダーし始めた。

「これとこれをひとつずつ。それと……これとこれを」

メニュー表のページをめくりながら、オーダーしていく今井社長。どうやらメニュー名を口に出して言いたくないようだ。

けれど、その気持ちはわかる。

今回は我が社の定番人気商品である、バニラアイスクリームをメインとしたメニュー構成。女性がターゲットということもあり、メルヘンチックな名称がつけられたから。

ちなみに今井社長が注文したのは、『とろーりとろける絶品オムライス』と『ジューシーふんわりハンバーグ』。

食後にアイスを食べたくなってしまうメニューを、と考え出されたオススメ料理だ。そして極めつけのデザートは、『愛愛アイスクリームパフェ』と『ラブリー島の爽やかパンケーキ』。

これは口に出して言いたくないよね。

「かしこまりました。少々お待ちくださいませ」

オーダーを取り終えた店員が去っていくと、今井社長は腕時計で時間を確認した。

「十八時……か、これだけ混雑している中、どれくらいの時間で提供できるか……」

オーダーから料理の提供時間まで、しっかり計るようだ。

「ハンバーグは確か、オーダーを受けてからこねて焼くんですよね？　そうなると時間がかかりそうですね」

「そうだな。反対にオムライスはすぐに提供できる。マニュアルなら同席の客のオーダー品は同時に出すようになっているが、果たしてどうか……」

お冷でお互い喉を潤しながら、待つこと約十五分。

「お待たせいたしました、とろーりとろける絶品オムライスでございます」

運ばれてきたのはオムライスだけ。

「失礼します」

ハンバーグのことには触れずに去っていく店員に、今井社長はため息を漏らした。

「案の定だな。しかも、取り皿が必要かどうか聞いてこなかった。馬場、マニュアルでは？」

「えっと……複数人で来店されたお客様は、シェアして召し上がることが多いため、取り皿が必要かどうか必ず確認する……ですよね？」

思い出しながら言うと、今井社長は大きく頷いた。

「そうだ。見ていると、ほとんどのスタッフができていない。店長に再教育をするよう伝えて、本社から誰か指導に行かせないといけないな」

今井社長はブツブツ言いながら、近くにいた店員に取り皿を催促して二枚受け取ると、オムライスを取り分け始めた。

その姿に、ギョッとする。

しまった！　社長に取り分けてもらう平社員が、どこにいるのよ！

「それは私がっ……！」

そう思って声をあげたけれど、手で制止されてしまった。

「部下だからやるとか、古い風習は嫌いだ。それに、俺がやったほうが綺麗によそえると思わないか？」

「……なにをサラリと、失礼なことをおっしゃっているんですか？」

「事実だろう」

取り皿に盛りつけながら、ククククッと声を押し殺して笑い始めた今井社長。

本当に、今日はどうしちゃったの？　戦略会議では敵対心を向けていた相手なのに、これじゃあ仲良しな上司と部下じゃない。

「では、お言葉に甘えてお願いします」

「その代わり、ちゃんと食って味の採点しろよ？　男と女では味の好みも違うしな」

「はい、もちろんです」

とことん仕事人間なお方だ。

それから今井社長と料理を食べて、味や接客態度のチェックをしつつ、なんだかんだと充実したアフタータイムを過ごしていった。

不穏な影が迫ってきています

「うわぁ、ヤバい！　美味しいです」

「本当ですか？　よかったです。素材のよさをしっかり生かせているか不安だったんですが、どうでしょうか？」

「バッチリです！　バター風味がいい感じにアクセントになっていて、美味しさが倍増していますよ」

　今井社長とふたりでアフタータイムを過ごしてから、早一ヵ月半。あと数日で六月に入り、そろそろ梅雨《つゆ》の時期を迎えようとしている。

　曇り空の火曜日、フラワーチョコレートの限定フレーバーの試作品が、いくつか完成したという報告を受け、早速やってきた十五階にある開発部。

「松島主任、そちらはどうですか？」

　一緒に来ていた松島主任も、口をもごもごさせながらグーサインを出してきた。

　限定フレーバーはバター風味。仮の商品名は『冬にちょっぴり幸せになれるバター味』。北海道にある小さな牧場の経営者が地元にしか卸《おろ》していないという、極上バターを使用した限定商品だ。

試作品がどう仕上がるかドキドキしていたけれど、第一弾でこれだけ高いクオリティの物ができるとは、正直思っていなかった。でも、試食してみて気になる点がいくつかある。

「ただ、少し調整が必要ですよね。こちらはバターの風味が強すぎますし、かと言ってこちらは薄い。絶妙な加減が難しそうですね」

「そうなんですよねぇ、そこがなかなか……。でも頑張りますよ！　なんていったって、三周年の記念すべき限定フレーバーですから」

そう言ってくれた開発部の社員に頭が下がる。

「ありがとうございます、よろしくお願いします」

フラワーチョコレートの誕生からずっと一緒に仕事してきた者同士、固い絆《きずな》がしっかりできている。

「期待していますね！」

それは松島主任も同じ。

ふたりで深々と頭を下げ、今後のことを話し合って開発部をあとにした。

「いい感じに進んでいますね」

「そうだね、パッケージデザインのほうもうまくいっているし」

開発部から企画部のオフィスに向かって、松島主任と廊下を進んでいく。

周囲には誰もいない……んだけど。足を止め、つい振り返って見てしまう。

「どうしたの？　馬場さん」

不思議に思ったのか、松島主任も足を止めて尋ねてきた。

「いえ、その……なんか一ヵ月半くらい前から、やたらと視線を感じるんですよね。会社の中だけでなく、家にいる時以外は常に」

再び歩を進めながらため息交じりに話すと、彼は「えぇっ!?」と大きな声をあげた。

「そっ、それって、もしかしてストーカーとかじゃないの!?」

途端に慌てだし、私の前で身振り手振り説明する様子は、実に彼らしい。普段から心配性で、ちょっとしたことでもオーバーに騒ぎ立てることが度々あるから。

そりゃ、私だって最初はその線を疑った。世の中には物好きがいるっていうし。でも、さっき松島主任にも話したように、会社以外でも視線を感じるのだ。それはもちろん、完全オフスタイルの、やぼったい姿の時でさえ。

だからストーカーって線は、限りなくゼロに近いと思う。素の私を見てしまえば、きっと幻滅するだろうから。

それに郵便物が荒らされるとか、変な電話やメールが来るとか、そういったことは一切ないし。本当に、ただ視線を感じるだけなのだ。

でもストーカーじゃないとすると、その正体は一体なんだろうか。それがわからないから不気味なんだよね。

「警察に相談した？　あれ、馬場さんってひとり暮らしだっけ？　セキュリティは万全のところ？」

いろいろと考えている間も、松島主任はひとり慌てふためいている。

「あっ、はい。セキュリティ面では安心できるところに住んでいるんで、大丈夫です」

「うぅーん……それでも上司としては心配だし、警察に相談に行くことをオススメするけど。なんだったら、俺が一緒に行ってもいいし！」

「ありがとうございます。でも、今は何事も起きていないので、もう少し様子を見てみます。なにかあった時はお願いしますね」

松島主任の優しさは嬉しいけれど、特別危害を加えられているわけでも、接触されているわけでもない。そんな、単なる気のせいかもしれない状況で相談に行っても、仕方ないと思う。

「絶対だからね？」

〝上司として〟だとしても、こうやって心配してくれる存在がいるのは心強い。

上司……といえば、今井社長。そういえば、最近顔を合わせていない。

どうやら出張が立て込んでいて忙しいらしい。社員たちは、会社で会うリスクが減って喜んでいるけど。

フラワーカフェのほうは、今井社長直々《じきじき》に大きなテコ入れをし、料理も接客も評判は上々だとか。ショップでの自社商品の売り上げもアップしているようだ。さすがは今井社長だと思う。

あの日、一緒にカフェで食事をした時、目の前にいる彼は、普段知っている今井社長ではないような気がしてしまった。

あの時の彼がまとっていた空気は、いつもの怖いものとは違って、他人を受け入れているような優しいもので溢れていて、癪だけど心地よかった。時折カチンとくるようなことを言われたけれど、軽く受け流せるものだったし。

なんだか頼りになる直属の上司みたいで、いつもより身近に感じてしまったんだ。

でもこうやって職場で日々仕事をしていると、今井社長はやっぱり私の勤めている会社のトップであり、一社員の私が簡単に会える存在でも、気軽に話せる相手でもないと実感させられていた。

「うぅーん、今日のおかずはどっちにしようかな」

仕事終わりに、会社近くのデパ地下で値引きになっているおかずを吟味する。なるべく自炊するように心がけてはいるけれど、仕事でクタクタの身体を酷使してまで料理しようとは思えない。

おかずのパックを両手に持ち、悩みに悩んでいると背後からポンと肩を叩かれた。

「わっ⁉」

思わず肩を震わせると、すぐに「悪い」と謝罪の声が。振り返ると、同期の仙田くんが申し訳なさそうに立っていた。

「仙田くん！」

「まさかそこまで驚くとは思わず……ごめん」

顔の前で手を合わせる彼に、クスリと笑ってしまった。

「もー、誰だって驚くに決まっているじゃない」

それでなくても最近、妙な視線を感じていたから余計に。

「だから悪かったって。まさかこんなところで馬場と会うとは思わなかったからさ」

こんなところ……ですよね。会社での私は、それなりに〝女子力が高い〟で通っているらしいから。これには苦笑いするばかり。

「アハハ、たまには手抜きもいいかなーなんて思って……」

あくまで滅多に来ないことをアピールすると、仙田くんは楽しそうに笑ったあと、彼のオススメ品を教えてくれた。

「仙田くんは、よくここを利用しているの？」

「まぁな、これでも彼女ナシの寂しい独身男だから」

あれから仙田くんとデパ地下を回り、お互い買い物を済ませて最寄り駅へと向かっていた。帰宅ラッシュの時間帯ということもあって、歩道は人で溢れている。

近い距離で自然と肩を並べながら歩いているものの、お互い変にドキドキしないのは、長年切磋琢磨《せっさたくま》してきた同期だからかもしれない。

「馬場はさ、やっぱ休みの日とかに彼氏に手料理振る舞ってるの？」

「……えっ⁉」

「勝手にそんなイメージ持ってるんだけど、違った？」

手料理？　私が？　バーチャルな彼氏に？

仙田くんも皆と同じく、私にラブラブな彼氏がいると信じているひとり。

そっか、普通はそう思うよね。彼氏がいたら、手料理を食べてもらって『美味しい』って言ってもらいたい女子は多いだろうし。

「えっと……まぁ、それなりに」

肯定すると「やっぱりな」の声が。罪悪感が針と化し、チクリと胸に突き刺さる。

「うらやましいよ、そういう相手がいるのって。俺なんてもう何年、彼女いないやら」

大きなため息を漏らす仙田くんだけれど、ごめんなさい。私もそちら側の人間なんです。もう何年、彼氏がいないやら……。でも、気になる人はいる。

ふと頭に浮かんだのは、ボサボサ頭の山本さん。不思議と彼を想像するだけで、胸が熱くなる。だから仕事中は一切考えないようにしているけれど、退社した今は無理。

そういえば山本さんは自炊しているのかな？　見た目からして勝手に無精な生活をしているように思ってしまうけれど、意外としっかりしていたりして。いや、それか彼女がいて、私が知らないところでいろいろとお世話をしてもらっているとか？

妄想に陥ってしまっていると、いつの間にか駅の改札口前に辿り着いていた。

「確か、路線違ったよな？」

「あっ、うん。仙田くんは地下鉄だったよね？」

「あぁ。じゃあ、お疲れ。またな」

改札口を抜けてそこで別れると、仙田くんの姿はあっという間に人混みに紛れ、見えなくなってしまう。

私も背を向け、ホームへと向かっていく。

同期はたくさんいるのに、仙田くんとは一番うまが合うんだよね。

本社勤務の同期、二十名の中には私のことを『女のくせに生意気だ』って思っている男子や、『仕事やりすぎ』と陰口を言っている女子もいる。

その点、仙田くんは気兼ねなく話しかけてくれるし、なにかと気遣ってくれるし。

同じ企画部だからこそ、わかり合える苦労があるのかもしれないけれど、仙田くんの存在に助けられたことは何度もある。これからも大切にしたい同期仲間だよ。

彼の存在に感謝しながら、満員電車に揺られて自宅マンションへと向かっていった。

「疲れた〜」

マンションのエントランスを抜け、エレベーターに乗り込むと、思わず独り言を漏らしてしまった。最上階に着き、お惣菜《そうざい》のパックが入った袋の音をガサガサとたてながら、エレベーターを降りていく。

部屋の前まで行き、鍵をガチャリと開けると、すぐにリビングからカイくんが駆け寄ってきた。

「ただいま、カイくん。お利口にしていたかな?」

「ワンワンッ!」

あぁ、尻尾を振り振り飛び跳ねるカイくんが可愛すぎる。満員電車の疲れなんて、どこへやらだよ。

玄関先でカイくんと戯れていると、リビングからふたりの声が聞こえてきた。

「あ、かすみちゃん帰ってきましたよ」

「本当だ」

あれ、この声ってもしかして……。

ハイヒールを脱ぎ、カイくんと共にリビングへ行くと、そこには佐藤さんと由美ちゃんの姿があった。

「おかえり〜、かすみちゃん」

由美ちゃんは、すでにほろ酔いぎみ。テーブルの上にはワインとおつまみの生ハムが。どうやら私の帰りが待ち切れず、ひとりで先に飲んでいたようだ。

「由美子さん、今日は早く仕事が終わったようで、少し前からいらっしゃっていたんです」

「そうなの。おまけに今日は彼も出張中でいないから、久々にかすみちゃんと飲もうと思って」

そう言いながら掲げたのは、半分以上飲み干したワインボトル。

「佐藤さんに一緒に飲もうって誘ったんだけど、仕事に真面目だから断られちゃって」

グイッとグラスに残っているワインを飲み干す由美ちゃん。もうすっかりでき上がってしまっているようだ。

「すみません。仕事中でしたし、カイくんのお散歩もあったので」

謝る佐藤さんに申し訳なくなる。

「いいえ、悪いのは私です。いつも遅くなってしまってすみません」

仕事が早く終わったくせに、デパ地下でのんびりしていたのだから。

「いいんですよ、かすみちゃんもいつも大変ね。頑張っていて偉いと思うわ。私のことなら、本当に気にしないでね」

「ありがとうございます」

佐藤さんは本当に優しくていい人だ。紹介してくれた由美ちゃんに感謝だよ。

「それでは、私はこれで」

「はい、お疲れさまでした。また明日もお願いします」

「佐藤さん、またね～」

陽気な声で見送る由美ちゃんに苦笑いしながら、佐藤さんは早々と帰っていった。

「さて、かすみちゃん。今夜はとことん飲もう！　……あっ、その前に儀式かな？」

「儀式って失礼な」

由美ちゃんの言う〝儀式〟とは、私がメイクを落とすこと。酔うと決まって、からかい口調で言ってくる。

「でも飲むなら楽な格好になりたいから、ちょっと待ってて」

「了解～」

今日は遅くまで付き合わされそうだ。それを覚悟して洗面所に向かい、いつものようにメイクを落とし、ジャージに着替える。

ストレス発散法なのか、由美ちゃんは二、三ヵ月に一度、突然私の家に押しかけてくる。やたら高いお酒を持参して。

なんでも、飲んでくだらない話をすることで、心身共にスッキリできるとか。一緒に飲むだけで由美ちゃんのストレスが解消されるなら……と毎回付き合っている。

「はい、かすみちゃん乾杯」

「乾杯」

リビングに戻ると、私の分のグラスをしっかり用意してくれていて、乾杯をすると由美ちゃんは美味しそうにワインを飲んだ。

「――で？　最近はどうなの？　恋愛してる？」

そして、この『恋愛してる？』も恒例のセリフで、酔うと百パーセント聞いてくる。いつもの私だったら『しているように見える？』とか『そんな相手はいません』って即答しちゃうところだけど、今回ばかりは口ごもってしまう。

そんな私の様子を、由美ちゃんは酔っていようと、見逃すことはなかった。綺麗な目がキラリと光り、身を乗り出して私の様子を観察し始める。

「ゆ、由美ちゃん……？」

ジリジリと距離を詰められ、顔が近づいてくるものだから、完全に椅子の背もたれに寄りかかってしまった。

それでも由美ちゃんの観察は終わることがなく、非常に居心地が悪い。酔った由美ちゃんの目が座っているから、余計かも。

いや、なんてことないフリして、いつもの決まり文句を言えばよかったんだ。

けれど、言えるわけがなかった。私の心の中には、しっかりと〝彼〟が住みついてしまっているのだから。

だからひたすら目を泳がせていると、由美ちゃんの獲物を仕とめるような鋭い視線を感じ、身体が硬直してしまった。

そんな私に、由美ちゃんは静かに言い放った。

「かすみちゃん……なにがあったのか、詳しく話しなさい。包み隠さず、すべてを」

「……はい」

もちろん逆らえるはずもなく、ご要望通り、包み隠さず最近の出来事をすべて話していった。

「やだもう、かすみちゃんってば、心配しなくてもしっかり恋愛を楽しんでいるじゃない！」

「いや、それはその……」

あれからしどろもどろになりながらも、すべてさらけ出すと、由美ちゃんは途端に上機嫌になり、新たに一本ワインを開け始めた。

「普通の二十代の女子は、間違いなく社長に恋心を向けるところを、かすみちゃんは隣の冴えないボサボサ頭の愛犬家だなんて、さすがだわ」

由美ちゃんは、うんうんと頷きながらグラスにワインを注いでいるけれど……これは褒められているのだろうか、けなされているのだろうか。

なんて答えたらいいのか迷っていると、由美ちゃんは頬杖をついて私に微笑みかけてきた。

「いいじゃない。理想を追いかけてばかりの恋愛は、子供がすること。大人の女は現実的な恋愛をしないと」

意外だった。てっきり、由美ちゃんはハイスペックな今井社長を勧めてくるとばかり思っていたから。

口を開けたままポカンとしていると、由美ちゃんはクスリと笑った。

「なによその顔は。もしかして、私が社長を勧めないことを不思議に思っているの？」

「えっ！　いや、まぁ……」

ポロリと本音を漏らせば、由美ちゃんはまた笑いだす。

だって私、さっき由美ちゃんに仕事の面ではすごく尊敬できる人だってことまで話しちゃったし。同じ経営者として、今井社長の印象は悪くないでしょ？

けれど由美ちゃんの思いは違ったようだ。

「隣の彼、かすみちゃんのオフの姿を見ても表情ひとつ変えない、懐《ふところ》の深い男なんでしょ？　しかも同じ愛犬家ときたものね。おまけにこのマンションの最上階に住むくらいだもの、見た目はどうであれ、経済力はそこそこあるでしょ」

「そう、だよね」

私と山本さんは所詮、ただのお隣さん同士。好きって気持ちはあるけれど、私は彼のことをほとんどなにも知らない。どこに勤めているのかとか、年齢とか。

あっ、そういえば苗字しか知らないじゃない。

「一緒にいて癒してくれる相手が一番よ。ましてや結婚も考える年頃でしょ？　だったらなおさら！」

由美ちゃんに言われると、すごく説得力がある。

「でも、さ。私、山本さんのこと、ほとんど知らないんだよね。だからその、いまだに胸を張って『好きです』とは言えない状況というか……」

久し振りにときめいて、気持ちばかりが浮ついていたっていうのかな？　地に足をつけて由美ちゃんの言うような物事を、しっかり考えられていなかった。

普通、いいなって思ったら相手のことをもっとリサーチするべきなのに、一緒にいて癒されるといった、漠然とした思いしか抱えていなかった気がする。

そう思うと、やっぱり私って女子力低いって再認識させられてしまう。

たまらずガックリうなだれると、由美ちゃんが「どうしたの？」と聞いてきた。

「いや、なんか私……久し振りにときめく相手に出会えたことで舞い上がって、現実的なことはなにも頭に入っていなかったなって」

正直な気持ちを伝えると、由美ちゃんは「なるほどね」と共感してくれたあと、話を続けた。

「けれど恋愛ってそういうものじゃないの？　本気になっちゃったらなかなか冷静になんてなれないわよ。でもかすみちゃんは大丈夫。だって隣の彼はありのままのかすみちゃんを、愛してくれる人かもしれないいんでしょ？」

得意げな顔で私に問いかけてくる由美ちゃん。私が気恥ずかしさを覚えながらも頷くと、彼女はニッコリ微笑んだ。

「それなら安心ね！　他人同士が出会って恋するんだから、最初はなにも知らなくて当然！　大切なのはインスピレーションよ。いいなって思えたら徐々に知っていけばいいんだから」

なんて説得力のある言葉だろうか。自分の気持ちに自信がなくて、今さっきまで自己嫌悪に陥っていたのに、由美ちゃんの話を聞いただけで、こんなにも気持ちが浮上できてしまうのだから。

「やっぱり由美ちゃんは、人生経験を積んできただけあるよね。言葉の重みが違う」

じんわり感動している私の前で、由美ちゃんの眉がピクッと動いた。

「ちょっとかすみちゃん、それは私が〝おばさんだ〟って言いたいのかしら？」

「えっ！　いやいや！　違うから‼」

慌てて両手を振って、弁解を続ける。

「私も由美ちゃんのようにいろいろ経験して、カッコいい大人の女性になりたいってこと。それで若い子に、由美ちゃんのように諭《さと》してあげたい」

すると由美ちゃんの表情は一瞬にしてパッと和らぎ、ニコニコと笑いだした。

「あらやだ、そんなこと言われたら照れちゃうじゃない。そうだ、今度隣の彼と会わせてよ。私も拝んでみたいわ。ボサボサ頭でジャージ姿の彼を」

「機会があれば……」

まだそこまで山本さんと親しくないし。

「まずは下の名前とか年齢を聞いて、もう少し仲良くなれたらね」

「そうね。まずは相手のことを知らないとね。応援しているから、頑張りなさいね！」

「うん、ありがとう」

由美ちゃんに話してよかった。ひとりでグルグル悩んでいたら、いつまで経っても前に進めていなかったと思うから。

伯母だけれど母親みたいで、時々友人のように気兼ねなく話せる存在で。由美ちゃんがいてくれて、本当によかった。

その後は、由美ちゃんの彼氏の話などで盛り上がり、すっかり気分よく酔っ払った由美ちゃんは、ふらつく足取りでタクシーに乗り込み、帰っていった。

「帰っちゃったね、カイくん」

「クゥーン……」

由美ちゃんを乗せたタクシーを、マンションのエントランスでカイくんと見送っていると、急に寂しさに襲われていく。

「でも、私にはカイくんがいるしね」

うん、カイくんがいれば大丈夫。

「おうちに戻ろうか」

「ワン！」

部屋に戻ろうと踵《きびす》を返した時、遠くから犬の鳴き声が聞こえてきた。

「ワンワンワンッ‼」

「あぁ、こらラブ！　待ちなさい！」

時刻は二十二時過ぎ。人通りの少ない静かな歩道に、突如聞こえてきたふたつの声。

私より先に反応したのは、もちろんカイくんだった。

「ワンッ！」

「え、ちょっとカイくん⁉」

すかさず走りだしたカイくんに、引っ張られていく。

もちろんカイくんが向かう先は、同じように一目散に駆け寄ってくる、愛しのラブちゃんのもと。

暗い歩道。けれど街灯の下に来ると、お互いの顔がはっきり見える。

私と同じように引っ張られるまま走らされていたのは、山本さんだった。相変わらずのジャージ姿に、ボサボサの前髪で顔がよく見えない出で立ち。

なのになぜだろう、胸がざわついてしまうのは。

私が彼を見つめたまま、胸を高鳴らせてしまっていることなんて知る由《よし》もない山本さんは、普通に話しかけてきた。

「こんばんは、もしかして今からお散歩ですか？」

「あっ、いいえ！　伯母が来ていて今帰ったところでして、カイくんと見送っていたんです」

「そうだったんですか」

まさか平日の、しかもこんな遅い時間に会えるなんて夢にも思わなかったから、偶然とはいえ嬉しい。ましてや、さっきまで由美ちゃんと話していたからかな？　普段よりドキドキしてしまう。

「山本さんは、ラブちゃんとお散歩ですか？」

「ええ、いつも仕事が終わってからとなると、この時間になることが多いんです」

知らなかった。山本さんがいつも、こんな遅い時間にラブちゃんのお散歩に行っていたなんて。

「おかげで、ラブもしっかり夜型犬になってしまいましたよ」

「な？」と目で語りかける姿が可愛くて、胸が苦しくなる。

「長日部さんは、カイくんの夜のお散歩はどうされているんですか？」

「私はペットシッターさんにお願いしています。平日は仕事でクタクタになってしまって。山本さんはすごいですね、仕事で遅くなっても、しっかりご自身で散歩に行かれていて」

それに比べて私は……。カイくんに対する愛情が足りないんじゃない？って彼に責められても、なにも言い返せないや。

「いいえ、大したことありませんよ。自分の運動不足解消のためでもありますし、それに今まで自分で散歩に連れていってあげられなかったので。長日部さんはその分、休日にしっかりカイくんと過ごして、愛情を注いでいるじゃないですか。人にお願いできるところはお願いして、無理しないことが一番ですよ」

どうして山本さんは、私の気持ちをすぐに汲み取ってくれるのかな？　どうして私が欲しい言葉をくれるのだろう。

「そろそろ家に戻りましょうか。明日もお仕事ですよね？」

「あ、はい。山本さんもですよね？」

「ええ、明日は出張が入っていまして、日帰りで大阪まで行かなくてはならなくて」

「それは大変じゃないですか！」

思わず大きな声をあげると、山本さんはびっくりした様子で一瞬固まったものの、すぐに口元を緩めた。

「そうですね、大変ですよね。俺こそ早く帰って寝なくてはいけません」

そして口元を押さえて笑う彼に、胸の高鳴りは増していく。

ボサボサの前髪のせいで顔がよく見えないのにな。大人の男の色気を感じてしまうのはなぜだろうか。猫背で笑う姿が、妙にグッとくる。

「今週末、また時間が合えば、散歩をご一緒してもよろしいですか？」

「もちろんです。カイくんも喜びます」

〝そして私も〟と心の中で囁《ささや》いた。

「では、週末を楽しみに出張に行ってきます」

あぁ、ダメだこれ。〝楽しみに〟……なんて言われて胸が苦しすぎるほど鳴っている。

やっぱり私、山本さんのことが好き。不確かな気持ちだと思っていたけれど、そうじゃない。私……山本さんのこと、好きだよ。

「帰りましょうか」

「はい」

カイくんたちと同じように、私たちも肩を並べてマンションへと向かっていく。

完全オフの私の姿を見ても、一切表情を変えない人。一緒にいると穏やかな気分になれて、人の気持ちを汲み取ってくれる人で。

なにこれ、私……完全に山本さんに恋しちゃっているじゃない。

認識すればするほど、トクントクンと胸が高鳴りだしてしまう。うまく呼吸ができなくなるほどに。肩を並べて一緒に歩く……たったこれだけのことで、幸せな気持ちになれてしまっている。

チラッと隣を歩く彼を見れば、カイくんと並んで歩くラブちゃんを愛しそうに眺めていた。

同じ愛犬家で、見た目の雰囲気も波長も似ている人。それ以外のことはほとんど知らないけれど、由美ちゃんの言う通り、これからたくさん知っていけばいいんだよね。

そして、この〝好き〟って気持ちを大きく膨らませていこう。

まずは今週末、一緒に散歩できる時間を持てたら、下の名前や年齢を聞いて……。

その前に私の本名も名乗らなくては。いつまでも〝長日部さん〟のままでは嫌だもの。私のことも彼に知ってもらいたい。

カイくんたちのお散歩以外でも、会える時間ができたらいいな。

これからのことを考えるだけで夢が膨らんで、胸のときめきが止まらない。久し振りに感じる気持ちを噛みしめながら、大切にしていこうと心に強く誓った。

不意打ちの優しさは反則です！

金曜日の午後。今日の私は朝から落ち着きを失っていた。

「かすみ先輩、顔！　引きしめないと十五時からの打ち合わせ、マズいですよ」

「え？」

いつの間にかパソコンキーを打つ手が止まっていて、我に返ると亜美ちゃんが呆れ顔で私を見下ろしていた。

「コーヒーでも飲んで、今は彼氏さんのことを忘れてくださいね」

「いや、別に……っ」

亜美ちゃんはコーヒーを淹《い》れてくれていたようで、カップをデスクにそっと置くと、ニヤリと笑った。

「いいじゃないですか、隠さなくて。明日は土曜日ですし、もしかして今夜からラブラブお泊りデートですか？」

「ちっ、違うから！」

声を荒らげてしまうと、ますます亜美ちゃんの顔が確信を得ていく。

「なんで隠すんですか？　皆知っているのに。でも、打ち合わせまでには顔を引きしめておいたほうがいいですよ。今日は社長も打ち合わせに参加されるんですよね？」

「……そうだった」

十五時から予定されているのは、開発部との第二回試食会。

今井社長はいつも最終試食会にだけ参加して、商品として出せるものか最終判断する。でも、なぜか今回は二回目から今井社長自ら出席すると、秘書を通して連絡があったのだ。

そのせいで、開発部の社員たちは大慌て。再度分量から見直し始めたとか。

亜美ちゃんに淹れてもらったコーヒーがほろ苦くて、気も引きしまっていく。

「三周年を記念しての限定商品ですし、社長も気になるんじゃないんですか？　それだけフラワーチョコレートは、我が社の看板商品なんですよ！」

「それは嬉しいけど、今井社長と対峙しなくちゃいけないかと思うと、気は重いよね」

声を弾《はず》ませる亜美ちゃんには悪いけれど、必ずダメ出ししてくるとわかっているから、気分は憂鬱。

もちろん今井社長のダメ出しは的確だ。けれど言い方がきついし、場の雰囲気もたまらなく重くなるから嫌なんだよね。

これからのことを考えれば考えるほど頭が痛くなる。呑気に山本さんと過ごす週末のことを考えている場合じゃなかった。

「それにかすみ先輩がしっかりしないと、松島主任が恐怖心いっぱいで死んじゃいますよ」

「え？」

資料を再度読み込もうとした時、亜美ちゃんがコソッと耳打ちしてきた。

松島主任へと視線を移すと、彼は両手を握りしめた状態で、ブルブル震えていた。

「さっきからずっと、ああなんです。コーヒーを出しても手をつけませんし。部下としても、松島主任にはもう少ししっかりしてもらいたいものです」

「ふぅ」とため息交じりで話す亜美ちゃんに、苦笑いしてしまう。

いや、彼女の言うことはもっともだ。私だって常日頃思っていることだもの。

「だけどまぁ、あれが松島主任のいいところでもあるんじゃないかな？」

さりげなくフォローするものの、亜美ちゃんは顔をしかめた。

「えぇー、まぁ人柄はいいと思いますけど、上司としては全く頼りになりませんよ」

バッサリ言い捨てる亜美ちゃんに、もはや言葉が出ない。

「その点、かすみ先輩は頼りになります！　いろいろ教えてくださいますし、憧れの先輩ですよ」

「亜美ちゃん……」

嬉しい言葉に、目頭がジンと熱くなっていく。

なにそれ、感激を通り越して感動なんですけど。

「それに最近、仕事を任せてもらえるようになって、前より責任感が強まりました。まだまだかすみ先輩の足元にも及びませんが、もっといろいろな仕事がデキるように頑張りますね！」

恥ずかしそうに言いながら、亜美ちゃんは自分のデスクへと戻っていった。

そんな彼女の背中を見つめてしまう。

以前、今井社長に全部ひとりでやりすぎと言われてから、少しずつ仕事を後輩に任せるようになった。その思いがしっかり伝わっていたんだと思うと、涙が出そうだ。

一見、傲慢で社員たちを恐怖に陥れている今井社長だけど、本当は違うんだよね。誰よりも社員の成長を願っているんじゃないのかな？

厳しいのは当たり前だよね。そのおかげで仕事に取り組む社員たちの姿勢も変わるし、商品のクオリティも上がると思う。今井社長は誰よりも、会社と社員のことを思っている人なのかもしれない。

見方を変えれば、今井社長の傲慢な発言にも寛大《かんだい》でいられるかなと思っていたんだけれど……。

「なんだ、この捻《ひね》りに捻った変な味は。パッケージもまだまだ改良が必要だ」

打ち合わせが始まって、わずか五分。

今井社長は容赦なくバサバサ切っていく。

「三周年記念商品なんだぞ。せっかくいい素材を使用しているのに、それを全く生かし切れていない。パッケージも目を引かないものばかりだ。これでは他社製品の中に埋もれるだけだ」

「は……はい」

「すみません」

開発部とデザイン部の社員たちは頭が上がらず、松島主任はオロオロしていて、私はというと、ただ様子を見守るばかり。

いや、本音を言えば口を挟みたい。けれど今井社長に以前注意された手前、ここは見守ることに徹していた。今井社長は今、開発部とデザイン部に向けて指摘しているわけだし。企画部の私が口を出してはいけない。

それに今井社長のセリフは、間違っていないと思うから。

でもなぁ、味もパッケージもまだ第二段階。完成されていなくて当たり前の状況なのに、あそこまできつく言わなくてもいいのに……と思ってしまう。

もちろん、口には出さないけど‼

「次はいつだ？」

「はっ、はい！　次回は一ヵ月後を予定しております！」

緊張からか、開発部の社員の声が大きくなる。

すると今井社長は顎《あご》に手を当て、少し考える様子を見せたあと、いつものように厳しい口調で伝えた。

「その時には、販売しても恥ずかしくないレベルまで上げてこい。次回も参加する」

今井社長の『参加する』の言葉に、会議室内にいる皆の顔が一瞬にして強張った。

そりゃ、そうなるよね。本来なら、次も今井社長の参加はなかったわけだし。

「以上だ。馬場、ちょっと」

「え？」

急に名前を呼ばれて顔を上げると、今井社長はもうすでにドアのほうへと向かっていた。そしてドアの前で立ち止まると、振り返り、〝早く来い〟と目で訴えかけてくる。

「はい」

促されるがまま今井社長のもとへ歩を進めるものの、頭の中はハテナマークで埋め尽くされていく。

私、今日は今井社長に注意を受けるような言動は、していないはずだけど……。

けれど今井社長は眉間に皺を寄せていて、心なしか怒っているようにも見える。

もしかして私、自分でも気づかないうちになにかやらかしていたとか？

不安に襲われている間に、今井社長はドアを開けて廊下に出てしまった。

えっと……これは〝ついてこい〟って意味で合っているよね？

一瞬、躊躇してしまったけれど、今井社長に続いて廊下に出ると、誰もいない廊下で彼は立ち止まって私を待っていた。

静かにドアを閉めたあと、今井社長の前まで行く。

「ご用件はなんでしょうか？」

恐る恐る……けれど決して顔に出すことなく問いかけると、今井社長はなぜかジッと私を見下ろしたまま。眉間の皺の数は、先ほどより増えている。

いや、これまでも会議のたびに今井社長に怒りの眼差しを向けられたことは、数え切れないほどある。

でも、それは私がいつも負けじと言い返していた……というか、自分の意見をおかまいなしにバンバン言っていたからであって、今日ばかりは違うと思うのだけど……。

戸惑ってしまう中、今井社長は予想外の言葉を発した。

「お前、どこか悪いのか？」

「え？　あっ！　いっ、今井社長⁉」

彼の腕が私にまっすぐ向かってきたと思ったら、行きついた先は私のおでこ。

前髪をかき上げられ、今井社長の大きな手が額に触れた瞬間、身体中がカッと熱くなる。

「なんだ、やっぱり熱があるんじゃないのか？　なんだか顔も赤いぞ」

「……っ！　違いますから‼」

それは、今井社長が触れているからです‼

恥ずかしくて、咄嗟に今井社長の手を払いのけてしまった。

すると、彼は面白くなさそうに顔をしかめた。

一瞬怯んでしまったけれど、謝る気になんてなれない。どう考えても突然触れてきた今井社長が悪いもの！

「突然なにをするんですか！　びっくりするじゃないですか」

乱れてしまった前髪を整えながら抗議するけれど、今井社長は謝るどころか、ムッとしている。

「びっくりしたのはこっちだ。いつも無駄に口を挟んでくるうるさいヤツが、ずっと静かだったんだ。心配くらいするだろう」

「……え、心配？」

前髪を整えていた手が止まってしまい、そのまま今井社長を見上げれば、彼は『しまった』と言わんばかりにそっぽを向いてしまった。

「どんなに腹が立つヤツでも、俺の部下なんだ。……心配して当たり前だろう」

「今井社長……」

もうなんなのだろうか、この人は。傲慢で厳しいのなら、そのキャラを貫き通してほしい。最近の今井社長には、不意打ちを受けてばかりだ。

素直じゃなくて不器用で……それでいて心配してくれる優しい人で。

「とにかく具合が悪いなら、無理せず早く帰れ。ほかの社員にうつされたら迷惑だ」

優しいのか厳しいのかわからない。でも、どうしてかな？　胸の鼓動がせわしない。

心の奥がむずがゆくて、ほんのり苦しい。いろいろな思いに押し潰されそうになるのをグッとこらえ、彼を見据えた。

「お言葉ですが今井社長、私は昔から健康だけが取り柄なので、お気遣いは無用です」

「なに？」

「それと！　……私が今日、今井社長の目に普段と違うように映ったのは、今井社長のせいですよ」

意味がわからないと言いたそうに、片眉を上げる今井社長。

それを目の当たりにすると、思わず口角が上がってしまった。

「以前、今井社長がおっしゃったではないですか。私はなんでもひとりで抱え込みすぎだと。……今井社長の言葉で、自分の欠点に気づき、変われるチャンスを得られたんです。その結果が、今日の私です」

伝えると、今井社長は珍しく目を丸くさせた。

その姿がおかしくて我慢できず、笑ってしまった。

「今井社長が注意されていたのは開発部とデザイン部であって、我が企画部ではありませんでした。なので、口出ししなかったまでです」

見上げながら言えば、今井社長は顔を下に向けたあと、フッと笑った。

「なるほどな、俺のアドバイスを忠実に聞き入れたわけだ。……なんだ、馬場にも可愛いところがあるじゃないか」

「なっ……！」

〝可愛い〟だって⁉　今井社長の口から飛び出たものとは思えない単語に動揺していると、彼は顔を上げて私を見つめてきた。

目が合うと、途端に私の心臓は暴れだす。だって今井社長は目を細め、とても優しい顔をしていたから。

「いい心がけだ。……お前のそういう素直なところ、好きだぞ」

な、にそれ――。今井社長のくせに、どうして優しい言葉をかけてくれるの？　調子が狂ってしまうじゃない。しかも『好き』なんて言葉を、軽々しく使うなんて。

「馬場の成長を期待している」

ドキドキしすぎて言葉が出ない私にかまうことなく、今井社長は私の肩にポンと触れて去っていく。

背後に響いていた革靴の音が聞こえなくなっても、胸の高鳴りは収まりそうにない。おもむろに胸に手を当てれば、心臓はいまだに激しく波打っていた。

「なんなのよ、今井社長は」

本当に調子が狂う。

今まで、散々罵声を浴びせてきたくせに。私のことなんて、なにひとつ知らないで、ズケズケと言いたいことを言ってきたくせに。それなのに、こんなのズルい。

私はドアを恐る恐る開けてきた松島主任に声をかけられるまで、その場に立ち尽くしてしまっていた。

衝撃の真実

「お先に失礼します」

打ち合わせが終わったあとも、この日の私はなにかと仕事に身が入らず、終業時間になると同時にオフィスをあとにした。集中できないのに、ダラダラと残業していても仕方ない。残った仕事は潔く家に持ち帰ることにした。

エレベーターで一階に下りて、エントランスを抜けていく。

今井社長のせいで心をかき乱されてしまったけれど、もう会社を出たんだから、彼のことはすっぱり忘れよう。なんていったって明日から週末！　しかもカイくんとラブちゃんの散歩を、山本さんと一緒にすると約束しているわけだし。

そうだよ、私が今考えるべきことは今井社長のことではなくて、山本さんのこと。彼のことを知るチャンスなんだ。しっかりイメージトレーニングして、明日に備えないと。

さりげなく名前や年齢を教えてもらって、できればほかにもいろいろなことを聞きたい。どんな些細《ささい》なことでもいいから、彼のことを知りたい。そして私もきちんと名乗って、私自身のことも知ってもらいたい。

人の波に流されながら最寄り駅に向かう中、次第に今井社長のことは忘れていって、考えてしまうのは明日のことばかり。

口元を緩ませ、鼻歌交じりで歩を進めていた時。

「馬場かすみ様、ですね」

突然、スーツ姿の五十代くらいの男性が、私の行く手を阻《はば》むように現れた。

無表情でジッと私を見つめてくるものだから、驚きと動揺で足が止まり、男性を凝視してしまう。

「あの……あなたは？」

やっと出た声は、戸惑いからか少しだけ震えてしまった。

そもそも、どうして私の名前を知っているの？

次第に怖くなっていく。

でも、こんな公衆の面前で声をかけてくるくらいだもの。変なことはされないはず。

男性の様子を窺っていると、彼が急にニッコリ微笑んだものだから、拍子抜けしてしまった。

そして男性は、抑揚のない声で淡々と述べた。

「あなたとお会いしたいと申す者がおります。一緒に来ていただけますか？」

「……はい？」

世間話をするように軽く言われ、面食らってしまった。

そう聞かれて、『はい、行きます』とでも言うと思っているのだろうか。

見た目は真面目そうな人だけれど、どう考えても怪しい。名乗りもしないで、『一緒に来てください』なんて、常識的にあり得ないでしょ。

あくまで警戒心を抱いていない風を装いながら、さりげなく一歩後ずさりした。

「申し訳ありませんが、このあと用事がありますので……」

少しずつ距離を取りながら話していたけれど、背後に人がいて肩がぶつかってしまった。

「あ、すみませ――」

「どうぞこちらへ」

すぐに振り返って謝ったものの、途中で言葉が途切れてしまった。それもそのはず。

ぶつかった相手にがっちり肩をつかまれてしまったのだから。

どうやら男性のお仲間らしく、左右にふたり。計三人に囲まれてしまっては逃げ場がない。恐ろしさで手にしていたバッグを、思わず胸元でギュッと抱え込んでしまう。

すると目の前にいた男性はいつの間にか私に歩み寄っていて、私を安心させるように微笑んで言った。

「ご安心ください。お会いしていただきたい者は、馬場様もご存知の者ですから」

私も知っている人……？　それを聞いて、警戒心や恐怖心は少しだけ緩和されたけれど、それならどうして本人が直接会いに来ないのだろうか。どうして、わざわざ私の知らない人たちを迎えによこしたの？

疑問が顔に出てしまっていたのか、男性がすかさず話しだした。

「事情がございまして、ご自身でご自由に動けないため、その者に代わって私が馬場様をお迎えに参りました」

「そう、だったんですか」

「決して危害を加えたりはいたしません。一緒に来ていただけますでしょうか？」

男性は間髪《かんはつ》いれずに聞いてきた。

言葉遣いも身なりもきちんとしているし、そう言われてしまえば断れそうにない。

「……わかりました。行きます」

了承すると、男性は「ありがとうございます」と丁寧に頭を下げたあと、誰かに電話をし始めた。そして、すぐに路肩に高級車が横付けされると、「お乗りください」

と促してくる。

私に会いたいと言っている人は、一体、誰なのだろうか。

心当たりのない人物に不安を抱きながらも、言われるがまま乗り込むと、車は走りだした。


「どうぞ、こちらでお待ちください」

「はっ、はい……！」

あれから車に揺られること二十分。窓の景色を眺めていると、都心部から高級住宅街に進んでいった。そして辿り着いた先は、目を疑うような大豪邸。

いや、この住宅街に建ち並ぶ家はどこも豪邸だけど、案内された家はほかの比ではない。三階建ての豪邸は玄関から桁違いの荘厳さだった。全面大理石で天井が高く、シャンデリアが光を放ち、煌《きら》めいている。しかも玄関だけで、私の寝室と同じくらいの広さがありそう。

ジロジロと見るのは、みっともないとわかってはいるけれど、リビングに通されるまで何度も辺りを見回してしまった。

通されたリビングだって、真正面には大きな窓があり、部屋の中心には十人以上はゆったり座れそうなソファと、大きなテレビ。そしてなんと、暖炉まである。天井は吹き抜けになっていて、開放感は抜群。

部屋の至るところに飾られている調度品だって、ひとつひとつが高価そうな物ばかり。ドアを入って右側には、大きなテーブルを囲むように十脚の椅子がある。

そのひとつに座るよう促され、恐縮しながら座り心地抜群の椅子にそっと腰を下ろした。

ほどなくして女性が紅茶とケーキを出してくれたけれど、食器類も見るからに高級そうで眩しい。

こんな家に住む人と私が知り合いとは到底思えない。どうして私なんかに会いたいのだろうか。

疑問と緊張が増す中、ドアが開かれる。

「お待たせしてしまって、すみません」

そう言ってこちらに向かってくる人物を捉えた瞬間、目を見開いて思わず椅子から立ち上がる。

呆気《あっけ》に取られる私を見て、その人は目尻にたくさん皺を作って微笑んだ。

「こうやって、直接お会いするのは初めてですね、馬場かすみさん」

「は、はい……」

どうしよう、頭の中が混乱してしまっている。だって今、私の目の前にいるのは我が社の会長なのだから。

社員なら誰だって知っている。会社のパンフレットには必ず写真が掲載されているし、入社式でも挨拶をされた方だ。

突如、目の前に現れた人物にうろたえていると、道端で突然声をかけてきた男性が「おかけください」と声をかけてきた。彼は「会長もおかけください」と言うと、私の前の席の椅子を引き、会長を丁寧に座らせた。

それを見て私も腰を下ろすと、その男性は一礼し、ドア付近へと移動していく。

一連のスムーズな動作に視線を奪われていると、会長が口を開いた。

「すまなかったね、ご足労願ってしまって。私も歳でね、なかなか思うように身体が動かず、秘書に頼んだんだ」

会長が目配せをすると、ドアのそばにいる男性は小さく会釈し、「浅野《あさの》と申します」と名乗った。

彼は会長の秘書だったんだ。そういえば噂で聞いたことがある。会長付きの秘書は執事も兼ねていて、とてつもなく仕事がデキる人だと。

先ほど私に紅茶を出してくれた女性が、会長の前にも同じ物を出したあと、早速本題を切り出された。

「やっと会うことができて嬉しいよ」

優しく微笑む姿に、変な緊張が増していく。

そうだ、ちゃんと聞かないと。どうして私に会いたがっていたのかを。

「あの……どうして私を……？」

声が少しだけ震えてしまう。だって目の前にいる人物は一社員の私にとっては、雲の上の存在だから。

会長は目を細め、耳を疑うような言葉を口にした。

「それはもちろん、孫の未来の嫁さんだからだよ」

「……え？」

とんでもない話に目を丸くし、言葉を失ってしまう。

えっと……待って。会長はなにを言っているのだろうか。

勤めている社員なら、誰だって会長の家族構成を知っている。会長の孫といえば、亡き前社長のあとを継いだ、その息子、今井社長のことだと。

つまり会長は、なぜか私のことを、今井社長の恋人だと勘違いしてるってこと？

やっと理解すると、変な汗が流れる。

「いいえ、それは誤解です！　私なんかが今井社長の恋人なんて……！」

両手を振り、必死に否定するけれど、会長はニコニコ笑ったまま。

「なにも隠すことなかろう。結婚は自由じゃ。好きな相手とするべきだと思っておる」

私のことを認めていると言わんばかりに、何度も頷く会長にたじろぐばかり。

そもそも、どうして会長は私と今井社長が恋人同士だなんて、勘違いをしているのだろうか。そんな素振り、一度も見せたことないと思うのだけど。

会議中はむしろ敵対心むき出しだし、それ以外ではほとんど顔を合わせない。

けれど会長は、確信を得た目で私を見つめてきた。

「一ヵ月ほど前じゃろうか、飲食店で大喜と馬場さんがデートしていると、報告を受けてな」

一ヵ月前？　飲食店？　デート⁉

全く身に覚えのない話に、首を傾げるばかり。

だけど、ちょっと待って。ひとつだけ心当たりがある。それはうちの会社のカフェに、一緒に偵察に行ったことだ。

もしかして、会長はあの日のことを言っているのだろうか？　だったら、とんだ誤解だ！

「会長、違うんです。あの日はたまたま今井社長とお会いして、我が社系列の飲食店へ視察に入っただけなんです。決してデートというものではっ――」

「ハハハッ！　さすがは大喜じゃ。デートにまで仕事を持ち込むとは。それに付き合ってくれた馬場さんには、頭が下がります」

あぁ、違うんです。決して今井社長の、恋人としての株を上げたいわけではないんです。

「会社でも、よく大喜に意見してくださるそうじゃな。浅野から報告を受けておった。戦略会議では毎回、自分の意見を怯むことなく述べられる意思の強い女性だと」

「そう伺っております」

間髪いれずに答える浅野さんに、軽く目眩《めまい》を起こしそうになる。

あぁ、ダメだ。誤解が全く解けそうにない。

「それで失礼を承知ながら、馬場さんのことを少し調べさせてもらいました。私はふたりの交際にも結婚にも大賛成じゃが、なんせ役員は頭の固い者ばかりでな。結婚はビジネスと考えておる者も少なくない」

「馬場様を見張るかたちになってしまい、申し訳ありませんでした」

すかさず浅野さんが謝罪してきたところで、ハッとする。

「もしかして、最近ずっと感じていた視線って……」

チラリと浅野さんを見ると、彼は再び頭を下げて「私です」と述べた。

そうだったんだ。ストーカーではなかったんだ。

「馬場様が直属の上司に相談されておりましたので、会長にご報告し、本日このような機会を設けさせていただきました」

「そうだったんですか」

ストーカーじゃないとわかってホッとしたような、なんとも言えぬ複雑な気持ち。

それを感じ取られてしまったのか、会長は申し訳なさそうに眉尻を下げた。

「すまんかったな、コソコソと調べてしまって。でもおかげでふたりのことを周りに認めさせるための、すばらしい情報を得ることができた。……馬場さんの伯母に当たる女性は、あの有名な通販サイトなどを経営する社長さんだと知ってね。そんな彼女の姪っ子さんなら、役員たちも文句は言えんだろう」

「それに社内での馬場様の仕事ぶりも、周知のことかと思われますので」

さりげなくアシストした浅野さんに、会長はご満悦なご様子。

本当にどうしよう、これ。どうして視察に同行しただけで、会長はここまで私のことを、今井社長の恋人だと信じて疑わないのだろうか。このまま黙っていては、話が勝手に進んでしまいそうで口を挟んだ。

「あの、すみません。大変申し訳ないのですが、本当に私は今井社長とお付き合いをさせていただいておりません。もちろん今井社長のことは上司として尊敬しておりますが、決して恋愛感情を抱いているわけではないんです」

きっぱりと否定すると、さすがの会長も面食らい、たまらず浅野さんを見たあと、少し焦《あせ》った様子で聞いてきた。

「だが、報告では大喜と同じマンションの隣に住んでいると聞いた。それに休日はよくふたりで愛犬の散歩をしていると。なぁ、浅野」

「はい、確かでございます」

「え、ちょっと待ってください。マンションが隣とか愛犬と散歩って……なにかの間違いです！」

どうして私が貴重な休日にわざわざ今井社長と会って、散歩をしなくちゃいけないのよ。それに私の隣に住んでいるのは、山本さんだ。

「私の隣に住んでいるのは今井社長ではなく、山本さんという方ですし」

確かな証拠を突きつけたつもりだったけれど、なぜか会長は声をあげて笑いだした。

え、どうして笑うの？

わけがわからない私は、目が点になる。

そんな私に、会長は笑った理由を話してくれた。

「いや、本当にデキた女性だと思って嬉しくなってね。……大喜の事情をご存知のうえで、付き合っていないと否定しているのだろう？」

え、今井社長の事情……？

「まぁ、普段の大喜を受け入れてくれておる時点で充分じゃったが、そこまで大喜を想ってくれていると知れて、この上なく幸せだ。……ありがとう」

急に頭を深々と下げだした会長に、ギョッとしてしまう。

「そんな、頭を上げてください！」

いまだに状況が理解できない。会長のお孫さんは、我が社の傲慢社長でしょ？　私がいつも対立していた人のはず。

なのに会長はおかしなことを言う。まるで私の隣に住んでいる山本さんが、自分の孫のように。

「おっと、そうじゃった。浅野、あの写真を」

「はい、ここに」

会長に言われ、浅野さんは胸ポケットから封筒を取り出し、私に差し出してきた。

「あの、これは……?」

受け取ったものの、封筒と会長を交互に見つめていると、彼はニッコリ微笑んだ。

「写真じゃ。ふたり共、幸せそうな顔をしておってな、私のお気に入りの一枚じゃ」

ふたり共……? 私と今井社長が?

不思議に思いながらも、封筒の中身を確認した瞬間、目を疑ってしまった。

中に入っていた一枚の写真には、私と山本さんがカイくんとラブちゃんを連れて散歩している様子が写っていた。

会長が弾んだ声で「よく撮れているじゃろ?」と言ってきたけれど、頭の中は混乱するばかり。

ちょっと待って。今井社長が山本さんっ⁉ そんなまさか! だって見た目も性格も、全く違うじゃない。

今井社長は常に身だしなみがきちんとしていて、髪だってきれいにセットしている。山本さんとは大違いだ。性格だって、傲慢で怒りっぽい今井社長に対して、山本さんは優しくて穏やかで大人で……。

しかも待って。写っている私の姿は、完全オフ状態。つまり、素の私をおふたりに知られてしまったということ。

どうしよう、ものすごく恥ずかしい！　バッチリメイクを施しておふたりの前に座っている自分が、たまらなくカッコ悪いんですけど‼

「お互い、ありのままの姿で愛し合っておるのが伝わってくる一枚じゃ。馬場さん、大喜のすべてを受け入れてくれてありがとう。感謝します」

「そんな……」

さらに会長は、悲しげに瞳を揺らした。

「お恥ずかしい話、昔から大喜との関係はあまり思わしくなくてね。でも誰よりもあの子には幸せになってほしいと願っているんです。だからこそ、馬場さんにどうしてもお会いしたかった」

そういえば以前、噂好きの社員たちが話しているのを、聞いたことがある。会長と今井社長の関係はあまり良好ではないって。あの噂は本当だったんだ。

思い出していると、会長が急に頭を下げたものだから、ギョッとしてしまった。

「こうして実際に馬場さんとお会いできて安心しました。……大喜のこと、これからも末長くよろしくお願いします」

「会長、顔を上げてくださいっ！」

けれど会長は頭を下げたまま、繰り返した。

「どうかよろしくお願いします」

オロオロしてしまい、咄嗟に「わかりました」と言ってしまった。

すると会長はやっと顔を上げてくれて、安堵したのか肩の力を抜いた。

その後、会長がなにか嬉しそうに話してきたけれど、今井社長が山本さんかもしれないという事実に驚愕し、相槌《あいづち》を打つだけで全く頭に入ってこなかった。

傲慢社長の意外な過去

「かすみ先輩、いただいた資料のページが、全部同じなんですけど……」

「すみません、こっちもです」

「え、嘘！　ごめん」

慌てて、今さっき後輩に渡した資料を確認する。

「ごめん、なぜか同じページごとにとめちゃったみたい……」

素直に謝ると、後輩たちは目を見合わせてクスクスと笑いだした。

「珍しいですね、かすみ先輩がこんなミスをするなんて」

「でも安心しました。先輩にも、松島主任のような一面があるって知れて」

「ちょっとなにかな？　俺の悪口が聞こえてきた気がするんだけど」

すかさず話に入ってきた松島主任に、後輩たちは笑いだすけれど、私は楽しい気分になれなかった。週明けの月曜日から、初歩的なミスを冒してしまったのだから。

後輩たちの参考になればと思って、作成した資料だからよかったものの、これが重役たちの出席する会議用の資料だったら、大変な事態を引き起こしていた。

「ごめん、一旦返してもらってもいい？　とめ直すから」

皆から資料を回収しようとしたけれど、それを亜美ちゃんに止められてしまった。

「私がやります。かすみ先輩は、ほかの仕事をしてください」

「え、でも……」

「いいですから。これは後輩がする仕事です！」

強気に押され、申し訳なく思いながらもお願いし、自分の仕事に取りかかった。

金曜日、会長の口から衝撃的な話を聞いて三日目。

いまだに心の整理がつかずにいた。

それというのも週末は約束通り、カイくんとラブちゃんの散歩を山本さんと共にしたわけで……。

肩を並べていつもの公園へ向かう途中、彼の横顔を何度も見るも、相変わらずボサボサの髪と分厚いレンズの眼鏡のおかげで、彼の顔をしっかり確認することはできない。けれど、鼻筋とかシャープな顎のラインとか……言われてみれば、どことなく今井社長に似ている気がしてしまったのだ。

髪の毛だって、今井社長のようにきっちりワックスでセットしたら……と思うし、猫背をピンと伸ばしたら、今井社長と同じくらい背が高そうだし。

私は最初に勘違いされたまま〝長日部〟を名乗っているし、会社での姿とは似ても似つかないから、彼が本当に今井社長だったとしても〝馬場かすみ〟だと認識していないだけなのかもしれない。

けれど、疑問はたくさんある。どうして苗字が違うのか。どうして会社での姿とまるで違うのか。どうして性格までも、別人のようになってしまっているのか。

フルネームや年齢、勤めている会社なども、質問すればすぐにわかること。なのに聞けなかった。今井社長と山本さんが同一人物だと考えると、怖くて……。

山本さんとは今までずっと素の自分で会ってきた。弱音も吐き出してしまっていたのに、そのオフ状態の姿を今井社長に見られていたかと思うと、顔から火が出るほど恥ずかしい。

それでも、山本さんが今井社長なのかもしれない、と思うと、なぜか余計に胸がトクンと鳴ってしまう。

私が好きになったのは山本さんで、今井社長ではないけれど……。

今井社長は優しい一面を表に出すのが下手《へた》なだけで、誰よりも社員のことを考えてくれている。私のダメなところも注意してくれて、ありがたい言葉をかけてくれて。

金曜日だって、心配して褒めてくれた。

そんな今井社長にも、少し惹かれていたのは事実。

だから気持ちに拍車がかかってしまうけれど、そうなればなるほど複雑な気持ちに悩まされていた。

だって今井社長、言ってたじゃない。誰よりも愛しくてかけがえのない存在がいるって……。

なら、私は失恋決定だ。

それに、早く会長の誤解を解かないと。今井社長が大切にしている彼女さんを、傷つけてしまうことになる。

いつの間にか、パソコンキーを打つ手が止まっていることに気づき、慌てて気持ちを入れ替え、仕事に取り組んだ。


「お先に失礼します」

「お疲れさま」

定時を過ぎると、皆次々と上がっていく。

時刻は十九時前。気づけば最後のひとりになってしまった。

「これくらいにして、私もそろそろ上がろうかな」

今日はまだ月曜日だから、疲れを持ち越さないように早く帰って身体を休めないと。いろいろと考えてしまっていたから、仕事の効率が上がらず、こんな時間になってしまった。

佐藤さんには『二十時を回っても、私が帰宅しない場合は上がってください』と伝えているけれど、たまにオーバーして待ってくれている時がある。今日もいつものように待たせてしまっていたら申し訳ないし、早く帰ろう。

帰宅したら好きな入浴剤を入れて、湯船に浸かりながら本でも読もうかな。頭の中から今井社長のことを少しでも消し去らないと、心が落ち着かない。

そんなことを考えながら帰り支度をし、戸締まりの確認をしていると――。

オフィスのドアが勢いよく開いた。

「やはり、こちらにいらっしゃいましたか」

驚いて身体をビクリと反応させながらも、ドアのほうを見ると、そこには息を乱した浅野さんの姿があった。

「え……浅野さん？」

いきなり現れた浅野さんにびっくりしてしまっていると、彼は私のもとへズカズカと近寄ってきた。

咄嗟に身がまえるけれど、彼はかまうことなく私の腕をつかんで歩きだした。

「ちょっ……！　なんですか⁉」

「馬場様のお荷物はこちらですね」

私の質問には一切答えることなく、私のデスクに置かれているバッグを手に取ると、オフィスをあとにしていく。浅野さんの歩くスピードが速すぎて、私は引きずられながらついていくのがやっとだった。

「詳しくは車の中でご説明いたしますので、とにかく今は時間がございません、急いでください」

「そんなっ……！」

強い力で腕をつかまれていて、本当についていくのがやっとで質問する余裕もない。息も切れ切れになってしまう。状況が把握できぬまま、私は地下駐車場まで連行されていった。

「出発いたします」

「は……はい」

乗せられた車が発進するけど、私は呼吸を整えることで精一杯だった。

この車は金曜日、会長のご自宅に向かった時のもの。あの日と同じように後部座席に乗せられたものの、ふたりっきりだと気まずい。

けれど理由を聞かなくては。浅野さんが私を一体、どこへ連れていこうとしているのかを。

一度大きく深呼吸をして、ミラー越しに彼を見据えた。

「あの、本日は一体、どのようなご用件でしょうか？」

聞いてはみたものの、すぐに鋭い目で睨まれてしまい、たじろいでしまった。

「まずはこちらからお聞きしたいのですが。お約束をお忘れですか？と」

「約束……ですか？」

意味がわからず首を傾げると、浅野さんは深いため息を漏らした。

「そのご様子ですと、やはり聞いておられなかったんですね。金曜日、会長が話されていたことを」

金曜日？　会長が話していたこと……？

「すみません、ちょっと思い出せません」

素直に謝罪をすると、浅野さんは再びため息を漏らしたあとに話してくれた。

「本日は会長のお誕生日でして、そのお祝いパーティーがございます。ぜひその会に会長自ら馬場様にご出席願いたいと申し立て、馬場様もご了承されたと思うのですが」

どうしよう、全く記憶にない。そんな話を聞いたことも、ましてや了承したことも。

どう答えたらいいのかわからなくなり、ひたすら顔を引きつらせていると、ミラー越しに浅野さんと目が合った。

「先日のご様子が上《うわ》の空でしたので、もしかしたら聞いておられないかと思いました。予感が的中してしまいましたが、なにより残業してくださっていて助かりました」

「……すみませんでした」

よく把握していないまま了承した私が悪い。そのせいで浅野さんの仕事を増やしてしまったようだし。

「見つかって安心しました。会長は馬場様がお越しになるのを心待ちにされておりますので。……馬場様にと正装一式を揃えられてお待ちです」

「えっ⁉　一式ですか⁉」

さすがに、これには声をあげずにはいられない。

そんな私にかまうことなく、浅野さんは運転に集中したまま、淡々と述べていく。

「これも金曜日にお話しいたしましたが、本日のパーティーにて馬場様を大喜様の恋人として、お披露目《ひろめ》する予定でございます。大喜様とお付き合いされたい女性はたくさんおります故、牽制《けんせい》の意味も込めてです」

「そんなっ！　浅野さん、停めてください！　私、そんなところには行けません‼」

「なにをおっしゃっているんですか。無理です」

いや、無理でも困る！　お披露目なんてとんでもない‼　今井社長には、本物の恋人がいるのだから。

まくし立てたい気持ちをグッとこらえ、浅野さんの理解を得られるような言葉を選びながら話していった。

「浅野さん、金曜日にもお話ししましたが、私と今井社長は本当に恋人同士ではないんです。誤解なんです。……それに今井社長にはお付き合いされている大切な女性が、ほかにいらっしゃいます」

「……まさか」

浅野さんは苦笑いし、半信半疑の様子だ。

「本当です。私、今井社長から直接聞きましたから。ですから私が行くわけにはいきません。お披露目されるべき女性を、今井社長に言って連れてきてもらってください」

必死に訴えかけると、浅野さんは考え込んでしまった。なにも言い返してこない、ということは私の話を信じてくれたのだろうか。

緊張しながら浅野さんの答えを待っていると、彼はゆっくりと口を開いた。

「仮に馬場様のお話が真実だとしても、申し訳ありませんが、本日だけは付き合っていただきます」

「えっ⁉　いや、ですから私はっ……！」

「皆様には後日、改めて私のほうから否定いたしますので、本日だけは大喜様の恋人のフリをしていただけませんか？」

切実な訴えに戸惑いを隠せない。どうしてそこまで、私にこだわるのだろうか。

謎が増す中、その理由を浅野さんは話してくれた。

「馬場様もご存知ですよね、大喜様が社長に就任された経緯を」

「……はい」

前社長の突然の死があったからこそ、あの若さで社長に就任したことは、我が社の社員なら皆知っていることだ。

「大喜様がプライベートで山本姓を名乗っている理由は、ご存知でしょうか？」

「……いいえ、知りません」

ドキッとしてしまった。この三日間、ずっと気になっていたことのひとつだから。

今井社長の名前は〝今井大喜〟のはず。それなのに山本だと名乗っているのはなぜ？

「大喜様のお母様は、会長の今は亡き奥様からの厳しい教育や、会社役員からの陰口に耐え切れなくなり、大喜様がまだ幼い頃に前社長と離婚されてしまいました」

初めて聞く今井社長の過去の話に、言葉を失ってしまった。

「では、山本姓は今井社長のお母様の……？」

「はい、会社では立場上、今井と名乗っておりますが。離婚後、大喜様の親権は母親である奥様にありました。そのため、山本姓を名乗っておられます」

そうだったんだ……。

「大喜様のご両親は、それはそれはとても想い合っておられました。奥様も自分にできることをやられておりましたが、会長の奥様の厳しい仕打ちが大喜様にまで及んできてしまい、離婚という道をお選びになられたのです」

呆然《ぼうぜん》としてしまう中、浅野さんは話を続ける。

「奥様とふたりっきりの生活は、大喜様にとって正解でした。なにからも縛られることなく、自由に子供らしく過ごすことができたのですから。前社長は離婚してからも頻繁におふたりに会いに行かれており、うまく関係を築けておられました。……しかし、大喜様が高校生になった頃、奥様が倒れられてしまい……受けた診断は末期がんでした」

「そんな……もしかして今井社長のお母様は……？」

震える声で問いかけると、浅野さんは小さく首を縦に振った。

「大喜様が高校三年生の夏に、お亡くなりになられました」

嘘……。

衝撃の事実に胸が苦しくなる。父親だけではなく、母親までもそんなに早く亡くされていたなんて。

「奥様は大変ご立派なお方でした。ご自身の命が短いと知ると、前社長と協力して大喜様に次期後継者としての教育を始められました。もちろん、そんなおふたりの気持ちをしっかり受け止め、大喜様も……」

浅野さんは言葉を詰まらせたあと、再び話し始めた。

「その後、大喜様は大学在学中に海外に渡り、経営学を学ばれました。息子といえど、一度今井家を出た人間を、役員たちは素直に受け入れないだろうと見越してのことです。……大学をご卒業後も、前社長と交流のある会社で学び、次期社長としての知識を得ていましたが、そんな中、前社長が突然交通事故でお亡くなりになられたのです」

今井社長の気持ちを思うと、胸が張り裂《さ》けそうだった。

前社長のことは今でも覚えている。廊下ですれ違う社員ひとりひとりに挨拶を返してくれて、社員をとても大切に思ってくれている人だった。

だから前社長が亡くなった、と聞いた時は涙する社員もたくさんいて、私もその中のひとりだった。

「大喜様は誰よりも悲しまれたと思います。しかし、いつも気丈に振る舞われ、社長就任後も全力で職務を全うされておりました。……ですが、会長とはずっと疎遠になっておりました」

「あっ……もしかしてそれって……」

金曜日、会長が話してくれたことを思い出し、咄嗟に声をあげると、ミラーに映る浅野さんは困ったように笑ったあと、その理由を話してくれた。

「幼い頃の記憶が、今も根強く残っておられるのでしょう。お祖母《ばあ》様が自分の母親にしたことは、大喜様にとってもつらいことでした。前社長がお亡くなりになられた際、会長は大喜様に一緒に住もうとお話しされたのですが、大喜様は拒否されました。二度とあの家では暮らしたくないと」

なにも言えなかった。今井社長の気持ちがわかるから。誰だって嫌な思い出がある場所にはいたくないはずだ。

「お祖母様を止めなかった会長のことも、大喜様はよく思われていないようです。離れて暮らしていた分、おふたりの溝は深まるばかりでして、大喜様は滅多なことがない限り、会長とはお会いになりません。ですが会長は誰よりも、大喜様のことを愛していらっしゃいます。そして誰よりも、大喜様の幸せを願っておられるんです」

それは金曜日にお会いして伝わってきた。

会長は、今井社長を大事に思っているからこそ、私のことを浅野さんに調べさせたりしたんでしょ？　そして家に招いてくれたんでしょ？

「これはご内密にしていただきたいのですが、会長は心臓を患《わずら》っており、余命わずかと医師より宣告されております」

「……本当、ですか？」

驚きの事実に、耳を疑ってしまった。

確かにお歳は召されているけれど、病気のようにはとても見えなかった。

「事実です。なので会長は大喜様の幸せを見届けたいんです。無理を承知のうえでお願いいたします。今日ばかりはお付き合いいただけますでしょうか？」

こんな話を聞かされて、『無理です』なんて言えるはずがない。そこまで非情な人間にはなれないよ。でも……。

「あの、ひとつだけお伺いしてもよろしいですか？」

「もちろんです」

すぐに了承してくれた浅野さんに、気になったことを尋ねた。

「会長のお身体のこと、今井社長はご存知なんですか？」

するると浅野さんは、すぐに首を横に振った。

「いいえ、ご存知ありません。会長からきつく口止めされておりますので。どうか馬場様も口外せぬよう、お願いいたします」

やっぱり知らないんだ。そうだよね、知ったらきっと今井社長だって、黙って見過ごせないはずだもの。

「わかりました。ですが、あの！　もうひとついいですか？」

「なんでしょうか？」

ここから本題だ。少しだけ身を乗り出し、不安なことを訴えかけた。

「出席するのはかまいません。しかし、実際は付き合っていないのに、今井社長が話を合わせてくれるとは、とても思えないのですが」

私を恋人として皆に紹介……なんてことになったら、今井社長のことだ、ブチ切れて会長との仲がますます険悪になるのは目に見えているんだけど。なにより今井社長には彼女がいるようだし。そう思うと、胸がズキズキ痛みだす。

今井社長と山本さんが、同一人物だって確信に迫ってきたから？　だからこんなにも胸がザワザワと騒がしいのだろうか。

拳をギュッと握りしめた時、浅野さんはあっけらかんと言った。

「その点に関しましては、一ヵ月前の飲食店でのことを目撃されて勘違いされ、無理やり連れてこられてしまった、と馬場様自ら、大喜様にお伝えください」

「え！　私がですか⁉」

「それが一番スムーズかと」

いや、それはそうかもしれないけど‼

オロオロしている間に、車は著名人がよく宿泊しているという有名なホテルに入っていき、ロビー前に停められた。

「馬場様、外でホテルの者がお待ちです。案内するよう指示しておりますので、急いでください」

「えっ⁉　いや、浅野さんちょっと待ってください」

「お時間がありませんので、取り急ぎお願いいたします」

一方的に話を終了させられて、先に車から降りた浅野さんに後部座席のドアを開けられた。

「どうぞ、こちらです」

「え、ちょっと、あのっ……！」

言葉は丁寧なのに行動は強引で、シートベルトを外すと腕を取られ、無理やり降ろされてしまった。そして待ちかまえていたホテルスタッフに、すぐに身柄を渡される。

「よろしくお願いいたします」

「かしこまりました。では参りましょう」

ホテルスタッフの有無を言わさぬ笑顔に抵抗できず、また引きずられるように連行されていく。

これはもう、今さら『帰ります』とは言えない雰囲気だ。諦《あきら》めにも似たため息を漏らして、腹をくくった。

彼の意外な一面に触れた時

「……これが私？」

「大変お似合いですよ」

大きな全身鏡に映っている自分を見て、驚きで目をしばたたく。

あれからメイクやヘアセットはもちろん、断ったのに着替えまで手伝ってもらってしまった。

会社に行く時も、毎朝メイクをしたあとの自分の顔を見ては、よく化けたものだなんて思っていたけれど、今はその時の比ではない。

さすがはプロだ。メイクとヘアセットだけで、こんなにも印象が変わるなんて。

「ドレスも素敵ですね。お客様の雰囲気にピッタリです」

褒められると恥ずかしくなる。

通された部屋にあったのは、大量の高級ブランドショップの袋。会長が購入し、用意してくれていたのは、淡いピンクと白が交ざったワンピース。胸元が少し開きすぎなのが気になるけれど、大きなフリルのリボンが胸元にあしらわれていて上品さを醸《かも》している。バッグもハイヒールもなかなか手が出せない憧れのブランド物で、一体いくら使わせてしまったのだろうと気を揉《も》んでしまう。

「ではこちらへどうぞ」

「あ、はい」

従業員に導かれ、パーティー会場へと向かっていく。

聞くところによると、会長はすでに会場にいるとか。会ったらまず、ドレスなどのお礼を言わないと。

そして今日ばかりは、しっかりと今井社長の恋人として振る舞おう。せっかくのお誕生日なんだもの。会長に悲しい思いをさせたくない。そのためにも、今井社長にうまく説明しないと。

ふたりの関係を浅野さんから聞いただけで、実際はどうなのかわからないから不安が残るけれど、私にできることを精一杯やろう。

そして今度こそ、ちゃんと打ち明けよう。山本さんに、私のことすべてを。そうしたら、彼もきっと話してくれるはず。彼の口から今井社長のことを聞けたなら、私も信じられるはず。

今井社長には彼女がいるから、同時に失恋決定しちゃうし、びっくりされちゃうだろうし。……〝隣に住んでいる長日部さん〟が生意気な部下だったと知ったら、嫌われてしまうかもしれない。けれど、モヤモヤしたまま本当のことを話せないでいるよりはずっといい。オンとオフが全く違うのは、お互い様だと思うし。

『お互い様ですね』って言って、終わって。きっと今後もよき犬友達として、付き合ってくれるはず。だってラブちゃんとカイくん、あんなに仲良しだし。

上司としても、今まで通り接してくれるよね？　今までの生活に戻るだけ。ただ私の恋心が失われてしまうだけ。

何度も自分に言い聞かせているうちに、辿り着いた先は、大きな扉の前。

「どうぞこちらです」

重い扉が開かれると、そこには煌びやかな世界が広がっていた。四百平方メートル以上はあるであろう広い会場には、三百名ほどの招待客がおり、上を見ると星をモチーフにしたシャンデリアが、まばゆい光を放っている。

パーティーは立食スタイルらしく、会場の中央にある大きなテーブルには高級食材が使用された料理が並べられているけれど、周囲を見回せば、男性はいかにも高貴そうな方たちばかりだし、女性は目を見張ってしまうくらい、華やかにドレスアップした綺麗な方たちばかり。

どんなに着飾ったって場違いな感じは拭《ぬぐ》えず、案内されるがままついていくことしかできない。オロオロしながら進んでいく先に、浅野さんの姿を見つけると、ホッと胸を撫で下ろした。

私を浅野さんのもとまで案内すると、ホテルの従業員は一礼して去っていった。

すると、浅野さんはなぜか、私をまじまじと見てきた。

「……あの？」

居心地が悪くなって声をかけると、浅野さんはすぐに咳払いをし、「申し訳ありません」と謝罪してきた。

「馬場様が、あまりにお綺麗になられておりましたので、少々驚いてしまいました」

「え……？」

浅野さん、今……私のことを『綺麗』って言った？

さりげない褒め言葉に、顔が熱くなっていく。

「それはえっと、プロの方のおかげです」

「いいえ、そんなことはございませんよ。……きっと大喜様も驚かれるかと思います」

ふわりと微笑まれると、ますます恥ずかしくなる。

「大喜様は遅れてこられるようです。会長は今、取引先の方とお話し中なので、料理を召し上がりながらお待ちください。なにかありましたら、そこにいる者にお声がけください」

浅野さんの視線の先にいたのは、ＳＰらしき、体格のいい男性。

目が合うと小さく会釈してくれて、つられるように私も返した。

「わかりました。あの、今井社長がいらしたら、まず私に話をさせてください。いきなりお披露目されても、お互いうまく演じられないと思いますので」

「かしこまりました。よろしくお願いいたします。では」

丁寧に一礼すると、浅野さんは会長のもとへと戻っていった。

『料理を召し上がりながらお待ちください』とは言われたものの、こんな場所でひとり虚しく飲んだり食べたりするのってどうなのよ。恥ずかしくない？

未知の世界に、気後れしてしまう。

こんなことになるなら、もっと由美ちゃんからいろいろな話を聞いておくべきだった。由美ちゃんはこういった場所には何度も足を運んでいるけれど、私には一生縁のないことだからと、真面目に耳を傾けたことがなかった。

必要最低限のマナーくらい習いなさい、って散々言われていたのに……。

どうしたものかと立ち尽くしてしまっていると、ひとりのボーイが近づいてきた。

「よろしかったら、お飲み物をどうぞ」

「え、あ……すみません」

差し出された物の中からシャンパンを受け取ると、ボーイは一礼して去っていく。

なるほど、飲み物はこうやってもらえるんだ。

初めての経験にちょっぴり感動しながら、シャンパンを口に含むと、料理のほうも食べてみたくなる。

よく見ると、皆お皿に取って普通に食べているし、私がいただいても問題ないよね。

意を決して、テーブルに向かった時だった。

いきなり私の行く手を阻むように、目の前に今井社長が現れたのは。

顔を上げると、今井社長は私をまじまじと見下ろしたあと、深いため息を漏らした。

「どこかで見た顔だと思ったら……やっぱりお前だった」

そして次に向けられたのは、鋭い眼差し。

慣れているとはいえ、怯んでしまう。

「どうして馬場がここにいる？　しかもなんだ、その格好は？」

早速追及され、慌てふためいてしまう。

いや、ちゃんと話さなくてはいけないと、頭ではわかっている。けれど浅野さんに、今井社長は遅れるって聞いていたから、すっかり油断していたんだもの。誰だってテンパるよ。

「あの、ですね……」

なにか言わなくてはと顔を上げ、今井社長を真正面にしっかり捉えた瞬間、息が詰まった。

いつも以上に、ヘアスタイルがきっちりとセットされ、背後に煌びやかなシャンデリアがあるからだろうか。いつにも増してカッコよく見える。

しばし呆然と眺めてしまっていると、彼は怪訝そうに顔を歪《ゆが》めた。

「なんだよ、俺の顔になにかついているのか？」

「え？　あっ、いいえ！　ついておりません！」

なにやっているの！　今井社長に見とれている場合じゃないでしょうが‼

今井社長に慌てて、フラワーカフェで目撃されたところから事の経緯を話していった。もちろん、会長の病気のことや山本さんとの散歩の写真のことは伏せて。

すると、彼の表情はみるみるうちに険しさを増していき、すべてを話し終えると、大きく肩を落とした。

「悪かったな、祖父《じい》さんのせいで」

そして申し訳なさそうに謝られてしまった。

なぜかこっちが悪いことをしている気分になり、胸がチクリと痛む。

「いいえ、大丈夫です。むしろ、こんな素敵な服まで用意していただいて、お礼を言いたいくらいです」

勘違いされているとはいえ、最終的に会長を騙《だま》すことになるし、今井社長にだって隠していることがたくさんあって、後ろめたい。

そんな気持ちと比例するように目線も下へ落ちていくけれど……。なぜか先ほどから視線を感じ、顔を上げると、私を見つめる今井社長と目が合った。

見られている……と思うと、どんな顔をして対峙すればいいか迷ってしまい、再び視線を逸らしてしまう。

すると、今井社長の口から、とんでもない言葉が飛び出した。

「今日はなんだか、いつもと雰囲気が違うな。……綺麗だ」

「……へ？」

予想外のセリフに、ずいぶんとマヌケな声が出てしまう。

すると彼は、クスリと笑みをこぼした。

「なんだ、その顔は。せっかく綺麗に着飾っているのが台無しだぞ」

いつの間にか、私の視線は再び今井社長に釘付けになっていた。

だって、いつも難しい顔をしている彼が笑っているんだよ？

年上の男性なのに、まるで少年みたいに無邪気な感じで。ふと会長の笑顔と重なってしまった。笑うと目尻に皺が入るところとか、そっくりだ。

今井社長の笑顔を見ていると、不思議と私まで口元が緩んでしまった。

「今井社長、いつまで笑っているつもりですか？　それでは褒められているのか、けなされているのかわからないのですが」

「悪い。でも、けなしているつもりはない。素直に褒めているつもりだ」

今井社長は笑いをこらえながら言うと、私の頭のほうに手を伸ばしてくる。

「綺麗だよ、今日のお前は」

う、わぁ。なにこれ。頭に触れる大きな手が優しくて、胸の奥がむずがゆい。

それに『綺麗』だなんて言われてしまったら、意識しないように努めても無理。ドキドキしないほうがおかしい。

今井社長はこんな行為、なんとも思っていないってわかってる。ただ単に部下を褒めているだけだって。

けれど、私の心は大きく揺さぶられていく。

顔を上げれば、今井社長が私に優しい眼差しを向けていて、クラクラしてしまった。それと同時に、今井社長と山本さんが被って見える。

今井社長のきっちりとセットされている髪をぐしゃぐしゃにして、眼鏡をかけたら彼に見えなくもない、と――。

大きな手が離れていくと、寂しさに襲われる。もっと触れていてほしい、と願ってしまった。

そう思ってしまった自分が信じられなくて床に視線を落とすと、今井社長は小さく息を漏らして言った。

「事情はわかった。あとは俺が祖父さんにうまく話しておくから、馬場はもう帰れ」

「え？」

咄嗟に顔を上げると、今井社長は眉根を下げ、申し訳なさそうに話しだした。

「今日は大きなパーティーでな、会社関連の重役たちがたくさん来ている。演技とはいえ、こんな公の場で紹介なんてされてみろ。社内はもちろん、業界中に噂が広まる。嫌な思いをするのはお前だ」

そう言われてハッとする。

会長の病気のことで頭がいっぱいで、そこまで気が回らなかったけれど……よく考えたら大変なことになるよね。なにより彼女さんに悪いし、今井社長のほうこそ嫌に決まってる。

なのに今井社長ってば、私のことを心配してくれているなんて……。

今井社長の優しさに胸が締めつけられていく。

「待ってろ、今、誰かに車を手配させるから」

そう言って今井社長はスマホを取り出し、誰かに電話をかけようとしたけれど。

「待ってください！」

気づいたら身体が勝手に動いて今井社長の腕をつかみ、電話をかけるのを阻止していた。

「馬場……？」

当然彼は驚き、私を見つめてくる。

今井社長の厚意は、素直に嬉しい。それにこんな煌びやかな場は苦手だし、今井社長の恋人として紹介されるなんて、とんでもない。

今井社長に大切な女性がいることも知っているから、なおさらなんだけど……。

「私なら大丈夫です！　心配ご無用です」

このまま帰るわけにはいかない、って思ってしまったの。浅野さんから会長の話を聞いたから。

「いや、だが……」

今井社長は困惑し、私に探るような目を向けてくる。

ううん、違う。本当の理由は……私、もっと今井社長と一緒にいたいんだ。今井社長に恋人がいると知っているから。今井社長の隣にいるべき女性は私ではないから、もう二度とこんな素敵で煌びやかな場所で、彼のそばにいることなんてできない。

恋人がいる彼には迷惑かもしれないけれど、すべてを明かせずにいる今だからこそ、一緒にいたい。

「本当に大丈夫ですから。……このまま、ここにいさせてください」

久し振りに感じた胸のときめき。この歳になって出会えた、素敵だと思える男性だから。

気持ちを伝えるように視線を逸らすことなく見据えていると、今井社長も私をじっと見つめてくる。

どれくらいの時間、そうしていただろうか。

なにも言えずにいる中、横からバカにするような声が聞こえてきた。

「おいおい、お祖父様の誕生パーティーでなにイチャついているんだよ、成り上がり社長様」

「見ていて目障りだぞ」

え、なに？

振り向いた先に立っていたのは、今井社長と同年代の男性ふたり。顎を上げ、まるで見下すような目を向けてきた。

今井社長は厳しい表情で、私をふたりから隠すように前に立った。それだけで、彼らとは仲がいい間柄ではないと察知できる。

「お久し振りです」

彼の顔は見えないからわからないけれど、声は全然笑っていない。

「あぁ、お前と違って、俺たちはそれなりに暇だからね」

ピリピリした空気に私はどうすることもできず、様子を見守るばかり。

このふたりは、今井社長とは一体どういう関係なのだろうか。

「いいよな、今井家の人間じゃないくせに血の繋がりがあるってだけで、社長の椅子に座ることができて」

「まあ、本当にただ座るだけだがな。聞いてるよ、お前の社内での評判は。傲慢社長として、社員に嫌われているそうじゃないか」

なに、この人たち。失礼すぎる！　なんの権利があって今井社長に暴言吐いているわけ？　そんなに偉い人たちなの？

まるで自分が言われているように腹が立つ中、今井社長が突然、私の肩を抱き寄せてきた。

密着する身体に、目を見開いてしまう。

「え、今井社長っ……」

「社内での噂は存じませんが、僕はただ自分に与えられた職務を全うしているだけです。これから挨拶に回らないといけないので、これで失礼」

早口でまくし立てると、今井社長は私にだけしか聞こえないように小声で「行くぞ」と言うと、私の肩を抱いたまま彼らに背を向けた。

背後からは「図星だから逃げたんだ」とか「情けないヤツ」なんて暴言が聞こえてくる。

それでも今井社長は、なにも言い返すことなく歩を進める。

そして連れてこられたのは、会場の外。

すぐに肩を離され、「悪かったな」と謝られた。

「……いいえ」

私は全然平気。それよりも今井社長が心配。

「大丈夫ですか？」

「え？」

「今井社長、つらそうな顔をしているから……」

自覚していなかったのかな？　今にも泣きそうな顔をしている。

気づかないフリをするべきだったのかもしれない。けれど、こんな顔を見せられてしまったら、そんなの無理。

「どうしてあんなことを言われて、黙っていたんですか？　いつもの今井社長らしくないです」

「馬場……」

私を見つめたまま、立ち尽くす彼。

けれど気持ちは抑えられそうにない。だって、いつも堂々としている今井社長が逃げるように去るなんて。

「あのおふたりと、どんなご関係かは存じませんが、暴言を吐かれてなにも言い返さないなんて、今井社長らしくありません！　いつものようにひと睨みして、黙らせればいいじゃないですか！」

正論を伝えたつもりなのに、今井社長は目を見開いたあと、声をあげて笑いだした。

「なっ……！　私は、今井社長を笑わせるつもりで言ったのではありません！」

癇に障り、声を荒らげると、彼は口元を手で覆いながら「悪い」と呟いた。

「馬場の言う通りだよな、あんなの俺らしくなかった」

そのセリフすら、らしくなくて、私は勢いを失っていく。

いつもの今井社長だったら、ここで言い返してくるところじゃない。なのにあっさり認めちゃうなんて、調子が狂ってしまうよ。

「あのふたりは、俺の従兄弟《いとこ》なんだ。うちの子会社で働いている」

「そう、だったんですか……」

じゃあ、ますますあり得ないじゃない。従兄弟なのに、あんなひどいことを言うなんて。

怒りをグッとこらえ、今井社長の話に耳を傾けた。

「俺は一度、今井家を出た人間なんだ。……そんな俺が父親が亡くなったあと、すぐに社長に就任したのを、よく思っていないんだろう。……あいつらも俺と同じようにずっと下積みをしてきたから、余計にな」

平気なフリして微笑んでいるけれど、無理しているのがわかるから、胸が苦しい。

浅野さんの話や従兄弟たちの態度から、今井社長は私が想像するよりずっとつらい経験をしてきたんだと思う。今井家の事情は私にはわからないし、いろいろな家庭のかたちがあることは、重々承知しているけど。

「だからといって、今井社長を傷つける権利が、あのふたりにあるのでしょうか？」

「……え？」

そうだよ、理由はどうであれ、あのふたりの言動はあんまりだ。今井社長がなにをしたっていうのよ。

キョトンとする彼に、思いをぶつけていく。

「今井社長があのふたりに言い返さなかったのには、事情があるのかもしれません。でも、今井社長のもとで働く部下として、先ほどの暴言に対して黙っていられるほど、私は人間ができていません！」

「なにを言って――」

今井社長の言葉を遮るように、突然彼のスマホが鳴りだした。彼は私の様子を窺いながらスマホを確認すると、目の色を変えた。

もしかしたら、相手は大切な取引先なのかもしれない。だったら今がチャンスだ。踵を返して、大股で再びパーティー会場へと向かっていく。

「おい、馬場っ……！」

背後から私を呼ぶ声が聞こえてきたけれど、足を止めることなく突き進んでいく。

会場内に入ると、先ほどいた場所で陽気にシャンパンを呷《あお》っているふたりのもとへ、迷いなく向かっていく。

近づくにつれて、ふたりは私の存在に気づき、互いに顔を見合わせた。

そんなふたりのもとで立ち止まり、鋭く睨みつけながら言った。

「ご無礼を承知で、言わせていただきます」

「は？　なんだよ急に」

「つーかあんた誰？　大喜の女？　だったらかわいそうに。あんなヤツと付き合っていても、なんの得にもなんねぇぞ」

先ほど同様、バカにしたように笑うふたりに、ますます怒りが込み上げてくる。けれど、ここで感情のまま文句を言ってしまっては、彼らと同類になってしまう。

一度気持ちを落ち着かせるように小さく深呼吸をし、再度口を開く。

「これは失礼いたしました。私、フラワーズ本社、第一企画部に所属しております馬場と申します。傲慢社長のもとで働いている、一社員でございます」

ニッコリ微笑んで言うと、さすがのふたりも口を噤《つぐ》んだ。

「先ほどは我が社の社長を罵ってくださいましたよね。どこの誰から聞いたか存じませんが、噂を鵜呑《うの》みにして、それを本人に伝えるなんて、おふたりは一般常識が備わっていないのでしょうか」

「なっ、なんだと⁉」

カチンときたらしく鋭い視線を向けられるも、こんなもんじゃ全然言い足りない。

「今井社長の気持ちも知らないで、よくも勝手なことが言えますね。おふたりには人の立場になって考える能力がないんですか？　それに、今井社長は誰よりも会社のこと、社員のことを大事に考えてくださっています。厳しいけれど、それが会社や私たちのためを思ってのことだと、わかっておりますから！　……なにも知らないくせに、今井社長を傷つけるようなことを言わないでください！」

きっぱり伝えると、いつの間にか周りから注目を集めていた。

皆、遠巻きにこちらの様子を窺っている。

スッキリはしたし、私はなにも間違ったことを言ったつもりはない。でも、ふたりの身体が怒りでわなわなと震えだしたのを目の当たりにすると、〝やってしまった感〟が否めない。

一歩後ずさった、その時だった。

「お前……っ！　よくもこんなところで俺に啖呵《たんか》切ってくれたな！」

怒りに身を任せ、ひとりがシャンパンの入ったグラスを私に向けてきた。

かけられる！

咄嗟に目をつぶってしまったけれど、いつまで経っても冷たい感触はなく、その代わりに聞こえてきたのは、弱々しい声だった。

「大丈夫か？」

ゆっくりと瞼《まぶた》を開けると、目の前には今井社長が立っていて、シャンパンがかかったのか、彼の顔と髪が濡れていた。

「今井社長、どうして……」

唇を噛みしめると、彼は困ったように微笑んだ。

「バカ、部下を守るのは上司の務めだろ？　さっきのお前の話、こたえたよ。悪かったな、お前に言わせてしまって」

今井社長は濡れた顔を手で拭い、私をふたりから庇《かば》うようにして彼らと向き合った。

大きな背中に守られている感じがして、胸が高鳴ってしまう中、彼はいつになく低い声で静かに言い放った。

「さっきもお伝えしましたが、僕は自分に与えられた職務を全うしているだけです。

それを、当たり前の職務さえ全うできていないおふたりには非難されたくないですし、僕の部下を悪く言う権利もありません」

「なんだとっ……！」

男性ふたりは怒りを露《あら》わにしているけれど、今井社長は怖いくらい冷静だった。

「事実ですよね？　従兄弟として黙ってはおりましたが、おふたりが役員を務めていらっしゃる会社の社員からよく聞いていますよ。あまりよくない噂をね。それを今、この場で言ってもいいのなら話しますが……」

含みのある今井社長の声に、隙間から見えるふたりの顔色が変わった。

「ふん……バカらしい。付き合ってられねぇ」

「せいぜい退任に追い込まれないよう、精進するんだな」

なっ……！　どこまで人のことをバカにすれば、気が済むの⁉

けれどふたりはバツが悪そうに、そそくさと会場から去っていってしまった。

どうやら今井社長の話は本当のようだ。

さっきまで静まり返っていた会場内。けれど次第に人々の関心も薄れていき、騒がしさを取り戻していく。

「いてっ……」

不意に聞こえてきた声に、今井社長の前に回り込む。

どうやらかけられたシャンパンが目と口に入ってしまったようで、目を痛そうに押さえ、咳込み始めた。

「今井社長、大丈夫ですか？」

慌ててバッグの中からハンカチを取り出した。

「これ、使ってください。あ、それよりも顔を洗ったほうがいいかもしれません」

彼の腕をつかみ、ドアのほうへと進んでいく。

「悪い」

いつになく弱々しい声で謝ってくる今井社長に、たまらず声をあげた。

「なに言っているんですか、謝るのは私のほうです！　……すみませんでした。頭に血が上ってしまって、怒りをぶちまけてしまいました」

「そうだったな、あれはさすがに従兄弟たちが怒っても仕方ない」

「……はい」

おっしゃる通りで、返す言葉もございません。

「本来なら、私がシャンパンをかけられるべきだったのに……本当にすみません」

ボーイにドアを開けてもらい、パーティー会場を出て洗面所を探していると、つかんでいた腕は離され、逆に強い力で手をつかまれてしまった。

「謝るなよ。……あれ、結構グッときたんだから」

「——え」

顔を上げれば、今井社長は目元を押さえていたハンカチを外し、真剣な瞳を私に向けてきた。

「嬉しかったよ、馬場が言ってくれた言葉が。……嬉しかった」

「今井社長……」

彼の瞳は大きく揺れ、熱がこもっているように感じられて、微動だにできなくなる。

誰もいない廊下で、彼は少しずつ私との距離を詰めてくる。それと比例するように、胸の高鳴りは増していく。

「あの、今井社長……?」

彼の目は潤んでいて、心なしか頬も赤い気がする。なにより、セットされていた髪がいい感じに崩れていて、なんとも言えぬ色っぽさを醸している。

どっ、どうしよう、これ……！　今井社長ってば、一体どうしちゃったの⁉

ひとりテンパってしまうも、今井社長の顔はどんどん近づいてくる。

ちょっと待って。これはさすがにマズくないですか？　キスされてしまいそうなんだもの。どうして？　今井社長には彼女がいるんでしょ？

そうわかっているのに、彼の胸元を押し返すことも止めることもできない。

もしかして私……このまま今井社長とキスしても、いいと思っている？

「馬場……」

ダメだ、拒否なんてできないよ。だって私は……！

覚悟を決め、ギュッと瞼を閉じた時だった。肩に重くのしかかってきた体重に軽くよろめき、咄嗟に両手で彼の身体を抱き止めた。

「え、今井社長……？」

彼の髪が頬に触れ、状況を把握できない。けれど微《かす》かに聞こえてきた規則正しい寝息に、ある予感がよぎる。

ちょっと待って。もしかして今井社長、寝てる？

「嘘でしょ」

クラッとしてしまい、またよろめいてしまった。慌てて足を踏ん張り、今井社長の身体をしっかり支える。

信じられないけれど、これはもう完全に寝ているよね？　どうしてこのタイミングで⁉　とっ、とにかく今井社長をどうにかしないと……！

さすがに男性の大きな身体を、ずっと受け止めていられるほどの力があるわけではない。ましてや今の私が履《は》いているのは、ヒールの高い靴なのだから。

「相変わらずアルコールには弱いんですね、大喜様は」

声が聞こえてきたと思ったら、重くのしかかっていた身体が離されていく。

寝ている今井社長の身体を支えてくれたのは、浅野さんだった。

「浅野さん……！」

そして浅野さんの背後から現れたのは、袴《はかま》姿で杖をついた会長だった。

「すまなかったね、馬場さん。大喜が倒れかかって大変だったじゃろう」

「あっ、本日はいろいろとご用意いただいてしまい、申し訳ありませんでした！」

慌てて頭を下げると、会長は「とんでもない」と言いながら、首を左右に振った。

「こっちがお誘いしたんだ、お礼の品として受け取ってくだされ。……それにいいものを見せてもらったしな」

そう言うと、会長は眠っている今井社長を、目を細めて愛しそうに見つめた。

「大喜があんなに取り乱した姿も、従兄弟たちに啖呵を切る姿も初めて見た。……馬場さんを守るために、苦手なアルコールを自ら被った姿もな」

「苦手、なんですか？」

目をパチクリさせてしまうと、浅野さんはクスリと笑ったあと、会長に代わって話してくれた。

「ご存知なかったんですね。大喜様はアルコールに大変弱く、少しでも口に含んでしまうとすぐに酔いが回って寝てしまわれるんですよ。こうなっては朝まで起きません」

「今井家の男は、あまり酒に強いほうではないが、大喜は特段に弱くてな」

そうだったんだ。それなのに私を庇ってくれたなんて……。

今井社長の優しさに触れて、また胸が高鳴ってしまう。

「会長、大喜様がこうなってしまっては、本日のお披露目は無理かと……」

「あぁ、残念だがそうだな。だがそれ以上に満足しておるよ。ふたりが本当に愛し合っているのを、目の当たりにできたからの」

ほっほっほっと陽気に笑う会長に、顔が熱くなっていく。

すると会長は杖をつきながら、私の一歩前まで歩み寄ってきた。すぐ目の前に立つ会長に緊張が増してしまう中、彼は目尻に皺をたくさん作って言った。

「馬場さん、こんな孫だが今後もよろしく頼みます。……私の願いは大喜が幸せになることだけなんです」

ズキンと胸が痛む。会長の今井社長を思う気持ちが痛いほど伝わってくるから。

それなのに、私は嘘をついている。私は今井社長の恋人ではない。恋人ではないけれど……。

「私は……今井社長のことを尊敬しております。会長と同じように、私も今井社長の幸せを願っております」

これ以上、会長に嘘などつきたくない。だから自分の正直な気持ちを伝えた。

今井社長に好意を寄せているからこそ、彼に幸せになってもらいたい。そしてできるなら彼のそばにいさせてほしい。

私の気持ちが伝わったのか、会長は嬉しそうに目を細めた。

「ありがとう。……浅野、ふたりを自宅まで送ってやってくれないか？　私が抜けるわけにはいかないからな」

「かしこまりました」

浅野さんに伝えると、会長は再び私を見据えてきた。

「馬場さん、どうかこの老いぼれとまた会ってくだされ。……できれば、今度は大喜とふたりで」

今井社長とふたりで。それは無理なお願いだとわかっていても、首を横に振ることなどできなかった。

「はい。機会があれば、ぜひ」

そう伝えると、会長は「楽しみにしている」と言い残し、会場へと戻っていった。しばし会長の背中を見送ってしまっていると、浅野さんに声をかけられ、慌ててあとを追った。


「本日はありがとうございました。おかげさまで、会長におつらい思いをさせずに済みました」

「いいえ、そんな……」

あれから、浅野さんと一緒に今井社長を後部座席に乗せたあと、私も隣に乗り込み、今は浅野さんの運転で自宅マンションへと向かっている。

隣に座る今井社長は、相変わらず規則正しい寝息をたてていて、深い眠りに入っている様子。本当に朝まで目を覚まさなそうだ。

それにしても、初めて見る今井社長の寝顔は、びっくりするくらい可愛らしい。普段が普段だからだろうか。

自然と口元が緩んでしまった時、車が交差点を右折した瞬間、今井社長の身体がバランスを崩し、私の肩に寄りかかってきた。

思わず肩が飛び跳ねてしまうと、その様子をミラー越しに見られていたようで、浅野さんはクスクスと笑いだした。

「すみません、もっとゆっくり右折するべきでしたね。失礼しました」

「いっ、いいえ……」

大丈夫です、大丈夫ですが……。

チラッと隣を見ると、すぐ目と鼻の先には今井社長の髪の毛があって、頬に触れてくすぐったい。

どうしよう、これ。

身体を硬直させたまま、手でゆっくりと今井社長の身体をもとの体勢に戻そうと試みるも、しっかり寄りかかられていてうまくいかない。

密着する身体に戸惑いを隠せないけれど、今井社長の体温がなぜか心地よくて、このままでもいいかもしれない……と思えてしまう。

気持ちよさそうに眠っているから、起こしてしまったらかわいそうだよね。

必死に自分にそう言い聞かせていると、ふと浅野さんとミラー越しに目が合ってしまった。

すると、彼は様子を見て微笑んでいて、いたたまれなくなる。

「あの、ひとつよろしいでしょうか」

「はっ、はい！」

許可を取ると、浅野さんはどこか嬉しそうに話しだした。

「馬場様は大喜様との交際を否定されておられましたが、私の目にはおふたりは互いをしっかり想い合っているように映りましたよ」

「……え」

呆然とする私に、浅野さんは続ける。

「あそこまで取り乱された大喜様を見たのは初めてですし、なにより会場に到着後、大喜様はすぐに馬場様を見つけられました。あれだけたくさんの招待客がおり、馬場様も普段とは違った装いだったのに、すぐにです。それを見て、交際していないというのは間違いではないかと思ってしまいました」

言葉が出なかった。信じられない。今井社長がすぐに私を見つけてくれたなんて。

やだな、今井社長には恋人がいるとわかっているのに、期待してしまいそうになる。もしかしたら今井社長も私のことを、異性として意識してくれている……なんて。そんなわけないのに、勘違いしてしまいそうになるよ。

私に寄りかかったまま眠る今井社長の顔を、無意識に覗き込んでしまう。

「会長はおふたりの交際について、役員たちや親族に文句を言わせない所存でございます。……会長は後悔されているんです。大喜様の母親に対しての周囲の振る舞いを、咎《とが》めなかったことを」

「後悔……ですか？」

聞き返してしまうと、浅野さんは会長の思いを話してくれた。

「はい。家庭のことは妻に一任する、という古風なお方でしたので。……ですが、そのせいで大喜様たちを傷つけ、追いやる結果を招いてしまったことを、ずっと後悔されていたんです。ですから会長は、たとえ周囲がおふたりの交際にどんなに反対しようと、しっかり守ってくださり、応援してくださいますよ。なので、どうかお気になさらずに」

そう語ったあと、浅野さんはそれ以上なにも言わなかった。

今井社長に寄りかかられている状況で聞いて、私の心の中は複雑な感情で埋め尽くされていた。

最初は苦手な人だった。でも少しずつ惹かれていって、しかも好きになった山本さんと同一人物だと聞いて、ますます気持ちは加速していった。

できることなら、私のことを愛してほしい。けれどそれは無理な話でしょ？

今井社長は私のことなんて、好きじゃない。その存在を口にするだけで優しい顔になっちゃうほど、大切に想っている人がいるのだから。

モヤモヤした気持ちを抱えたままの私を乗せて、車は自宅マンションへと向かっていった。

「申し訳ありません、鍵を開けていただけますでしょうか？」

「はっ、はい」

あれから辿り着いた自宅マンション。そしてやってきたのは私の隣の部屋。つまり山本さんが住む部屋だった。

今井社長の口から聞くまではまさかと思っていたけれど、こうやって彼を自宅に運んでくると、やはり山本さんと今井社長は同一人物なのだと実感させられてしまう。

戸惑いながら浅野さんに渡された鍵でドアを開けると、すぐに部屋の中から「ワンワンッ！」とラブちゃんの鳴き声が聞こえてきた。

「っとと、そうでした。大喜様は犬を飼われていたんですよね」

ふたりで今井社長の身体を支えたまま玄関に入ったものの、ラブちゃんの鳴き声が聞こえてくると、途端に浅野さんは表情を変えた。

「えっと、もしかして浅野さん……苦手だったりします？」

問いかけると、浅野さんは大きく頷いた。

「幼少期から苦手でして……。決して、犬がいるリビングのドアは開けないよう、お願いいたします」

「わっ、わかりました」

リビングのドアをガリガリしているラブちゃんには申し訳ないけれど、我慢してもらおう。幸いなことに、寝室にはリビングを通らずに行けるし。

「寝室はこちらでしょうか？」

「はい、多分ここだと思うんですけど……」

同じ部屋の間取りだし、大抵の人は収納スペースの多い一番手前の部屋を寝室にすると思う。

そっとドアを開けると、予感は的中。

灯りを点《っ》け、浅野さんとふたりそっと今井社長をベッドに寝かせると、お互いため息が漏れてしまう。その時だった。

「ワンワンッ！」

前足がドアノブにうまく当たったのか、リビングのドアが開く音と、ラブちゃんがこちらに駆け寄ってくる足音が聞こえてきた。

「うわっ！」

ラブちゃんが寝室に入ってくると、浅野さんは飛び跳ね、一目散に玄関へと向かっていく。

「あっ、浅野さん⁉」

飛びついてくるラブちゃんを撫でながらも玄関へ向かうと、浅野さんは悲鳴にも似た声をあげた。

「ひっ！ すっ、すみません。私はこれで失礼します！ あとは馬場様、よろしくお願いいたします」

「えっ⁉」

お願いいたしますって……！ それはかなり困る！

ギョッとして声をあげるものの、浅野さんの目はラブちゃんに釘付け。

「馬場様、お隣にお住まいですよね？ でしたら鍵は明日、大喜様にお返しください」

「そんな、困ります！」

今井社長は隣に住んでいるのが私だって、知らないのだから。

けれど、浅野さんには私の話を聞く余裕などないようで、「よろしくお願いいたします」というと、血相を変えて、逃げるように帰っていってしまった。

バタンと玄関のドアが閉まる音が響き、その場に立ち尽くしてしまう。

「……嘘でしょ」

浅野さんに帰られたら困るのに。

しばし呆然としてしまっていると、ラブちゃんが心配そうに「クゥ〜ン」と鼻を鳴らした。

「あ……ごめんね、ラブちゃん。長い時間ひとりでお留守番していて、寂しかったんだよね」

頭や顔を撫でると、ラブちゃんは嬉しそうに尻尾を振る。

「本当に、今井社長が山本さんだったんだね……」

ラブちゃんがここにいることが、なによりの証拠。

さて、どうしたものか。浅野さんが急に帰るものだからテンパってしまったけれど、私の手にはしっかり部屋の鍵が握られている。

鍵をどう返そうかと思ったけれど、別に普通に返せばいいだけの話だよね。会社でさりげなく一連の経緯を話して。

それなら、さっさとこの場から退散したいところだけど。

ラブちゃんと一緒に寝室に戻ると、今井社長は仰向けの状態で眠っていた。

せめてジャケットを脱がせたほうがいいよね？　皺になっちゃうし、それにネクタイも外してあげたほうがいい。

ゆっくりと近づき、ベッド横で床に膝《ひざ》をつき、今井社長の寝顔を眺めてしまう。

「無防備な寝顔……」

髪を下ろしているから、余計にそう映るのかもしれない。

「今井社長が山本さんだったんですね……」

つい話しかけてしまう。彼には届いていないとわかっているからこそ余計に。

「もし……私が〝長日部です〟って告白したら、今井社長はどう思いますか……？」

変わらず、今までのように接してくれる？

おもむろに手を伸ばし、彼の前髪に触れる。乱れた髪をそっと下ろしていくと、すっぽり目元が隠れてしまった。さらにちょっと乱してボサボサにすると、よく知っている髪型ができ上がる。これに眼鏡をかけたら、ちょっと乱してボサボサにすると、まさに山本さんだ。

どうしてこんなにオンとオフの姿が違うのだろうか。見た目だけならともかく、性格までこんなに違うなんて。

今井社長はオフの私を知っても、引いたりしませんか？　……もし、恋人がいなかったら、こんな私にも好意を持ってくれる？

今井社長の寝顔を眺めたまま、心の中で訴えかける。

「……なんて、ね」

そんなことあるわけない。小さく息を吐き、まずは窮屈《きゅうくつ》そうにきっちり結ばれているネクタイを緩めようと、手を伸ばした。

「んっ……」

すると寝返りを打った今井社長がこちらに身体を向け、ゆっくりと瞼を開けた。

目が合い、ドキッとしてしまうも、「今井社長……？」と声を絞り出す。

けれど彼は寝ぼけているのか、視線が定まらない様子。少し間が空いたあと、彼はかすれる声で囁いた。

「……馬場？」

妙に色っぽいかすれた声に、心臓が飛び跳ねてしまう。

「……はい」

返事をするものの、今井社長がしっかり目を覚ましているのかわからない。

彼を見下ろしたまま微動だにできずにいると、おとなしくしていたラブちゃんが背後から飛びついてきた。

「きゃっ⁉」

咄嗟のことに身体はバランスを失い、前に倒れていく。まさに、ベッドに横たわる今井社長の上に。

広い胸元に頬が触れた瞬間、慌てて退こうとしたけれど、すぐに彼の逞しい腕が背中に回された。

「いっ、今井社長⁉」

密着する身体に、悲鳴にも似た声をあげてしまう。

なのに今井社長はあろうことか、私の腰に腕を回し、さらにきつく抱き寄せた。

嘘でしょ、なにこの状況は……！　頭の中はパニック状態。

どうにか放してもらえるよう奮闘するものの、それは叶わず。徐々に今の膝をついたまま上半身だけ抱きしめられている体勢がつらくなっていき、仕方なく全身をベッドに上げると、彼にしっかり抱きしめられてしまった。

感じる今井社長の胸の鼓動。鼻をかすめる爽やかな香り。そして見た目以上に逞しい胸板。

どうしよう……ドキドキしすぎて、心臓が壊れてしまいそうだ。

「ワンッ！」

少しだけベッドのスプリングが揺れた。

どうやらラブちゃんもベッドに上がり、今井社長の隣で眠る体制に入ったようだ。

「今井社長……？」

ラブちゃんがベッドに上がったというのに、今井社長の反応はない。

もしかして、今のは寝ぼけていたのかな。きっとそうだよね。でなければ私のことをこんな風に抱きしめたりしないはず。

再度、彼の腕の中から抜け出そうともがくものの、そのたびに逃がさないと言わんばかりに、強い力で抱きしめられていく。この腕の中から抜け出すことは、不可能かもしれない。

本当にどうしよう、これ。

途方に暮れる間も、頭上からは今井社長の規則正しい寝息が聞こえてくる。

今の状況のまま彼が目覚めたらどうしようとか、このままでは心臓がもたなそうとか。いろいろ考えてしまったけれど、本音を言えば、できるだけこのままでいたいと願ってしまっている。

それに今井社長は酔っていて、記憶に残らないだろうし。そう思うと、片腕がゆっくりと彼の背中へと向かっていく。

気づいていないのなら、少しだけ。……いいよね？

背中に回した腕の力を強めると、さらに密着する。次第に彼の体温に包まれて、意識がまどろんでいく。

ダメ、ここで寝たら大変。だから、早くどうにかして離れないと……。

頭ではそう考えているのに、心では違うことを思っている。あと少しだけ、このままでいたいと。

今井社長の温もりを感じながら、私は意識を手放していった。

とんでもない噂が流れてしまいました

心地よい温もりの中、幸せな気持ちで満たされている。ずっとこのままでいたいと切に願ってしまうほどに。

けれどそんな思いも虚しく、いつものようにカイくんの鳴き声が耳に届いてきた。

「んっ……ちょっと待ってて」

どうにか瞼を開けると、なにかが私の視界を遮っている。

しかも、なぜか身体の自由が利かない。

え……なにこれ？　覚醒し切っていない頭をフル回転している間も、カイくんの鳴き声が……ん？　ちょっと鳴き声が違う気が……。

「ん……もう朝か」

頭上からかすれた低い声が聞こえてきた瞬間、一気に記憶が呼び起こされていく。

そっ、そうだった！　私、昨日……！

抱きしめられていた腕の力は弱まっていき、恐る恐る顔を上げていくと、瞬きせずに私をガン見する今井社長と至近距離で目が合った。

うん……そんな顔になっちゃいますよね。

どう説明するべきかわからない。しかも今の密着したままの状況には耐え切れず、おずおずと起き上がり、微動だにしない今井社長に頭を下げた。

「えっと……おはようございます」

乱れていた髪を整えながら言うと、今井社長は勢いよくベッドから起き上がった。

「どうして馬場がここにっ……⁉」

いつになく焦った様子で声を張り上げる今井社長に、いたたまれない気持ちになっていく。

どうして昨夜、あのまま寝てしまったのか。少ししたらどうにか腕の中から抜けて、そっと家を出ようとしていたはずなのに。

けれど、いくら後悔してもあとの祭り。とりあえず、困惑している彼に、事の経緯を話していった。

「……悪かった」

「いいえ、そんな。顔を上げてください」

場所をリビングに移し、話している最中から今井社長は耐え切れなくなったようで、顔を背《そむ》けてしまった。そしてすべてを話し終えると、深く頭を下げて謝罪してきた。

「本当に悪かった」

今井社長は一向に頭を上げることなく、謝罪の言葉を繰り返す。

そんなに謝られてしまうと、逆にこっちが申し訳ない気持ちになってしまうよ。だって本当は私、帰ろうと思えば帰れたから。

もう少し今井社長の腕の中にいたいって気持ちが強まっちゃって、気づいたら寝ていたとか。こんなこと、口が裂けても言えない。だから謝られてしまうと、私も困る。

「そっ、それに助けていただいた結果が招いてしまったことですし、本当に気になさらないでください」

もとはといえば、私が感情のまま突っ走ってしまったのがいけなかったわけだし。

今井社長は気まずそうにゆっくりと顔を上げ、言葉を濁しながら聞いてきた。

「ところでその……俺、馬場になにかマズいことしなかったか？」

「マズいことですか？」

キョトンとしてオウム返しをすると、彼は額に手を当ててため息交じりに言った。

「昔から、酔うと記憶が飛んでしまってな。……お前になにもしなかったか？」

探るような目を向けられた瞬間、ドキッとしてしまう。頭によぎるのは、今井社長が意識を手放す前のこと。

あの時はキスされてしまいそうなくらい顔が近くて、今井社長がいつにも増して色っぽくて……。

ダメだ、思い出しただけで身体中が熱くなる。

「なにもありませんでしたよ。会場の外に出たあと、今井社長はすぐに寝てしまわれましたし。その後は先ほどお話しした通り、浅野さんと共に今井社長をご自宅までお送りしたまでです」

変に思われないよう、早口で説明していく。

すると、彼は私の話を聞いて安心したのか、肩を落とした。

「そうか、ならよかった。……いや、よくないよな。意識がなかったとはいえ、ひと晩中、お前の身体を離さなかったんだから」

「……っいいえ、それも大丈夫ですから」

瞬時に昨晩のことを思い出してしまい、慌てて視線を落とした。

しかもなんていうか、その……今井社長のセリフがちょっと、羞恥心を煽る言い回しで照れ臭くなる。

「クゥーン……」

さっきまで、お利口に待っていたラブちゃんだけれど、寂しくなったのかこちらに寄ってきた。

ふと壁にかけられているデジタル時計を見ると、時刻は六時半を回ろうとしている。そろそろ自宅へ帰って準備をしないと、出勤に間に合わなくなってしまう。

「それでは、私はこれで。……ラブちゃんに早くご飯をあげてください」

立ち上がり、バッグを手にしたところで、今井社長は目をパチクリさせて言った。

「どうしてラブの名前を……？」

「……えっ⁉」

身体がギクッと反応してしまうと同時に、しまったと後悔してしまう。

なにげなく言ってしまったけれど、そうだよね、私がラブちゃんの名前を知るはずがないのに、ついうっかりと……！

考え込んでいた時間は、たった数秒。

けれどこの数秒間がとてつもなく長く感じるほど、窮地に陥ってしまっていた。

「えっと……あっ！　浅野さんに聞きまして！」

「浅野に？」

「はい、そうです！」

まるっきりの嘘だけど、ここは突き通すしかない！

平静を装っていると、今井社長は少し考えたあと「そうか」と呟いた。

どうにかごまかせただろうか？

長居すればするほど、ボロが出そうで怖い。ここはさっさと退散させていただこう。

「失礼します」

軽く会釈をしながら玄関へと向かっていくと、今井社長とラブちゃんがすかさずあとを追いかけてきた。

「馬場、待て。今タクシーを呼ぶから」

「そんなっ……！　大丈夫です」

ギョッとして振り返り、首と手を左右に振る。

それ以前に、私の家は隣ですから。

けれど、それを知る由もない今井社長は眉を下げた。

「バカ、歩いて帰らせるわけにはいかないだろ？　いくら朝方とはいえ、なにかあったら大変だし」

え、心配してくれているの？　だって今は朝だよ？

彼の優しさに胸が鳴ってしまう。

「本当は俺が送っていってやりたいところだが、今日はもう出ないといけなくてな」

「めっ、滅相もございません‼」

逆にそんなことをされては困る！　家の場所を聞かれてもどう答えればいいのやら。

「本当に私なら大丈夫ですから、今井社長もラブちゃんのご飯を用意して、会社へ行ってください！　それでは！」

逃げるが勝ちと言わんばかりに玄関へ一目散に向かい、慌てて靴を履いて「お邪魔しました！」と、ひと言残して今井社長の家をあとにした。

ドアを閉める際、背後から私を呼ぶ声が聞こえてきたけれど、振り返ることなく自宅を通り過ぎて、エレベーターホールへと向かっていく。

少しして後ろを振り返るも、今井社長は追いかけてきそうにない。

もう大丈夫かな？　不安になりながらも、足音をたてないように自分の部屋の前へ向かい、慎重に鍵を開けて家の中に入った瞬間、ホッとしてしゃがみ込んでしまった。

「……なにやっているんだ、私」

そして盛大なため息と共に、ガックリうなだれてしまう。

今井社長の意識がないことをいいことに、彼に抱きしめられたままひと晩過ごしてしまうなんて……！

「ワンワンッ！」

「あ、ごめん、カイくん」

私が帰ってきたことに気づいたのか、カイくんがリビングのドアをガリガリしている。靴を脱ぎ、リビングのドアを開けると、すぐに〝おかえり〟というように飛びついてきた。

「ただいま、カイくん。ごめんね、ひと晩ひとりにさせちゃって。大丈夫だった？」

頭を撫でながらリビングの中に入っていくと、佐藤さんが帰りがけにしっかりカイくんの水分などを補充していってくれたようだ。

さすが佐藤さん。あとでお礼を言わないと。

カイくんのご飯を用意したあと、出勤前に軽くシャワーを浴びようとバスルームへ向かった。そこで見た、鏡に映る自分の姿を目の当たりにして、愕然《がくぜん》としてしまう。

「うっ……！　これはひどい」

あれほど綺麗にメイクしてもらったというのに、ひと晩経って見事に崩れてしまっている。会社での私の顔をキープできていたのか、際どいラインだ。

この顔を今井社長にさっきまで見られていたかと思うと、穴があったらすっぽり入りたいほど恥ずかしい。せっかくいただいた高価なドレスも皺々だ。あとでクリーニングに出さないと。

服を脱ぎ、熱いシャワーを頭から浴びていく。

それにしても、本当に山本さんが今井社長だったなんて。冷静になればなるほど、いろいろな思いが駆け巡っていく。

隣に住んでいて、今までよくバレなかったよね。平日は私も今井社長も普通に出勤していたし。偶然家を出た時に、鉢合わせしていてもおかしくなかった。

今井社長は朝、私よりも早めに家を出ているのかな？　でも、ただ単にタイミングが合わなかっただけかもしれないし、今後は気をつけないと。今日、彼はすぐに出勤するって言っていたから、鉢合わせすることはないだろう。

シャワーの蛇口《じゃぐち》を閉め、脱衣所で着替えを済ませ、髪を乾かしたあと、念入りにメイクを施していく。

「近いうち、ちゃんと話さないとね……」

鏡に映る自分の顔を見つめたまま、ポツリと漏れた声。

そうだ、早く今井社長に本当のことを言わないと。騙していたわけではないけれど、知ってしまった以上、早く伝えないと。時間が経てば経つほど、話しづらくなってしまいそうだし。

でも伝えるなら出会った時のように、〝山本さんと長日部さん〟の姿で言いたいな。

そうなると今週末……？　散歩は毎日欠かさないし、うまくタイミングを見て偶然を装い、そこで話そう。最初から今までのことをすべて。

そう心に誓いながら身支度を整え、家をあとにした。

「ヤバい、今日も時間押しちゃった」

昼休みに入ってから三十分ほど過ぎて、ようやく企画書は無事に仕上がったけれど、お昼を食べる時間がなくなってしまいそうだ。

慌ててコンビニでおにぎりとサラダを買い、駆け足で会社へと戻っていく。

エントランスを抜けると、たくさんの社員が行き交っている。いつもの昼休みと変わらない日常。

なのにどうしてだろうか、さっきからやたらと視線を感じてしまうのは。おまけに女性社員にはチラチラ見ながら、コソコソ話をされてしまう始末。

えっと……私、なにかマズいことを、やってしまったのだろうか。身に覚えがないから怖い。

いたたまれずに、身体を小さくさせながら急いでオフィスへと戻っていった。

さっきのあれは、一体なんだったのだろうか。不思議に思いながらも、おにぎりとサラダを口に運んでいく。

朝出勤してきた時は、なにも感じなかったのにな。

そりゃ戦略会議のたびに今井社長とバトルしてきたから、社内を歩けばたまにコソコソ話をされることはある。けれど、さっきの視線はいつもと違っていた。なんていうか……敵対心を向けられていたというか。

首を傾げながら最後のひと口を食べ終え、お茶を飲んでスッキリした時、亜美ちゃんを始め、外に食べに出ていた後輩たちが戻ってきた。

「あ、おかえり」

声をかけると、なにやら皆して顔を見合わせ、ニヤニヤしながら寄ってきた。

「え、なに？　どうかした？」

変に身がまえてしまっていると、代表して亜美ちゃんが口元に手を当てて、とんでもないことを言いだした。

「かすみ先輩のハイスペック彼氏は、社長だったんですね」

「……へ？」

突拍子もない話に、ポカンとしてしまう。

なんだって？

「ちょっ……違うから‼　そんなわけないでしょ⁉　そんな話を誰から聞いたのよ！」

思わず立ち上がり、声を張り上げるけれど、亜美ちゃんたちは顔を見合わせて言ってきた。

「社内中で噂でしたよ？　かすみ先輩、コンビニに買い物に行った時、誰かに聞かれなかったんですか？」

「誰かにって……」

ん、ちょっと待って。もしかしてやたらと視線を感じたのは、そういうこと⁉

「昨日、会長の誕生パーティーに、ふたりで行ったそうじゃないですか。何人もの社員が、社長とかすみ先輩を見たって言っていましたよ？」

亜美ちゃんの話にハッとする。

そう、だよね。会長の誕生パーティーだもの。うちの社員もたくさん招待されていたはず。

浅野さんの、後日改めて否定するという言葉を真に受けて、こうなることを考えずに出席してしまったけれど……会長の喜ぶ顔を見られてよかったと思っていたけれど。

いつも以上にカッコいい今井社長の姿を見られてときめき、喜んでしまっていたけれど‼　これはちょっとマズい状況だよね？

たった半日で社内中に知れ渡ってしまうなんて、改めて今井社長の注目度の高さを痛感してしまうと同時に、不測の事態に変な汗が流れそうになる。

「しかもあの社長が、酔っ払いからかすみ先輩を守ったそうじゃないですか！　もう社長ファンの女子社員は、嫉妬《しっと》という名の醜い感情をぶちまけていましたよ」

興奮ぎみに話す後輩だけれど、聞かされたこっちはゾッとしてしまう。

なるほど、女子社員から感じた視線には、嫉妬が含まれていたんだ。だからいつもとは違う気がしたんだ。

「でも彼氏が社長じゃ、そりゃ誰にも言えませんよねー」

「確かに！　でも聞いて納得です。お似合いですよ、おふたり」

「うちの会社で社長に立ち向かえるのは、かすみ先輩だけですしね！　あっ、もしかしてそこから愛が生まれちゃったりしたんですか？」

質問ラッシュに本気で困り果てる中、部長が血相を変えて飛んできた。

「ばっ、馬場くん大変だ！　会長がお呼びだ」

「会長がですか？」

「あぁ、大至急来てほしいと連絡があった」

部長の声にオフィス中が騒がしくなる。「なんで会長が？　やっぱり社長繋がりかな」とか、「もう公認の仲なんだね」といった声が聞こえてきて、いたたまれなくなっていく。

会長がどんな理由で私を呼んでいるのかわからないけれど、好奇な目で私を見る同僚たちから逃げるように、部長に「それでは行ってきます」と伝え、そそくさとオフィスをあとにした。

会長室があるのは最上階。もちろん、一度も足を踏み入れたことはない。

そこに向かう途中、すれ違う社員に何度も見られながらやっと辿り着くと、すぐに浅野さんがドアを開けて出迎えてくれた。

「お待ちしておりました。お昼休み中にお呼び出ししてしまい、申し訳ありません」

「いいえ、気にしないでください」と言いながらも気になってしまうのは、通された室内。ドアの先がすぐに会長室になっているのではなく、ここはどうやら浅野さん専用の秘書室のようだった。

よく見ると、奥にもうひとつドアがある。きっと、あの先が会長室なのだろう。

どうやら予想は的中したようで、浅野さんは奥へと進んでいき「どうぞ、会長がお待ちです」と案内してくれた。

「すみません」

紳士的にドアを開けてもらい、会長室の中に入った。

真っ先に目に飛び込んできたのは、正面の窓から差し込む暖かな日差し。

広々とした室内の中央には、来客用の革張りのソファが対面して置かれており、間にはガラステーブルが設置されている。左右には会社の歴史を記した紙が額縁に入れて飾られていて、正面奥のデスクに会長が座っていた。

「会長、馬場様がお見えになられました」

浅野さんの声に、会長はゆっくりと立ち上がった。

「すまないね、馬場さん。こんな時間にお呼び出ししてしまい」

「いいえ」

会長はソファへと向かい、私にも座るよう促してきた。

「どうぞこちらへ」

「はい、失礼します」

言われるがまま、会長と対面するかたちで腰を下ろした。

浅野さんはいつの間にか紅茶を淹れてくれていて、テーブルの上に並べると、ドア付近に静かに立つ。

　会長は、早速本題を切り出した。

「社内に大喜とのことが広まってしまって、すまなかったね。なにか嫌な思いをしていないかと心配になって、こうしてご足労願ったんじゃ」

　すると、浅野さんもすかさず頭を下げる。

「私からも謝罪させてください。ほかの社員たちにも、もっとしっかりと配慮するべきでした。申し訳ありません」

　ふたりに謝られて、恐縮してしまう。

　浅野さんはさらに続ける。

「それと、昨夜は申し訳ありませんでした。大喜様をお願いして、先にお暇《いとま》してしまい……。大丈夫でしたか？」

「えっと……」

　昨夜のことを思い出すと、途端に恥ずかしくなり、ふたりの顔が見られない。

　今井社長に抱きしめられたまま寝てしまったことも、彼の温もりも、鮮明に覚えているから。

　ここが会長室だということも忘れてドギマギしてしまっていると、目の前に座る会長が、にんまりと笑った。

「浅野の判断は間違っていなかったようだぞ？　いい仕事をしたな」

「いえ……」

会長に褒められるも、浅野さんは困惑した様子。

事情を知らない会長は、昨夜私と今井社長が一緒に過ごしたと、勘違いしているのかもしれない。いや、あながち間違ってはいないけれど。

「しかし、噂だけはどうにかしなければならない。噂というのは、ひとり歩きするものだ。早めに手を打たんとな、浅野」

「はい、心得ております」

ガラリと変わった厳しい声色に、緊張が増す。

忘れてはいけない。今、私の目の前に座っているのは、我が社の会長だってことを。

ゴクリと生唾を飲み込んでしまう。

でも、会長はまたニコニコ笑いながら私を見据えた。

「そこで馬場さん、私からの提案なんだが、近々、大喜と公の場で交際宣言をしてみてはいかがだろうか？」

「……え」

「役員たちもそれを望んでおる。皆、大喜には早く身を固めてもらって後継者を……

と願っておってな」

後継者って……それはつまり子供ってことですよね？

結婚を通り越した先の話に、思わず浅野さんを見てしまった。すると浅野さんも会長の提案は予想外だったのか、戸惑っている。

どうしよう、これ。本気でどうしたらいいのだろうか。

でも、いつまでも会長を騙したままでいいわけがないよね。今井社長に対してもそうだけど、時間が経てば経つほど、言いだせなくなってしまいそうだ。

……こんな話を持ちかけられてしまったら、もう明かさずにはいられないよ。

唇をギュッと噛みしめ、浅野さんに〝伝えます〟とアイコンタクトをし、会長に切り出した。

「あの、会長……今さらで大変申し訳ないのですが……」

「ん？　なんだい」

会長の反応を予想すると怖いけれど、覚悟を決めて真実を打ち明けた。

「私は今井社長と交際をさせていただいておりません。……今井社長にはちゃんといるんです、ほかに大切な女性が。今井社長本人から聞いたので、間違いありません」

途端に会長の表情は強張り、信じられないと言いたそうに、瞬きもせず私を見つめてきた。

「いや、しかし昨日は——」

「それは、私が今井社長の部下だからです。だから助けてくれたまでです」

戸惑う会長の声に被せて言うと、彼は押し黙り確認するように浅野さんを見た。

「浅野」

「はい」

「約一ヵ月半、大喜の様子を見ていて、交際している女性の影はあったか？」

「出勤時からご帰宅まで見守らせていただきましたが、馬場様がお話しされているようなお相手と会われていた様子は、一度も見られませんでした」

浅野さんの話を聞いて、会長は再び私と向き合った。

「……と、浅野は言っておるんじゃが……」

戸惑いの表情で、私と浅野さんを交互に見る会長。

会長は応援すると言ってくれて、昨日だってあんなに高価なドレスやバッグをプレゼントしてくれた。私と今井社長の様子を見て、嬉しそうに顔を綻ばせていて……。

そんな会長だからこそ、伝えられずにはいられなくなり、困惑している会長に胸の内を明かした。

「でも、今井社長が嘘をついているようにも、見えませんでした。……ですが私は、今井社長のことを上司として尊敬しておりますし、異性として好意を抱いています」

「……なんと」

会長は目を丸くさせた。

「ですので、昨夜は夢のような時間を過ごすことができました。あんなに高価な物までいただいてしまい、さらには今井社長と一緒にパーティーに参加できて幸せでした。ありがとうございます」

自分には起こり得ないようなことばかりで、まさに夢の世界にいるようだった。今井社長のことが好きだからこそ、幸せなひと時だった。

「今井社長がお選びになった女性は、きっと素敵な方だと思います」

あの今井社長がたまらなく甘い顔をして話す相手だもの。会長だって気に入るはず。

会長には申し訳ないけれど、すべてを話すことができて、ホッと胸を撫で下ろす。

するとタイミングよく、昼休み終了を知らせるチャイムが鳴り響いた。

「えっと……それでは勤務に戻らせていただきます。今回のことは本当に申し訳ありませんでした」

立ち上がって深々と頭を下げると、会長が声をあげた。

いるのだな？」
「馬場さんは、大喜のプライベートの姿を知ったうえで、大喜のことを想ってくれて

顔を上げると、会長は真意を探るような目で私を見据えていた。

「……はい」

戸惑いながらも返事をすると、会長はニッコリ微笑んだ。

「でしたら、ここは私に任せてはいただけませんかな」

「任せる……ですか？」

理解できずに聞き返してしまうと、会長は深く頷いた。

「大丈夫、悪いようにはしません。ここは、この老いぼれに任せてください」

返答に困り、思わず浅野さんを見てしまうと、彼は「安心して会長にお任せくださ
い」と言うと、丁寧に頭を下げた。

そんなふたりに、私は頷くことしかできなかった。

「ねぇねぇ、あの人でしょ？　ほら、社長の……」

「案外、普通の人なんだね」

オフィスを歩けば、必ず女子社員や出世に意欲的な男性社員から、陰口や妬《ねた》みを言われる。

「ほら、あれだろ？　社長の女って」

「よく戦略会議で、社長と張り合っていたんだろ？」

「そりゃ張り合えるよな。恋人なんだから」

社内中に噂が広まって約一週間。

所詮、ただの噂。きっとすぐに消えるだろうと、たかをくくっていたのが大間違いだった。私のこれまでの今井社長に対する態度もあって、噂の信憑《しんぴょう》性が増しているようだ。

おかげで、日に日に悪口の傾向は強まり、最近では私に聞こえるくらい堂々と言われてしまっている。

「あっ、かすみ先輩おはようございます」

「おはよう、亜美ちゃん」

エレベーターホールへ向かう途中、陽気な声で挨拶しながら駆け寄ってきたのは、亜美ちゃんだ。

「今日も朝からジメジメしていて、嫌になっちゃいますね」

「そうだね、髪もベタつくし」

「そうなんですよー！」

社内でどんなに陰口を叩かれようと、めげずに仕事に向き合えているのは、第一企画部の皆がいるからだ。皆だけは、いつもと変わらず接してくれているから。

あの日から、今井社長とは一度も会っていない。どうやら忙しいらしく、社内で一度も見かけてもいない。週末もさりげなくカイくんの散歩に行く時、少し待ってみたりしたけれど、偶然会えることはなかった。

もしかしたら今井社長は今、長期出張中なのかもしれない。それなら、社内中に広まってしまった噂は耳に入っていないだろうし、いいんだけど……。

『任せてください』と言った会長とも、この一週間なにもない。

なにを企《くわだ》てているのだろうかと、少し不安になってしまっていたけれど、もしかしたら私を気遣って、あの場限りの話をしただけなのかもしれないと、最近思うようになった。

それか、会長が今井社長を問いつめ、彼女を紹介させて会長が気に入ったとか？

それならそれでいいんだけど……いや、よくないかな。今井社長を好きな私にとっては、複雑だ。

そしてなにより、いろいろなことが一気にありすぎて、キャパオーバーに陥っている。好きかもしれないって思えた人が、まさかの今井社長で。その今井社長はいろいろな顔を見せて心の中をかき乱してくるし、会長には勘違いされてしまうし。

〝あぁ、私は今、恋しているんだ〟って実感を噛みしめられていない。

それでもやっぱり、今井社長のことを想うと胸が痛くなる。あの夜のことを思い出すとたまらなく余計に。

恋愛って、どうしてうまくいかないことばかりなのかな？　好きだなって思える人とせっかく出会えたのに、相手には大切な女性がいるなんてあんまりだ。それを知っているのに、どんどん好きにさせられていくのだから。

「あ、そういえばかすみ先輩、明日から北海道に一泊で出張でしたよね？」

エレベーターに乗り込むと、思い出したように亜美ちゃんが聞いてきた。

「うん、フラワーチョコレートの試作品を直接渡して、最終の打ち合わせをする予定」

そうなのだ。明日の木曜日、商品に使用するバターを製造している酪農家さんに会いに行く。

これまでも、交渉や契約などで何度か伺っており、今ではいい関係が築けていると思う。

「実際に目の前で食べてもらって、生産者から率直な意見も聞きたいしね」

「なるほど、そうですよね。私は売れると思いますよ！　試作品の段階で、めっちゃ美味しかったですもん」

笑顔で太鼓判《たいこばん》を押してくる亜美ちゃんに、自然と顔が綻ぶ。

「ありがとう」

そう言ってくれて嬉しい。今回はただの季節限定品ではなく、三周年記念の特別な物だから。それに契約までこぎつけるのに、苦労したし。亜美ちゃんが言ってくれたように、消費者にも美味しさが伝わって売れてくれるといいな。

「それじゃかすみ先輩、寂しいですね」

「え、どうして？」

エレベーターを降りて第一企画部へと向かっていると、亜美ちゃんがニヤニヤしながら言ってきた。

「だって彼と会えないわけじゃないですか。……一緒に住んでいるんですよね？」

最後にコソッと耳打ちされた話に、目を丸くした。

「なっ……！　そんなわけないでしょ⁉」

そもそも、付き合ってもいないから！

否定しても、亜美ちゃんは全く信じていない様子で、おばちゃんのように手を口元に当てながら言った。

「だから、私たちには隠さなくてもいいですよ、って言っているじゃないですか。皆知っていますよ？　おふたりが同棲しているって」

咄嗟に、口をあんぐりと開けてしまう。

噂とはなんて恐ろしいものだろうか。本人はなにも話していないのに、勝手に話が大きくなっていくのだから。

どんなに私が否定しても、噂を信じ切っている亜美ちゃんを始め、同僚たちは聞く耳を持たない。さっきみたいに『隠さなくてもいいんですよ』とあしらわれてしまうのだ。

最近は、いちいち否定するのも面倒で笑ってごまかしていたけれど……。

さすがに一緒に暮らしているとまで噂されて、黙ってなどいられない。

「いいなぁ」なんて言っている亜美ちゃんに、強い口調で言った。

「亜美ちゃん、本当に違うから。私と今井社長は付き合ってないし、一緒に暮らしているなんて、根も葉もない噂なんだから！」

釘を刺すように言うと、亜美ちゃんは足を止めて目をパチクリさせた。

ようやく、ちゃんと伝わってくれたのだろうか。

そんな期待を抱いたのも束の間、亜美ちゃんはすぐにニッコリ微笑んだ。

「またまた〜、照れなくていいんですよ。……でも、皆に知られるのも恥ずかしいですもんね。わかりました、そういうことにしておきます。ただ、周りがなんと言おうと、私たち第一企画部はかすみ先輩の味方ですから、安心してくださいね！」

そう言いながら拳を握りしめた亜美ちゃんに、ガックリうなだれてしまう。

ダメだ、全然伝わっていない。わかってもらうことを諦め、「ありがとう」と伝えて、ふたりでオフィスへと向かった。

「お世話になっております、フラワーズの馬場です。……はい、本日は予定通り十三時頃にお伺いいたしますので、よろしくお願いします」

翌日、タクシーの中でバター生産者である大久保《おおくぼ》さんに電話で挨拶をしたあと、打ち合わせ内容を頭の中で確認していたら、あっという間に羽田《はねだ》空港に着いた。

「えっと、確か十時半の便だったよね」

会社で取ってもらった航空チケットを取り出し、時間を確認する。大久保さんへの手土産《てみやげ》も買ったし、開発部から預かった試作品もしっかり持ってきた。

資料もバッグにしまってあるし、大丈夫だよね。

出張のたびに忘れ物がないか、いつも気になってしまう。

搭乗時刻まであと少し。空いていたロビーの椅子に座っていると――。

「あ、すみません」

「いいえ、こちらこそ」

肘《ひじ》掛けに触れた時、隣の椅子に座っていた人の手に間違って触れてしまい、慌てて引っ込めた。

咄嗟に謝り、相手の顔を見た瞬間、お互い目を丸くする。

「え、どうしてここに今井社長が？」

「それはこっちのセリフだ」

思わず今井社長を指差してしまった。

だって、まさかこんなところで今井社長と会うなんて、夢にも思わないじゃない？

そう思っているのは私だけではないようで、今井社長も驚き、言葉が出ない様子。

しかも今井社長と会うのは、ひと晩共にしてしまった日以来。

偶然とはいえ出張前に会えて嬉しいけど、恥ずかしさのほうが上回っていき、次第に彼の顔を見ていられなくなる。

なにか話したいのに話題が思い浮かばない。そうこうしているうちに、搭乗開始アナウンスが聞こえてきた。

「あ……すみません、今井社長。私、これから北海道のほうへ出張なので失礼します」

頭を下げて立ち上がり、足早に去ろうとしたけれど、今井社長の「待て」の声に足が止まる。

そのまま彼を見れば、なぜか顔を引きつらせながら尋ねてきた。

「その出張……まさかとは思うが、フラワーチョコレート関係か？」

「……はい、そうですけど？」

首を傾げながら答えると、今井社長は盛大なため息を漏らしたあと、額に手を当てて「やられた」と小さく呟いた。

「えっ！　ちょっとどういうことですか⁉」

「それは俺が聞きたいね」

あれから搭乗手続きを済ませて座席についた私は、今井社長に詰め寄っていた。なんせ隣の席には彼が座っていて、しかも行き先は同じだというのだから。

「私、なにも聞いていませんよ⁉　今回の出張は、わざわざ今井社長に足を運んでいただかなくても……」

「アホ、それくらい俺でも知っている。……ハメられたんだろうな、祖父さんに」

「え、会長に……ですか？」

頭を抱え込みながら言った今井社長に聞くと、彼は頷いた。

「俺たちの変な噂が流れているし、祖父さんなりに余計な気を遣ったんだろう。おかしいと思ってはいたんだ。急に前倒しで仕事しろって言われたからな。しかし、まさかこんなことを企てていたとは……」

もしかして一週間前、会長が言っていた『私に任せて』っていうのは、このことだったの？　つまり、あれですか？　ふたりっきりの出張で、今井社長の気持ちを自分のほうへ向かせろってこと？

そんなの無理な話だ。

それに今井社長の口から出た噂の言葉に、ドキッとしてしまう。

「あの……もしかして、今井社長はご存知なんですか？　その、噂のこと……」

恐る恐る問いかけると、今井社長は顔をしかめた。

「当たり前だろ？　あれだけ大きくなっていたら嫌でも耳に入ってくる。……悪かったな、あれから仕事のほうでなにか影響したりしていないか？　本当はもっと早く聞こうと思っていたんだが、祖父さんに振り回されていて、連絡できずにいたから心配していたんだ。……まぁ、呼び出すことは簡単だったが、それでは噂をますます信じ込まれそうだと思って」

眉尻を下げて私を見つめてくる彼に、ドキッとしてしまった。

今井社長……私のことを心配してくれていたんだ。しかもそんなに忙しい中で……。

嬉しくて、気を緩めたら涙が出てしまいそうだ。

必死にこらえ、小さく頭を下げた。

「お気遣い、ありがとうございます。ですが私なら大丈夫です。それに同僚たちは、いつもと変わらずに接してくれているので」

そう伝えると、今井社長は安心したように肩の力を抜いた。

「そうか、それならよかった」

『それより、今井社長のほうこそ大丈夫なんですか？』という言葉が、今にも飛び出そうになったものの、必死に呑み込んだ。

本当は聞きたい。彼女が誰かわからないけれど、もし同じ会社の人だったら間違いなく噂を耳にしているはず。たとえ社外の人だとしても、自分以外の女性と彼氏が噂になっていると知ったら、嫌だよね。

聞きたかったけれど、グッとこらえた。だってそんなの、今井社長からしてみたら余計なお世話だろうし。……私が心配することではないと思うから。

「それにしても、祖父さんには困ったもんだ。パーティーの件といい、勝手に馬場を巻き込んで、なにやっているんだか」

背もたれに深く寄りかかり、呆れぎみに話す今井社長に、気になって思わず聞いてしまった。

「あの、今回の件は、会長が直接今井社長に……？」

ふたりの関係はあまりうまくいっていないという、浅野さんの話が頭をよぎる。

これを機に、少し話せたりしたのかもしれない。

そんな期待が膨らんだけれど、今井社長は「まさか」と言って、自嘲《じちょう》ぎみに笑った。

「すべて浅野を通してだよ。いつもそう、なにかあるたびに浅野が連絡してくる。そそういえば、祖父さんと挨拶以外で言葉を交わしたの、いつだろう。それくらい話していないな」

　そう、だったんだ。やっぱり会長と浅野さんが言っていたことは本当だったんだ。

　ここで私がふたりから聞いた話を、今井社長に伝えるのは簡単だ。今井社長が思っている以上に、会長は今井社長のことを大切に思っていると。

　でも、私から聞いたって今井社長は信じないでしょ？　なにも事情を知らない私が伝えたって、怒らせるだけかもしれない。

　だったら私はなにも言えない。ううん、言ってはいけないと思う。

「悪い、こんな話をして」

「あ、いいえ！」

　黙ったままの私に、今井社長は申し訳なさそうに謝ってきた。

　飛行機は出発時刻を迎え、浮上していく。

「なんでだろうな。……お前にはなんでも話せてしまう」

「え……？」

　隣を見ると、今井社長と目が合い、ドキッとさせられてしまう。

「あれだな、お前が俺に、自分の意見を臆することなくぶつけてくるからかもしれない。……それに最近、なにかと一緒に過ごしているしな」

そう言って目を細め、ふわりと笑う彼に、ドキッとしてしまった。

なんですか、その笑顔は。普段はほとんど笑わないくせに、どうしてふたりっきりの時に限って、いろいろな表情を見せるのかな。

胸がギュッと締めつけられて痛い。

「あの日は無事に帰れたか？」

「……はい、大丈夫でした」

それに心配するのも、優しいのも反則。いつものように罵ってくれたらいいのに。そうすれば今、こんなにも胸をときめかせずに済むのに。

「悪いが、今回の出張には同行させてもらうぞ。不本意な経緯だが、一度大久保さんには挨拶したいと思っていたんだ。今回のフラワーチョコレートが成功したら、今後ともお願いしたいしな」

「わかりました。よろしくお願いします」

悪いのはこっちのほうだ。会長の企てとはいえ、こうして思いがけず今井社長と出張を共にできて、嬉しいと思ってしまっているのだから。

ダメだな、気持ちはますます大きくなるばかり。叶わない恋だってわかっているのに、一度好きになってしまったら、想いはそう簡単には消せないようだ。

だったら、このまま今井社長のことを、好きでいてもいいかな？

彼への想いは募るばかりだった。


「はじめまして、今井大喜と申します」

「はっ、はじめまして……！」


大久保さんは緊張からか、初対面の今井社長に上ずった声で挨拶を返した。

約束の十三時。

今井社長と共に、バターの生産者である大久保さんが経営する、牧場兼工場を訪れていた。

広々とした牧場には牛が放牧されていて、敷地内にある小さな工場では、十名ほどの従業員を配置して、毎日バターを製造している。

地元にしか卸していないバターと出会ったのは、昨年の夏、由美ちゃんと夏季休暇を利用して北海道旅行に行った時。搾乳《さくにゅう》体験やバター作りが体験できると知って訪れ、直売所で購入し、その美味しさにすっかり虜《とりこ》になってしまったのだ。

そこで思ったんだ、このバターを使用した商品を作れないかと。けれど、いざ交渉を開始してみると、何度も断られた。作れる数に限りがあるし、卸している取引先だけで製造が精一杯だと。

それでもどうしても諦め切れず、足しげく通って自社製品を紹介し、何度もプレゼンを繰り返して、やっと大久保さんから、期間限定なら……と了承を得たのだ。

今ではすっかり打ち解けることができていて、気さくに話せる仲になっているけれど、さすがに今井社長がいるとなると、話は別だ。

心なしか、名刺交換をしている大久保さんの手が、震えているように見える。

無理もないよね。私が今朝、大久保さんに電話をしたあと、秘書を通して今井社長も伺うと連絡があったようだけど、大久保さんは今井社長と会うのは初めてで、それも突然のことだもの。

「どうぞ、お座りください」

表情が硬い大久保さんに促され、今井社長と共に並んで椅子に腰かけた。

「急遽、馬場と共にお伺いしてしまい、申し訳ありません。しかし私としても、以前から機会があれば、ぜひ大久保さんにご挨拶したいと思っておりまして。失礼を承知のうえで参りました」

「そんな、恐縮です」

今井社長よりも、深く頭を下げる大久保さん。彼は御年四十歳になる、穏やかで笑顔が素敵な男性だ。七年前にこの牧場を経営していた父親が亡くなり、勤めていた会社を退職して奥様と共に継いだのだ。

しかし、当時は経営がうまくいっておらず、打開策として生まれたのがあのバターだと聞いた。今は搾乳体験やバター作りなどの収益もあり、軌道に乗っているらしい。

「むしろ、ご挨拶に伺わなくてはいけなかったのは、こちらのほうです。今回はうちのバターを使用した商品を作ってくださり、本当にありがとうございます」

「そんな、とんでもないです」

すると、大久保さんは私をチラッと見たあと、照れ臭そうに話しだした。

「馬場さんにお話をいただいた時は、無理だと思いました。なにせ、見ての通り、小さな工場です。フラワーさんのような大企業が手がける商品に使用してもらうとなると、フル稼働しても製造が間に合わないと思っていましたし」

「ごもっともです」

相槌を打ちながら、今井社長は大久保さんの話に耳を傾けた。

「でも馬場さんが私たちの商品をこれでもかってくらい褒めてくださいまして……。いろいろと話を聞いているうちに、なんとかできるんじゃないかって思うようになりました」

事実ながら、今井社長に知られてしまって恥ずかしい。隣に座る今井社長の顔を見ることができず、テーブルに出されたお茶をただ見つめるばかり。

「家内や従業員たちとも何度も話し合いました。正直、契約した今も不安はあります。でも、忘れていた気持ちを思い出させていただきました」

「忘れていた気持ち……ですか？」

今井社長が聞き返すと、大久保さんは大きく頷いた。

「ただ安定した収入を得ることばかりを考えていました。……ですが今回お話をいただいて、不安や葛藤《かっとう》もありましたが、この歳になって新しいことに挑戦させていただけたことに感謝しております。従業員たちも同じ気持ちです。製造を開始した当時の気持ちを思い出せたと。以前にも増して従業員たちの士気も上がっておりますし、団結力が増した気がします。それも、すべて馬場さんのおかげです」

「そんな……」

言葉が続かない。まさか大久保さんがそんな風に思ってくれているなんて、知らなかったから。

「感謝するのは私のほうです。……いいえ、むしろ謝罪したいくらいです。無我夢中でしつこかったと思いますし。それなのに毎回追い返すことなく、根気よく私の話を聞いてくださり、本当にありがとうございました」

ダメだ、これまでのことを思い返すと、目頭が熱くなっていく。ズズッと鼻を啜《すす》り、気持ちを入れ替えて開発部から預かってきた試作品をテーブルに並べた。

「大久保さん、こちらが試作品です。まだ完成形ではないのですが、生産者としての大久保さんの立場から、率直なご意見をお聞かせいただければ……」

「はい、ぜひ試食させてください」

テーブルに並べられた試作品を見ると、大久保さんの目は輝きだした。

その様子に、嬉しさがグッと込み上げる。うちに提供してよかったと思ってもらいたいから。

「では、早速こちらからどうぞ」

無色透明のパッケージの袋を開け、大久保さんに順に試食していってもらった。

「今日はまずまずの反応だったな」

「はい。従業員の方にも試食していただき、意見が聞けてよかったです」

時刻は十六時。打ち合わせを終え、今井社長とタクシーで予約してあるホテルへと向かっていく。

打ち合わせは予定より長引いてしまったけれど、実のある時間を過ごせた。開発部にもいい報告ができそうだ。

「製造面が少し心配だったが、納品時期に合わせて臨時のアルバイトを雇って対応してくれると言っていたし、今回成功したら事業拡大も視野に入れ、今後もうちと付き合っていきたいと言ってくれたしな。祖父さんにハメられながらも、来た甲斐があったよ」

いい結果に繋がったからか、上機嫌な様子の今井社長。

「大久保さんも、今井社長に製造工場の見学までしてもらえて嬉しかったと言っていましたよ」

そうなのだ。今井社長がお願いして、急遽、工場を見学させていただいたのだ。

説明を真剣に聞く今井社長の姿に、大久保さんも好感を抱き、今後もぜひよろしくお願いしたい、と言ってくれたのだ。

「自社製品の材料を作るところを見せてもらうのは、社長として当然の務めだからな。でも、安心したよ。品質管理も徹底しているし、なによりひとつひとつこだわりを持って作っている。味も申し分ないしな。馬場が惚《ほ》れ込んだだけある」

満足げに笑う今井社長に、心がむずがゆくなってしまった。だって普段は滅多に褒めない人だから。

「なにより、馬場の社外での仕事ぶりを見ることができてよかったよ」

「え、なんですか？　それ」

照れ臭くて笑いながら返すと、今井社長は真剣な面持ちで私を見据えた。

「俺が知らないところで馬場は頑張っていたんだなってわかったし、お前と大久保さんのやり取りを見ていて、伝わってきたよ。お前がどれだけ頑張って契約を取り、企画書に思いを込めていたのかを。……胸を熱くさせられたよ」

らしくない今井社長に、ドキドキしてしまう。『胸を熱くさせられたよ』なんて意味深なことを言われて、動揺しないほうがおかしい。鼓動が速まって仕方ないというのに、私の事情など知る由もない今井社長は、話を続けていく。

「それと同時に、俺はまだだなって思い知らされたよ。社員たちのためを思って時には厳しくしてきたが、皆、馬場のように俺が知らないところで、たくさんの努力をしているのかもしれないって」

「今井社長……」

悲しげに瞳を揺らし、今井社長は窓の外へと視線を向けた。

「正直、他人との付き合いは苦手だ。どう対応したらいいのか、わからない時もある」

今井社長の話を聞いて思い出すのは、彼が隣に引っ越してきた翌週のこと。あの日、彼は飼い主仲間に挨拶をされても、素っ気なかったらしい。

その理由を教えてはくれなかったけれど……もしかしてあの時も、いきなり挨拶されて、対応に困っていただけなのかな？

「それに立場上、部下に対してヘラヘラ笑ってばかりいられないだろ？　……組織の中には、耳に痛いことを言う存在も必要だからな」

「耳に痛いことを言う存在……ですか？」

尋ねると、今井社長は窓の外の景色を眺めたまま頷いた。

「あぁ。全員が当たり障りのないことばかり言ってたら、会社は回らないと思わないか？　それぞれに個性があり、時にはぶつかり、時には協力し合い、励まし合いながらやっていくのが仕事だろ？　それに、厳しくて恐れられるような者がいるからこそ、皆が引き締まって団結力が増すものだ。俺がその役に徹することで嫌われるなら、仕方がない」

窓ガラスに映る今井社長の瞳は悲しげに揺れていて、視線が釘付けになってしまう。

「……それじゃ今井社長は、自ら嫌われ者に徹しているんですか？」

もしそうなら……今井社長はどんな思いで、いつも私たちに接してきたのだろうか。

「まぁな。でも、俺の言い方にも問題があったのかもしれない。もう少しマイルドに疎《うと》まれてもよかったし」

フッと力なく笑う姿に、無理して『マイルドに～』なんて冗談めいて言ったのではないか、という気持ちが込み上げてきて、唇をギュッと噛みしめる。

「社員たちの顔を見れば、一発でわかる。俺は誰からも嫌われているってな。……まぁ、それで会社がうまく回っていくなら、それが本望だけど」

なんて不器用でわかりにくい人なのだろうか。私だって今井社長から話を聞かなければ、彼がどんな思いでいるのかなんて、知り得なかった。

それこそ彼の言う通り、社員は皆、今井社長のことを恐れているし。けれど、こんな話を聞かされて黙ってなどいられない。

「でも、今井社長は女性社員からは、絶大な人気を得ていますよ」

そりゃあもう噂が流れた途端、皆の私を見る目は怖かったし、何度陰口を叩かれてきたことか。

「所詮、外見と社長という肩書きにつられてるだけだろ？　それがなければ、誰も好んで寄ってきたりしないさ」

うっ……！

そう言われると、言葉に詰まる。

「おかげで、この歳になっても家庭を持てずにいる。そのせいで役員たちや祖父さんから、早く結婚しろって急かされているしな」

「それはっ……！」

「なんだ？」

咄嗟に口に出してしまいそうになった。

『それは違いますよね。だって大切な女性がいるじゃないですか』って。『そんなにうるさく言われているなら、その人と早く結婚しちゃえばいいじゃないですか』って。

「いいえ、なんでもありません」

思いとどまったのは、私が本当に伝えたいことじゃないから。

「なんだよ、途中で止められると気になるだろ」

こちらへ視線を向けられ、ドキッとしてしまう。

「言えよ」

切れ長の瞳が私を鋭く捕らえる。

溢れだしてしまいそうな気持ちを、必死に抑えた。

「それは、その……今井社長のことを嫌っていない社員もいます！」

「なんだ急に。下手な慰めならいらない」

突拍子もないセリフだったのか、今井社長は再び窓のほうへ視線を移してしまった。

下手な慰めって……！　どうして信じてくれないかな。

ムッとしてしまい、今井社長のほうへ身体の向きを変えた。

「申し訳ありませんが、今井社長を慰めようとしたわけではありませんから！　実際いますし、今井社長のことを尊敬している社員がここに」

「……は？」

今井社長はすぐに振り返って私を見つめ、マヌケな声をあげた。

「なにを言っている。さっきも話しただろ？　顔を見れば一発でわかると。お前が誰よりもわかりやすい」

「なら、わかっていただけませんかね⁉　……最近の私は違うと思いませんか？　以前ほど、今井社長のこと嫌いじゃないですよ。それに言っておきますけど、前から今井社長のことは苦手でも、上司としては尊敬していましたから」

ポツリポツリと述べていくと、今井社長は信じられないと言いたそうに私をガン見してきた。

彼の視線に、次第にいたたまれなくなり、視線を落としてしまう。

これが今の私に伝えられる、精一杯の気持ちだ。今井社長のことを上司として尊敬している。そして異性として好き。

決して言えるはずのない気持ちを、なんとかごまかして伝えたけれど、思いのほか恥ずかしい。

おかしいな、学生時代には何度か告白したことがあるのにな。〝好き〟って伝えたわけじゃないのに、どうしてこんなにドギマギしてしまうんだろう。おまけに今井社長、なにも言わないし。

ここがタクシーの中で、運転手さんにも聞かれていると気づいて、顔が熱くなる。

「でっ、ですから、あまり落ち込まないでください！　社長としてのすごさは皆認めていますし、私以外にも今井社長のこと、本気で尊敬している社員は必ずいるはずですから‼」

この話はもう終わりにしたくて、早口でまくし立てると、大きな手がためらいがちに私の頭を撫でてきた。

ドキッとしてしまったのと同時に、今井社長はいつになく優しい顔で「サンキュ」と囁いた。

すぐに離れていく大きな手。

私を見つめる今井社長と視線がかち合う。たったそれだけで心臓は大きく跳ねた。

なにも言えずにしばらくそのままでいると、彼は目を細めた。

「似ているな、馬場と長日部さんは……」

「……え？」

ポツリと呟かれた言葉に、耳を疑ってしまう。だって今、今井社長……『長日部さん』って言ったよね？

まじまじと見ていると、彼は我に返ったのか、バツが悪そうに「なんでもない」と言い、視線を逸らした。

この様子だと、ふと思っただけ……だよね？　同一人物だと思われたわけじゃないよね？

目を逸らすことなく眺めていると、次第に今井社長は落ち着きを失ったように、指で膝をトントン叩き始めた。どこか照れ臭そうに――。

これって、私の気持ちは今井社長にしっかり伝わった、と思ってもいいのかな？

ポカンとしたまま彼を凝視していると、窓に反射して映る今井社長の頬が、ほんのり色づいている気がした。

あぁ、もう。どうして今井社長は、こうも女心をくすぐるのがうまいのだろうか。

そんな反応をされては、胸キュンしてしまうんですけど。

仕事がデキて厳しくて傲慢で。それなのに不器用で本当は優しくて……子供みたいに照れちゃう人。私、そんな今井社長のことが好き。

今井社長に、ほかに好きな人がいてもかまわない。目の前にいる彼も、オフ状態の彼も、どちらも本当の今井社長なんですよね？　そんな彼のことを諦めることなんてできないよ。

会長に感謝しないと。今井社長のことをもっと知る機会を、プレゼントしてくれたのだから。

その後、夕食なしのプランだったため、チェックイン前にホテル近くの飲食店に立ち寄り、明日のスケジュールを確認しながら食事を済ませ、予約していたホテルに向かった。

「……え、なにかの間違いですよね？」

チェックイン手続きを進めている中、フロントマンに言われた言葉に耳を疑ってしまった。

「いいえ、確かにシングルルームをふた部屋からダブルルームをひと部屋に変更されておりますが……」

困惑しながら何度も確認するフロントマンに、絶句してしまう。

どうやら会長は、ここでもまた企ててくれていたようだ。

このまま好きでいても、いいですか？


本日宿泊する部屋は、ビジネスホテルの一室。バス・トイレ付きの一般的な部屋で、広さもそれなりにある。

ただひとつ、非常に問題なのは、部屋の中央に置かれているダブルベッド。この部屋でひと晩、今井社長とふたりで過ごさなければいけなくなったことだ。

伝えられた時は困惑し、すぐに部屋を変えてもらおうとしたけれど、タイミングが悪いことに、今夜は近くのドームでアイドルのコンサートが行われる日。おまけに夕方から強風と大ぶりの雨が降りだし、空の便は欠航。

足止めを食らってしまった観光客やビジネスマンで、このホテルはおろか、近辺のビジネスホテルはどこも満室。漫画喫茶に泊るのも難しそうだ。

その趣旨を今井社長に伝えると、さすがの彼も顔面蒼白。

とりあえず部屋で話すことにしたわけだけど……。お互い立ち尽くしたまま、呆然としてしまう。

本当にどうしよう、これ。

今井社長と出張を共にできて嬉しいけれど、ここまで一緒は望んでいなかった。緊張と戸惑いで、変な汗が流れてしまう。

沈黙が続く中、今井社長が口を開いた。

「ここはお前が使え。俺はほかのホテルを探すから」

「え、ちょっと待ってください！　さっき言いましたよね？　どこも満室だと」

出ていこうとする今井社長の腕をつかみ、引き止めた。

「もしかしたら、キャンセルが出たホテルもあるかもしれないだろ？」

「たとえそうだとしても、外は大嵐ですよ⁉」

「だからといってお前とひと晩、同じ部屋で過ごすわけにはいかないだろう⁉」

声を張る今井社長に、腕を振り切られてしまった。

そして、彼の足は迷わずドアのほうへと向かっていく。

今井社長の言うことはもっともだ。いくら非常事態とはいえ、問題ありすぎる。

でも……！

「今井社長が出ていく必要はありません！　ここは私が出ます‼」

慌てて追いかけ、先回りしてドアを塞《ふさ》いだ。

途端に今井社長は顔をしかめる。

「バカかお前は。部下を大嵐の中に放り出す上司がどこにいる」

「部下が上司に譲《ゆず》るのが一般的ではないでしょうか！」

負けじと言い返すと、今井社長は唇を噛みしめたあと、額に手を当てて、深く息を漏らした。

「どう考えても、俺が別の宿を探すほうがいいに決まってるだろ？」

今度は諭すように言われるけれど、私の気持ちは変わらない。

「私の性格をご存知ですよね？　申し訳ありませんが、引き下がりません」

今井社長は目くじらを立てて言い返そうとしたものの、すぐに思いとどまり、また深いため息をつく。

「じゃあ、お前はどうしたいんだ。探しに行って、もしどこも空いていなかったら、どうするつもりなんだ？」

「それはっ……！」

これにはすぐに言葉が出てこない。こんな大嵐の中、今井社長にホテルを探させるわけにはいかないけれど、打開策は見出せない。どうすればいいんだろう、これ。

「もともと馬場がひとりで来るはずの出張だったんだ。こうなったのも、祖父さんの責任だしな。だから、お前は気にせずこの部屋を使ってくれ。俺ならどうにでもなるから」

「でも……」

「いいから」

優しく言われてしまうと、今度は反発できそうにない。同じ部屋でひと晩を共にするのは、マズいとわかっている。けれど、もうこの状況では仕方ないのではないだろうか。

お互い、意図していたわけではないし、私と今井社長はあくまで上司と部下、なにより彼には彼女がいる。私のことなんて女として見ていないはず。だったら打開策があるじゃない。

いよいよ私の身体を押しのけ、出ていこうとする今井社長の腕を再びつかむ。

「今井社長」

「なんだ、しつこいぞ」

また振り払われそうになるも、彼をジッと見つめた。

「よーく考えてください。そもそも、こんなことで言い争いをしていること自体、おかしくないですか？　私と今井社長はただの上司と部下です。しかもこれは、不測の事態！」

きっぱりと言うと今井社長は眉を寄せ、「なにが言いたい？」と尋ねてきた。

そんな彼に、迷いなく伝える。

「たったひと晩、数時間だけです。割り切って、同じ部屋で過ごしましょう」

途端に今井社長は唖然《あぜん》とし、声を震わせながら「正気か？」と聞いてきた。

「もちろんです。今井社長は、私のことを女として見ていませんよね？　だから言えるんです。……それに以前、偵察に行ったカフェでお話をされていたじゃないですか、大切な存在がいるって。そんな今井社長だからこそ、同じ部屋を使っても平気だって言っているんです」

おまけについ最近、不可抗力とはいえ、朝まで共にしちゃったわけだし。そう、思っていたんだけど、今井社長は目を泳がせたあと、やけくそぎみに声を漏らした。

「俺が言っていた大切な存在は……お前も会っただろう？　……愛犬のラブだ！」

「……はい？」

予想だにしないセリフに、目が点になる。

すると今井社長は片眉を上げ、再度同じ言葉を繰り返した。

「だからラブのことだって言っているんだ！　……この俺を好きになる物好きなど、いるわけないだろう。それくらい察しろ」

「なっ……！　そんなのわかるわけないじゃないですか！」

カッとなり、思わず言い返してしまった。

だってこんな話ある？　〝彼女〟がまさかのラブちゃんだったなんて……！

「あの時の今井社長、とても優しそうな顔で語っていたじゃないですか！」

「悪かったな、俺にとってラブはそれくらい大切な存在なんだ‼」

今井社長も開き直って、言い返してくる。

「だったら、最初からそう言ってくださいよ！」

おかげで私、かなり悩まされたんだから！　それに会長にも言ってしまったじゃない。今井社長のこと、諦めなくちゃって思ってしまっていたじゃない。

「言えるか！　お前に男がいるって自慢げに言われて、腹が立ったんだ」

「腹が立ったって……！」

険しい顔とイラ立った声で言われても困る。……いや、私も人のことを言えないか。今井社長と同じ嘘をついてしまったのだから。

言葉に詰まってしまうと、今井社長は思い出したようにまくし立ててきた。

「そうだ。お前こそ男がいるのに不可抗力とはいえ、俺と同じ部屋でひと晩過ごすわけにはいかないだろう！　……やっぱり俺が出ていく」

「ちょっと待ってくださいっ……！」

止める暇も与えられず、身体をドアの前からどかされた瞬間、思わず叫ぶように言ってしまった。

「大丈夫です！　私にも彼氏なんていませんから‼」

「……は？」

彼はピタリと動きを止め、目を何度もしばたたかせて私を凝視してくる。

「私も今井社長と同じです！　ただの見栄っ張りでした。……付き合っている人なんていませんから。だから、一緒にこの部屋を使いましょう‼」

必死だった。今井社長を大嵐の中、行かせるわけにはいかないと。

けれど微動だにせず私を見る彼に、徐々に冷静になっていくと、とんでもないことを言ってしまったのではないか……と思い始めてしまう。

『一緒にこの部屋を使いましょう』なんて言い方、ちょっとマズかったよね。いや、別に深い意味などない！　ないけど……。

気まずくて、気恥ずかしくて視線を落としてしまった時だった。ギュッと手をつかまれたのは。

驚いて顔を上げると、今井社長は私の心の内を探るように、真剣な眼差しを向けていた。

「一緒に部屋を使うってこと、お前はちゃんと意味がわかって言っているのか？」

「……えっ」

ドキッとしたのも束の間、ジリジリと距離を縮めてくる彼。

つかまれていた手が、さらに強い力で握られた時、室内に備えつけられている電話の内線が鳴りだした。

その音にふたりともハッとし、顔を見合わせてしまう。すると今井社長は「悪い」と呟き、すぐに手を離してくれた。

「い、いいえ……」

激しく鳴ったままの心臓を落ち着かせるように、今井社長につかまれていた手をギュッと握りしめてしまう。

「……俺が出る」

鳴りやまない内線に、今井社長が電話に出てくれた。

途端に小さく息を漏らしてしまう。びっくりした。心臓が壊れてしまうんじゃないかってほどに。

間近で私を見つめる彼の瞳は、苦しげに大きく揺れていたから。

でも私が悪いよね。よく考えもしないで誤解されるような言い方をしてしまったのだから。お互い相手がいないとわかって言ったのだから。……完全に私が悪い。

「はい。……え、本当ですか？」

自己嫌悪に陥っていると、電話に出ていた今井社長の表情が一変。安心した顔を私に向けてきた。

「はい、わかりました。すぐフロントへお伺いします」

そして電話を切ると、すぐに今井社長は話してくれた。

「馬場、ひと部屋キャンセルが出たらしい」

「え、本当ですか？」

「あぁ。俺はそっちの部屋に移るから。すぐに手続きしてくる」

よかった、キャンセルが出て。これで部屋問題は解決したわけだけど……。つい今井社長のあとを追っていってしまう。

するとと彼はドアの前で立ち止まり、私と向かい合った。見下ろされてドキッとしてしまう私に、今井社長は眉尻を下げた。

「悪かったな、いろいろと。嘘をついていたことも、プライベートなことを聞いてしまったことも。……それとさっきのことも」

さっきのことを思い出すと、またドキッとしてしまった。

「いいえ、私もすみませんでした。……いろいろと失礼なことを言ってしまい……」

平静を装うものの、落ち着かなくて無駄に何度も髪に触れてしまう。けれど冷静になると、結構やらかしてしまったと後悔してしまう。部屋のこともそうだし、暴言も吐きまくっちゃったし。

でも本当なのかな？　今井社長が言っていたことは。

「あの……本当に彼女はいないんですか？」

嘘じゃないんだよね？

いまだに信じられなくて問いかけると、彼は肩を落とした。

「いないよ。つーかいるわけないだろ？　こんな男に。……まぁ、お互い様だろ、お前にも彼氏がいないんだから」

そう言ってはにかむ彼に、トクントクンと胸が高鳴りだす。

「それじゃ、また明日。予定通り、九時にロビーで」

「あ、はい！　お疲れさまでした」

出ていく今井社長に慌てて頭を下げると、彼は「お疲れ」と言い残し、今度こそ本当に部屋から出ていった。

一気に静まり返る室内に、自分の心臓の音が響いているんではないかと思うほど鼓動がうるさい。トボトボと部屋の中へ戻っていき、ベッドに腰かけて一点をジッと見つめてしまう。

「今井社長には彼女がいない……？　大切な相手がラブちゃん……？」

言葉にして、頭に刻み込んでいく。

何度も今井社長に聞いてしまったけれど、確かに彼女はいないって言っていたよね？

「嘘、でしょ？」

両手で口を覆い、そのまま仰向けに倒れ込んだ。

蛍光灯の眩しさに瞼を閉じ、足をバタバタさせてしまう。

じゃあ私、諦めなくてもいいんだよね？　ずっと今井社長のことを好きでいてもいいんだよね？

思いがけない真実に戸惑いつつも、この日の夜は嬉しさでなかなか寝つくことができなかった。

後悔してほしくない

翌朝、八時五十分。身支度を整えてロビーに下りていくと、そこにはソファに腰かけ、足を組んで新聞を読んでいる今井社長がいた。

ただ新聞を読んでいるだけだというのに、私の目にはカッコよさが二割増しで映ってしまい、朝から胸がキュンと鳴ってしまう。

今までは彼女がいる人として、見ていたからだろうか。彼女がいないと知って、フィルターが外れてしまったかのように、いつもよりカッコよく見えてしまう。しかも新聞を読む姿なんてレアだから、できるものならスマホで写真を撮って待ち受けにしたいくらいだ。

そんなよからぬことを考えながら見つめていると、視線を感じたらしい今井社長に気づかれてしまった。

目が合い、ドキッとしたのも束の間、彼は新聞を折りたたみ、こちらにやってくる。

「おはよう、昨夜はよく眠れたか？」

私のドキドキ事情など知る由もない今井社長は、普段通りに話しかけてきた。

それなら私も平常心、平常心‼

「おはようございます。はい、おかげさまで。昨夜は部屋を移っていただいてしまい、申し訳ありませんでした」

「アホ、そんなことで謝るな」

『アホ』だなんて言われているのに、それさえも嬉しく思ってしまう私は、どこかおかしいのかもしれない。

「今日は挨拶回りと、支社工場の視察だったな」

「はい、そうです。それと十五時の便まで、いろいろと特産品を見て回ろうかと」

できれば大久保さんのバターのように、自社製品に使用したい逸品を見つけたいし。

すると、今井社長は少しだけ口角を上げ、クスリと笑った。

「馬場らしいな。二日目は多少、観光したっていいものなのに」

「それはっ……！　お褒めいただき、ありがとうございます」

なにそれ、ちょっとバカにしたような褒めているような、曖昧《あいまい》な微笑みは！

いちいち反応してしまい、胸の高鳴りを抑えるのに必死だ。

「だったら、サクサク行こう。俺も見て回りたいから好都合だ」

「……はい！」

さすが仕事熱心な今井社長だ。

それからチェックアウトを済ませ、時間の許す限り巡っていった。

「ご搭乗ありがとうございます。間もなく本便は――……」

機内アナウンスが流れる中、私と今井社長は席に座り、ホッとひと息ついていた。

「よかったです、間に合って」

「最後の搭乗客でギリギリだったけどな」

ホテルを出たあと、支店工場やお世話になっている取引先に伺い、地元の特産品店を訪れていたら、あっという間に時間が過ぎていった。お昼も簡単に地元のラーメンを食べて終わり。ふたりっきりの出張だったのに、ムードもへったくれもない。

それでも今井社長と充実した時間を過ごせた。やっぱり彼は仕事熱心で、話を聞いているだけで勉強になったし、お互い意見を出し合って楽しかった。

ゆっくりと動きだす飛行機。

二日間の出張もあと少しで終わってしまうと思うと、寂しさを感じてしまう。

窓の外の景色をぼんやりと眺めていると、今井社長がポツリと呟いた。

「なにかと楽しい二日間だったな」

意外な言葉に隣を見れば、今井社長は少しだけ口元を緩めた。

「最初は祖父さんを恨んだけど、実のある二日間を過ごせてよかったと思うよ。まぁ、多少のトラブルはあったが、それも含めて思い返すと楽しかった」

「今井社長……」

なんですか、口元を緩ませて『楽しかった』なんて。そんなことを言われてしまったら、いろいろと期待してしまうじゃないですか。

「今日の昼に食べたラーメン、あれも美味しかったな」

「そうでしたね、さすが本場のラーメンでした」

今井社長とこんな風に話せているのが不思議。ほんの数ヵ月前までは怖くて苦手だったのに。あの頃の自分が今の状況を見たら、腰を抜かしてしまうんじゃないだろうか。

「馬場の食うスピードが、男並みに早いのには驚かされたしな」

「そっ、それは食べている時間がもったいなかったからでして……！　結構、無理していましたから」

慌てて弁解すると、今井社長はクスクスと笑いだした。そして目を細め、囁くように言ったのだ。「わかっている」と――。

私のことを理解しているみたいな口ぶりに、胸の高鳴りは最高潮を迎えてしまう。今井社長にとって私は部下だから。……だからそんな風に笑ってくれるんですか？　それとも部下とは違う感情を抱き始めてくれている……と思ってもいい？

感情のまま、今の雰囲気に流されて言ってしまおうか。『今井社長が好きです』と。『隣に住んでいる長日部さんって、実は私なんです』って。

言ったら、今井社長はどう思うかな。好きって言われても迷惑？　困る？　私が長日部さんだと知ったら、幻滅する？　もう一緒に散歩してくれない？

今井社長の気持ちを考えれば考えるほど、冷静になっていく。なに考えているんだろう。告白の前に、まずは謝らないといけないじゃない。不可抗力とはいえ、今井社長に偽名で名乗っていたわけだし。

今井社長は、最初から嘘をついていなかった。会社では〝今井大喜〟だけれど、戸籍上は〝山本大喜〟なんだもの。

もし、今井社長が挨拶に来てくれたあの時、最初から正体を明かすことができていたら、私と今井社長の関係は違ったものになっていたのかな？　お互い、素の自分をさらけ出せて、今よりいい関係を築けていた？

どうなっていたとしても、これだけは言える。私はきっと、今井社長のことを好きになっていたって。

たとえ山本さんとしての今井社長と出会わなくても、こうやって彼のことを知ることができたのなら、私は間違いなく今井大喜というひとりの男性に、好意を持ってしまっていただろう……。

今井社長のことを知れば知るほど、切に願ってしまうの。私のことも知ってもらいたいって。会社の中での私じゃない、本当の私を知ってもらいたい。私のすべてを知ったうえで、まるごと愛してほしい。

今度、すべてを彼に伝えよう。たとえ幻滅されたって、最悪、嫌われてもいい。このまま今井社長に嘘をついたままでいるより、何倍もマシ。

そのうえで、また一から片想いを始めればいいじゃない。だって私、今井社長のことがたまらなく好きになっちゃったんだもの。彼女がいると知っていても、気持ちを止めることなんてできなかったのだから。

決心した私を乗せた飛行機は、約一時間半のフライトを終え、羽田空港に到着した。

「馬場、このあとは？」

空港のロビーまで来ると今井社長は立ち止まり、腕時計で時間を確認しながら尋ねてきた。

「『直帰でいい』と部長に言われておりますので、帰ります。今井社長はお仕事ですか？」

「あぁ、一度会社に戻る。その後、大事な取引先の社長と今夜、会食予定だ」

出張から戻ってきた夜まで仕事だなんて、彼の多忙ぶりに脱帽してしまう。

けれどそんな中、今日も時間を割《さ》いて私に付き合ってくれたんだよね。

「すみません、知らなかったとはいえ、時間ギリギリまで連れ回してしまって。私のことなんて置いて先に帰られてもよかったのに」

だってもう十七時近く。急いで会社に戻って、ゆっくりする時間もなく、そのまま会食でしょ？

申し訳なく思ってしまっていると、今井社長はいきなり「バカ」と声を漏らした。

「謝るな。好きでお前と一緒に帰るって決めたんだから」

「……え」

ドキッとしながらも、彼を見つめてしまう。

「一緒にいたかったし、もっとお前の仕事ぶり、見ていたかったんだよ。……一番近くでな」

なに、それ。胸が詰まって息苦しくなる。反則すぎるよ。たとえ上司として言っているにしたって、勘違いしてしまいそうになるじゃない。

もういっそ、この場ですべて打ち明けてしまおうか。気持ちを必死に抑えるのも、そろそろ限界だ。目の前にいる彼に全力で〝好き〟って伝えたい。

心臓が激しく波打ち、感情が昂《たかぶ》っていく。

「あのっ——」

「悪い、電話だ」

今井社長は相手を確認したあと、声を潜めて電話に出た。

えっと……私、今なにを言おうとした⁉

バクバクとうるさい心臓を、手でギュッと押さえてしまう。勢いに任せて、とんでもないことを言おうとしていたよね⁉　今井社長のスマホに電話がかかってこなかったら……と思うと、ゾッとしてしまう。

どこの誰かは存じませんが、絶妙なタイミングで今井社長に電話をかけてくださり、ありがとうございました。思わず心の中で拝んでしまった。

「……え、祖父さんが？　本当か、浅野⁉」

いつになく声を荒らげる今井社長。気になって彼の様子を窺うと、切羽詰まった顔で取り乱している。

こんな今井社長、初めて見た。もしかして会長になにかあったのだろうか……？

心配になり、ハラハラしながらも、ただ様子を見守ることしかできない。

「いや、それは無理だ。それに祖父さんだって、俺が仕事を蹴ってきてほしいなんて、思わないだろ？　余計な気遣いはいらない。……あぁ、なにかあったら連絡をくれ」

ただならぬ雰囲気にオロオロしてしまっていると、そんな私に気づいた今井社長は、気持ちを入れ替えるように小さく息を漏らした。

「悪い、話の途中だったよな」

「いいえ、大丈夫です。……それより、会長になにかあったんですか？」

気になって尋ねると、彼は一瞬ためらったものの、電話の内容を話してくれた。

「今さっき、祖父さんが倒れて救急車で運ばれたらしい」

「えっ！　会長がですか!?」

大きな声を出してしまった私とは対照的に、今井社長は淡々と述べていった。

「あぁ。それで、浅野にすぐ病院に来るように言われたんだけど……」

そこまで言うと言葉を濁し、なぜか視線を逸らしてしまった今井社長。

「きっと祖父さんなら、『仕事を優先しろ』って言うと思うんだ。……昔からそういう人だった。身内よりも会社を優先する人だったから」

それは亡くなったお母さんのこと……？

喉元まで出かかった言葉を呑み込み、彼の話に耳を傾けた。

「俺が病院へ行って付き添っていたら、目を覚ました時に必ず怒るはずだ。俺が祖父さんのためにできることは、会社を守ることだと思うから」

胸がギュッと締めつけられる。

会長は、常に今井社長の幸せを願っている。今井社長も、会長のためを思っての判断なんでしょ？　本当は心配なはず。口では平気そうに言っているけれど、たったひとりの肉親だもの。心配しないわけがないよ。

ふたり共、不器用でもどかしくてたまらないよ。

「悪い、馬場。話はまたあとで聞く」

どうやら、今井社長は本気で会長が搬送されていった病院には行かず、仕事に向かうつもりらしい。彼は電話で秘書の人にか、迎えの車の手配を頼み始めた。

人の家庭に、ズカズカと足を踏み入れるものではないとわかってはいるけれど、今回ばかりは黙ってなんかいられないよ。ふたりの気持ちを知ってしまったからこそ、余計に。

私は今井社長に詰め寄り、彼のスマホを奪い取った。

「すみません、大至急、羽田空港まで来てください！　それと今井社長の今日の予定はすべてキャンセルしてください。緊急事態なんです‼」

『え、あの――』

一方的に伝えて電話を切ると、すぐに今井社長にスマホを取り返されそうになり、間一髪で防ぐ。すると鋭い視線を向けられ、彼のスマホを両手でギュッと握りしめた。

「馬場、どういうつもりだ」

怒りのこもった声に、思わず肩をすくめてしまう。けれどここで押し黙り、おずおずとスマホを返すわけにはいかない。今井社長を仕事に行かせたくない……！

自分を奮い立たせ、戦略会議の時のように彼と対峙する。

「今井社長、仕事ではなく会長のもとへ行ってください！」

「さっきの話を聞いていなかったのか？　お前に非情と言われようと、俺は仕事に行く。それが祖父さんのためでもあるんだ。わかったらさっさと返せ」

再び伸びてきた腕から逃れ、今井社長を見上げた。

余計なお世話かもしれない。でも、緊急事態なのに会長の身体の状態を知らない今井社長を、みすみす見逃せないよ。それに会長の身体のことを知っておかなければいいけないのは、私じゃない。今井社長でしょ？

「今井社長……お願いですから、今すぐに病院へ行ってください」

繰り返し懇願すると、今井社長は呆れたように深いため息を漏らした。

「だから俺は行くつもりはないと、言っているだろう？」

強い口調で言われた瞬間、叫んでしまった。

「会長が以前から心臓を患っていて、余命残りわずかだと知ってもですか⁉」

空港のロビー中に響く、自分の声。

途端に今井社長は目を見開き、固まってしまった。

「……冗談、だろ？」

そして引きつる顔で声を震わせた。

「冗談でこんな話をするわけないじゃないですか！　……浅野さんから、今井社長には言わない約束で聞いてしまったんです。会長のご病気のことを」

「まさか……」

今井社長にとっては衝撃的な話だろう。口元を手で覆い、考え込んでしまった。

本当はもっと落ち着いた場所で話すべきことだけれど、今は時間がない。会長が今、どんな容態かわからない状況だからこそ、今井社長には早く向かってほしいから。

「今井社長が思っている以上に、会長は今井社長のことを大切に思っていますよ。おふたりは似ています！　相手のことを思っているのに、素直になれなくて肝心な話をせずにいるところが。……今井社長だって会長のことを大切に思っているんですよね？　だから病院へ行きたい気持ちを抑えて、仕事に行こうとしているんですよね？」

今井社長は会長に認めてもらいたいんじゃないかな。話を聞いていて、そう感じてしまった。

違うのに。会長はもうとっくに今井社長のことを認めている。誰よりも今井社長の幸せを願っているのに。

「もっと素直になってください。今井社長の気持ちを、しっかり会長に伝えてください。……後悔だけはしないでください」

「馬場……」

もし、もう二度と会えなくなってしまったら……？　そうなってしまったら、今井社長は後悔してしまうでしょ？　そんな思いをしてほしくない。

「お願いします」

ガヤガヤと騒がしい中にいるというのに、自分の胸の鼓動がはっきりと耳に届く。

なにも言わない今井社長に、不安が押し寄せてくる。

私の気持ちは、彼に届いてくれただろうか……？

心臓が速く脈打つ中、今井社長は静かに言い放った。

「馬場、スマホを返してくれないか？」

「今井社長っ……！」

伝わらなかった？　私の気持ち。

咄嗟に顔を上げてしまうと、今井社長は力強い眼差しを私に向けたまま、手を差し出していた。

「取引先の社長に自分の口から謝罪したいから、返してくれ」

「今井社長……それじゃあ……」

彼をじっと見つめると、今井社長は目を細めた。

「行くに決まっているだろ？　祖父さんのところに。だから早く返してくれ」

グッと気持ちが込み上がり、涙が溢れそうになる。

よかった、よかったよ……！

唇を噛みしめて、急いでスマホを今井社長に差し出した。

すると今井社長は受け取り、私を見据える。

「馬場の言う通り、後悔はしたくない。……ありがとうな」

愛しそうに目を細めてふわりと笑うと、伸びてきた彼の腕が私の腰に回り、優しく引き寄せられた。

「え、今井社ちょ――」

一瞬の出来事だった。彼の顔が迷いなく近づいてきて、頬にキスが落とされたのは。

う、そ――。

離れた唇。けれど彼の腕は私の腰に回されたまま。

そして私にしか聞こえないよう、今井社長は私の耳元でかすれた声で囁いた。

「悪い。無性にお前にキスしたくなった」

「……っ！」

破壊力抜群な声と言葉に、口をパクパクさせてしまう。

ゆっくりと離されていく身体。

彼は私の顔を覗き込むと、クスリと笑った。

「行ってくる。お疲れ」

何事もなかったかのように私の頭を撫でると、今井社長は電話をしながら人混みの中へと消えていった。

彼が歩いていった先を見つめたまま、立ち尽くすこと数分。

震える手で触れたのは、今井社長がキスを落とした頬。思いのほか熱を帯びていて、それだけで容易に想像できてしまう。今の私の顔は茹《ゆ》でダコ状態だって。

何度も頭の中で繰り返される、『無性にお前にキスしたくなった』のフレーズ。

あんなことをされたら、私……期待しちゃいますよ。今井社長も、私のことを異性として意識してくれているんじゃないかって。

ドキドキとうるさい心臓を落ち着かせるように深呼吸をし、祈るばかりだった。

会長の容態がよくなりますように。

……そして、ふたり共素直になってお互いの思いを伝え合えますように、と。

送られてきた社内メール

週末の日曜日。梅雨の晴れ間となった今日は朝から快晴で、洗濯物や布団《ふとん》を干したあと、カイくんと少し遠くの公園まで散歩に来ていた。

「カイくん、気持ちいいね」

「ワンッ！」

散歩が大好きなカイくんは、嬉しそうに私を見上げてくる。

空港で今井社長と別れてから早二日、なんの音沙汰もない。

昨日も一昨日《おととい》も、カイくんの夜の散歩の帰り、外から今井社長の部屋を見上げた時、電気は灯《とも》っていなかった。もしかしたら今井社長は、会長に付き添って病院に泊り込んでいるのかもしれない。

会長の容態がわからず、気になって仕方がないけれど、よく考えてみれば今井社長とはお互い連絡先を知らないし、彼からしてみたら、私に伝える手段がないことに気づいた。

「こんなことなら、浅野さんに連絡先を聞いておくんだった」

機会ならたくさんあったのに。

辿り着いた公園でカイくんと遊んだあと、しばし休憩しながらガックリうなだれてしまう。

会長は大丈夫なのかな？　心配で仕方ない。でも逆に考えれば、連絡がないってことは、いい方向に向かっているのかもしれない。

きっと、明日会社に行けばわかることだと思うけど……いつかは今井社長と会社で顔を合わせることになる。その時のことを考えると、顔から火が出てしまいそうなほど恥ずかしい。

思い出してしまうのは、空港のロビーでの一幕。

あの時のハグとキスは、ただの感謝の気持ち？　しかも『無性にお前にキスしたくなった』ってなに⁉

頭を抱え込んでしまうと、隣にいたカイくんが心配そうに鼻を鳴らしてきた。

「ごめんね、カイくん。せっかくの散歩中なのに」

頭を撫でると、〝気にしないで〟と言うように「ワンッ」と答えてくれた。

訪れていた公園には広い芝生があり、家族連れたちが各々ボールやバドミントンなどで身体を動かしていて、終始楽しそうな声が響き渡っている。

そんな中で、私とカイくんは芝生に直《じか》に座り込んでいた。

「カイくん……私、今井社長に今度会ったらちゃんと打ち明けるね。もしかしたら、ラブちゃんと一緒にお散歩できなくなっちゃうかもしれないけど……それでもカイくんは許してくれる？」

今井社長が知っているのは、会社での私だけ。すべてを打ち明けたら、今までのように接してくれないかもしれない。だって嘘をついていたのだから。

拒絶されてしまった時のことを考えると怖いけれど、このままでいるほうがもっとつらい。

ギュッと手を握りしめると、彼は私の気持ちを察してか、頬を舐《な》め始めた。

「え、ちょっとカイくん？　くすぐったいよ」

自然と顔が綻ぶ。

すると、カイくんは安心したように尻尾を左右に振り始めた。

そっか、カイくん、私のことを励ましてくれたんだ。〝頑張れ〟って言ってくれているって、勝手に解釈してもいいかな？

「ありがとう、カイくん。カイくんのおかげで、勇気が湧いてくるよ」

彼との距離が近づけば近づくほど、打ち明けることに不安が増してしまう。

でも、恐れてばかりではダメだよね。それではなにも解決できないし、今井社長に自分の気持ちを伝えることもできないもの。

「今度会ったら、ちゃんと話すね」

「ワンッ！」

「よし、今日はちょっと豪華な夕食にしちゃおう！　そして、明日からまた頑張らないと！」

「ワンワンッ！」

カイくんに元気をもらい、食材を調達するべくスーパーへと向かった。


「お待たせ、カイくん。帰ろうか」

あれからカイくんとやってきたのは、公園近くにあった大型スーパー。

いつも利用しているスーパーではないから、どこになにがあるのかわからず迷ってしまい、カイくんを外でだいぶ待たせてしまった。

たまにはなにか作ろうかと思ってはみたけど、次第に食材を探すのが面倒になってしまい、気づけばでき合いのおかずをかごに入れている自分がいた。

「まぁ、これが私らしいというか、なんというか……」

繋いでおいたカイくんのリードを解いていると、ポケットの中のスマホが、突然鳴りだした。

「え、誰だろう」

スマホを取り出して確認すると、電話の相手は同期の仙田くんだった。

「仙田くん……？」

電話でのやり取りなんて滅多にしないのに。ましてや今日は休日だ。

なんの前触れもなくかかってきた電話に疑問を抱きながらも、通話ボタンを押すけれど、すぐに切られてしまった。

「なに？　一体」

もしかして間違えたとか？　いや、それにしては長い間鳴り続けていたよね？　それに、ひと言『間違えた』って言ってくれてもいいのに。

画面を見ても、謝罪のＬＩＮＥさえ来ていなかった。なんだったんだろう。

首を傾げてしまっていると、カイくんが〝早く帰ろう〟というように足元でウロウロしている。

「ごめん、カイくん」

気になるけど、明日会社で会った時に聞けばいいよね。かけ直してこないってことは、重要な用件ではなかったようだし。

そう思い、カイくんと自宅マンションへと帰っていった。


週が明けた月曜日。

会社に着くと、いつものごとく視線が痛い。……特に女子社員からの。もう二週間近く経つから、こんな視線なんてへっちゃらだ……と思うけれど、なぜだろうか。今日の視線は、どことなく今までよりさらに冷たく感じられる。

耐え切れなくなり、身体を小さくさせながら足早に第一企画部へと向かった。

「あっ、おはようございます、かすみ先輩」

「おはよう、馬場さん」

オフィスに到着すると、真っ先に挨拶をしてくれたのは、ちょうどドア付近で話し込んでいた亜美ちゃんと、松島主任だった。

「おはようございます。あ、これお土産です」

北海道出張の際、慌てて空港で買った銘菓《めいか》を亜美ちゃんに渡すと、目を輝かせた。

「わぁ嬉しい！　私、このお菓子大好きなんですよー！　ありがとうございます」

「ありがとう、馬場さん」

「いいえ、よかったら皆さんで食べてください」

いつもと変わらないふたりに、ホッと胸を撫で下ろしてしまう。

よかった、いつも通りで。

けれど、そう思ったのも束の間、なぜか亜美ちゃんと松島主任の私を見る目がニヤニヤしだした。

「え、なんですか、ふたりして。……私の顔になにかついています？」

警戒すると、亜美ちゃんは声を弾ませながら話しだした。

「そりゃニヤニヤもしちゃいますよ。だってかすみ先輩、出張には社長もご一緒だったんですよね？」

「……えっ⁉」

どうして亜美ちゃんがそれを⁉

ギョッとすると、いつの間に近づいてきていたのやら、部長が得意げに言いだした。

「大久保さんからお電話をいただいてね。『わざわざ社長さんにまで足を運んでいただき、ありがとうございました。今後もお付き合いお願いします』と言われたよ」

ガハハッ！と笑う部長に、嫌な予感がする。

亜美ちゃんを恐る恐る見ると、彼女は私が言いたいことがわかったのか、Ｖサインを出した。

「もちろん、しっかりと広めておきましたよ！　社長は心配で出張についていってしまうほどかすみ先輩を溺愛しているので、皆さんはさっさと諦めるべきです、と」

亜美ちゃん……！　余計なお世話とはまさにこのこと。なんてことを広めてくれたのだろうか。

あぁ、そっか。それで納得できた。殺気を伴った視線の原因が。

「どうでしたか？　社長と熱い夜を過ごせましたか⁉」

けれど、この純粋な目を見れば、亜美ちゃんに悪意がないことは一目瞭然《りょうぜん》。彼女のことだ、私のためを思ってのことだったのだろう。

そう思うと、怒りは薄れていく。そしてひたすら顔を引きつらせた。

「まぁ……それなりに」

どうせ否定しても信じてもらえないだろうと思い、つい話を合わせてしまうと、亜美ちゃんは興奮状態で皆のほうを見た。

「きゃー！　うらやましいです‼　皆さん聞きましたか⁉」

亜美ちゃんの声に、皆から「楽しめてよかった」とか「仕事はしっかりこなして楽しむところは、さすがだな」といった声が飛び交う。

噂はこうやって、どんどんひとり歩きしていくんだろうな。

皆の話に相槌を打ちながら、デスクへと向かい、始業時間を迎えた。


「かすみ先輩、お昼はどうされますか？」

「今朝、コンビニで買ってきちゃった」

「了解です」

昼休み、いつものように亜美ちゃんが声をかけてくれたけれど、予想以上に仕事が押していて断ってしまった。

外で食べる人たちがオフィスからいなくなると、残っているのは私を含めて三人だけ。ひとりは部長で、奥様お手製のお弁当を美味しそうに食べている。もうひとりは今日締め切りの企画書に、おにぎり片手に取りかかっていた。

私はなんとなく仕事がたまっているだろうなと予想していたから、出勤前におにぎり二個を購入済み。

よかった、買っておいて。いくら近いとはいえ、コンビニに行く時間ももったいないし。それに今日はどうしても定時で上がりたかった。

給湯室へ向かい、お茶を淹れる。

今日、今井社長は出勤しているのかわからないけれど、きっと浅野さんはいるはず。

午後になったら秘書課にこっそり内線してみよう。せめて会長の安否だけでも知りたい。

お茶が入った湯のみを片手に自分のデスクへ戻っていき、おにぎりを食べようと包装を解こうとした時、聞き覚えのある声がした。

「失礼いたします」

顔をドアのほうへ向けると、そこには浅野さんの姿があった。

「……浅野さん？」

おにぎりを手にしたまま、突然現れた浅野さんに呆然としてしまっていると、彼は迷いなく大股で私のほうへと向かってきた。

そしてピタリと立ち止まると一礼し、小声で「お時間よろしいでしょうか」と尋ねてきた。

「えっと……はい」

驚きつつも、断るわけがない。私も浅野さんに聞きたいことがあったから。

浅野さんはオフィスをぐるりと見回したあと、「ここではなんですので……」と囁いた。

「あっ、はい」

慌てて立ち上がり、残っている部長と同僚に会釈をし、第一企画部をあとにした。

連れられてやってきたのは会長の秘書室。

彼はドアを閉めると、「ここなら誰にも聞かれる心配はございません」と言い、椅子に座るよう手で促してきた。

「すみません、失礼します」

椅子に腰かけると、浅野さんも向かい合うように腰を下ろしたあと、早速本題を切り出した。

「先日はありがとうございました。……大喜様を病院へ向かわせてくださったこと、深く感謝いたします」

そう言って、浅野さんが深々と頭を下げたものだから、慌てて手を左右に振った。

「そんな、とんでもないです！　ただ、その……あの時は無我夢中でして。こちらこそすみません、会長の病気のことを今井社長に話してしまいました」

『ご内密に』って言われていたのに。

申し訳なくて自分の膝をジッと見つめてしまう。

「謝らないでください。……本当に馬場様には感謝しているのですから」

「え……？」

顔を上げると、目を細めて私を見つめる浅野さんと、視線がかち合った。

「私はずっとおふたりのおそばにいながら、なにも行動に移すことができませんでした。……いや、会長の気持ちを考えて、大喜様には話さないのが得策だと思っていたんです。会長のお気持ちを大切にしてあげたいと」

「浅野さん……」

すると、彼は困ったように微笑んだ。

「しかし、それは大きな間違いでした」

そう言うと、浅野さんはあの日の病室でのふたりの様子を、とても嬉しそうに話してくれた。

会長は発作が起きて緊急搬送されたものの、命に別状はなく、今週末にも退院できる予定らしい。

今井社長が駆けつけた時、会長の容態は落ち着いていて眠っていたけれど、今井社長は会長が目を覚ますまで、ずっと付き添っていたそうだ。そしてその間、浅野さんは今井社長に怒られたらしい。

どうして会長の病気のことを、俺に内緒にしていたんだって。聞いていたら、もっと身体を大切にさせていたのにって。

会長は時折、出社して仕事をこなしていた。そのことについても、どうして止めなかったのだと責められたらしい。

それから数時間後、目を覚ました会長は、目の前に今井社長がいてすごく驚いたとか。最初はお互いぎこちなかったらしいけど、ずいぶんと長い時間、病室でふたりっきりで話をしていたようだ。

そして今井社長が帰宅後、会長は浅野さんの前で涙を流したらしい。

聞いているこっちまで胸がいっぱいになり、目頭が熱くなってしまった。ふたりの溝が少しでも埋まったと聞いて、私も嬉しいから。

「どうやら大喜様は、会長に馬場様のお話もされたそうですよ」

「え、私の話……ですか？」

ドキッとしてしまった私に、浅野さんはニッコリ微笑んだ。

「はい。どんなことを話されたのかまでは、会長は教えてくださりませんでしたが、退院したら馬場様にお会いしたいと望んでおります」

「私と、ですか？」

「ぜひお会いしてくださると、私も嬉しいです」

そう言われてしまったら、断れない。それに私も会えるのなら会って、出張を共にさせてくれたお礼を言いたい。

「わかりました。その際は、ぜひ」

「ありがとうございます。会長もお喜びになると思います。それと、大喜様からの伝言です」

「え？」

今井社長が私に伝言？

ドキッとした私に、浅野さんは今井社長から預かった伝言を話してくれた。

「大喜様は昨日から、会長が出席予定だった会合やパーティーに出席するため、出張していて明日の夕方まで戻られません。なので明日の夜、お会いしたいとのことです」

今井社長が、私に会いたい……？

思いがけない伝言に、浅野さんの前だというのに顔が熱くなってしまう。

「ご予定はございませんか？」

「……はい」

たとえあったとしても、彼を優先するに決まっている。だって私も今井社長に会いたいから。会って、今度こそすべてを打ち明けよう。そして〝好き〟って伝えたい。

「それほど遅くならないとのことなので、会社でお待ちくださいとのことでした。十八時前にはお戻りになるかと思います。今井社長がお戻り次第、私がお迎えに上がりますので」

「わかりました。ありがとうございます」

「感謝するのは私のほうですよ。……大喜様のこと、本当にありがとうございました」

再度、浅野さんに頭を下げられたあと、少しだけ話をして会長秘書室をあとにした。

明日になれば、今井社長に会える。そう思うと、気持ちが弾んでしまうから不思議だ。すべてを話したら、どんな反応をされるかわからないのに、それよりも彼に会いたい気持ちのほうが勝っている。

今後のことなんて全く予測できない。だからこそ、私は今の自分の気持ちを大切にしたい。

言うんだ、明日。どんな顔をされても、なにを言われても絶対に伝えるんだ。

決意を固め、オフィスに戻った。

「かすみ先輩、少し休憩されませんか？　これ、よかったらどうぞ。かすみ先輩のお土産ですけど」

カタカタとパソコンキーを叩いていると、不意に声が聞こえてきて、コーヒーの芳《かん》ばしい香りが鼻をかすめた。

手を休めて時計を確認すると、十五時を回っていた。

どうやらだいぶ長い時間、集中してやっていたようだ。

「ありがとう、亜美ちゃん」

お礼を言うと、亜美ちゃんは眉を寄せた。

「かすみ先輩、ちょっと飛ばしすぎじゃないですか？　あまり無理しないでくださいね。言ってくれれば手伝いますから」

「ありがとう」

亜美ちゃんの気持ちは、素直に嬉しい。

「ただ、明日は絶対、残業したくないから、前倒しでやっているだけなの。ごめんね、いらない心配させちゃって」

「ならいいんですけど。本当に大変だったら、言ってくださいね」

「了解」

すると、亜美ちゃんは表情を緩めて、ほかの同僚たちにもコーヒーを運んでいった。

彼女の後ろ姿を眺めながら、私は同僚に恵まれていると改めて実感させられた。

亜美ちゃんが淹れてくれたコーヒーを啜りながら、しばし休憩していると、パソコンに新着メールありの文字が映し出された。

「ん？　なんだろう」

送り主は外部の不明なアドレス。届いたのは私だけではないようで、「なんだ、これ」「マジかよ」「え……この写真って……」の声が飛び交い始めた。

そしてなぜかメールを見た皆は、私のほうを見てきた。

不思議に思い、私も送られてきたメールを開いた瞬間、凍《こお》りついてしまった。

メールに添付されていたのは、完全オフ状態の私の写真だったのだから。

【社長は騙されている！　これが彼女の素顔です】

そんな煽り文句と共に、添付されていた一枚の写真。そこにはオフ状態の私が、カイくんと散歩を楽しんでいる写真が掲載されていた。

ご丁寧に所属部署とフルネーム、社員証に記載されている写真と共に。

メール画面を見たまま、固まってしまう。

誰がこんなことを……？　それよりもどうしたらいい？　これ、よく見ると企画部だけじゃなくて、社内に一斉送信されている。ということは、本社に勤めている社員全員が受け取ったことになる。

バクバクと心臓が鳴り、変な汗が背中を伝う。

メールを見た同僚たちからは、「これ、本当に馬場さんなの？」「まさか……」「なんなの、この嫌がらせ」といった言葉が飛び交い、ざわざわする中、皆がチラチラと視線を向けてくる。

どうすればいいのか頭を悩ませていると、亜美ちゃんが私のもとに駆け寄ってきた。

「かすみ先輩……あの写真は、本当なんですか？」

まっすぐ私を見つめてくる彼女に、なにも言えなくなる。あの写真に写っているのは私。でもそれを知ったら、亜美ちゃんは幻滅しちゃうでしょ？

なにも言えず、視線を泳がせてしまうけれど、これでは暗に自分だと認めているようなものだと気づいた時。

亜美ちゃんは急に早足で部長のもとへ向かっていき、口を開いた。

「部長‼　これ問題じゃないですか⁉　こんな個人情報を社内メールで流すなんてっ」

「俺もそう思います！　こんなの許せないんですけど」

「そうですよ！　それにこの写真、明らかに盗撮ですよね⁉　犯罪ですよ！」

亜美ちゃんを筆頭に、口々に声をあげる皆に、目頭が熱くなっていく。

そして皆は立ち上がり、部長に詰め寄り始めた。

「わっ、わかった。今すぐ総務部へ連絡を入れるから」

皆に囲まれ、部長は慌てて内線をかけた。

それを見届けたあと、亜美ちゃんは私のもとへ駆け寄ってきた。

「かすみ先輩、大丈夫ですか？」

「うん、ありがとう。それよりも……」

ダメだ、言葉が続かない。皆の気持ちが嬉しいからこそ聞けないよ。『あの写真を見て、幻滅しなかった？』なんて。

けれど言葉を詰まらせた私に、亜美ちゃんはなにかを察したのか、私の両手をギュッと握ってきた。

「言っておきますけど、かすみ先輩。……ここだけの話、私もメイクを落としたら別人になっちゃうんです」

「え？」

キョトンとする私に亜美ちゃんは、おどけた顔で話を続ける。

「それに、私だけじゃないと思います。女子は結構多いですよ、メイクを落とすとガラリと変わっちゃう人。ね？　皆さん」

亜美ちゃんが問いかけると、女子社員たちは目を見合わせて頷き始めた。

「お恥ずかしいですが、私も同じくメイクでかなりごまかしています」

「私も……」

嘘……本当に？　ただ私に気を遣っているだけじゃないの？

けれど私の思いは違ったようで、皆頷くばかり。

「俺の彼女も、スッピンは別人だぞ」

「あ、俺の奥さんも」

今度は男性社員たちも、口々に言いだした。そして、いつの間にか電話を終えた部長もゴホンと咳払いをしたあと、手を挙げて言いだした。

「私の家内も、同じく」

次々とカミングアウトされていく話に、目を見張ってしまう。

だって、こんなこと信じられる？

呆然とする私に、亜美ちゃんは再度、手をギュッと握りしめて訴えてきた。

「なので、気にしないことが一番です‼　誰だって、会社での顔とプライベートの顔は、少なからず違いますよ」

「亜美ちゃん……」

その後も皆、亜美ちゃん同様、気にするなと励ましてくれた。

声をかけられるたびに、鼻の奥がツンとしてしまう。

今まで必死に素顔を見られないようにしてきたけど、そうだよね、皆いい人たちばかりの職場だもの。無理に隠すことなかったんだ。

「皆さん、ありがとうございます」

胸がいっぱいになってしまい、深々と頭を下げた。

引かずにいてくれてありがとう。おまけに皆、カミングアウトまでしてくれて……。感謝しても、し切れないよ。

「もー、かすみ先輩ってば顔を上げてください！」

「そうだよ。お礼言うこと自体、おかしいでしょ？　むしろお礼を言わないといけないのは俺のほうだよ。馬場さんにはいつも頼りっぱなしで、迷惑かけてるんだから」

松島主任のフォローに皆「確かに」「そうだな」「謝れ」といった言葉が飛び交った。

いつもの第一企画部だ。いじられる松島主任に、皆が笑い声をあげる。

その様子を亜美ちゃんと肩を並べ、笑って眺めていた。

その後、部長のもとへ総務部から『すぐに調査します』と報告があったらしい。

そしてこの日は、部長の計らいで定時の十分前に特別に上がらせてもらった。

おかげで、ほとんどの人と会うことなく、会社をあとにすることができた。帰り際、皆に「お疲れさまです」と「明日、待っていますね」と言われて、胸が熱くなってしまう。第一企画部の皆がいてくれて、すごく心強い。

でも、一体誰が、どうしてあんなメールを送ったのだろうか。今井社長に好意を寄せている女子社員の仕業？　だったらあんまりだ。全社員に知らしめるなんて。

社内を歩けば、今まで以上に突き刺さる視線を向けられ、陰口を叩かれるかと思うと憂鬱になり、仕事に行きたくなくなってしまう。

それに……それになにより、自分の口から今井社長に伝えたかった。社内中に一斉送信されたんだもの。あのメールは、今井社長のもとへも届いてしまっているはず。

しかも、写真にはカイくんも一緒に写っているんだもの。すぐに気づかれるだろうな。私が長日部さんだったって。

今井社長はあの写真を見て、どう思うのだろうか。自分で言うつもりでいたのに、違った方法で知られたとなると、話は別だ。

せっかく明日、今井社長が『会おう』って言ってくれて嬉しくてたまらなかったのに、今は会いたくないと思ってしまっている。

重い足取りで電車に乗り、自宅マンションに辿り着くと、いつものようにカイくんが玄関までお出迎えしてくれた。

「ただいま」

カイくんを見たら、少しだけ気持ちが浮上する。

いつものように玄関先でしゃがみ込み、カイくんの頭を撫でていると、リビングから由美ちゃんが顔を覗かせた。

「あれ、今日は早かったのね」

「由美ちゃん？　来てたんだ」

顔を出した由美ちゃんに驚き、立ち上がってリビングへ向かっていく。

「あれ、佐藤さんは？」

いつもいるはずの佐藤さんの姿が見当たらず、周囲を見回してしまう。

「風邪ひいちゃったみたいで。それで代わりに、今日は私がカイくんのペットシッターとして来たってわけ。ね、カイくん」

由美ちゃんは、カイくんの頭を撫でた。

「そうだったんだ。ごめんね、来てもらっちゃって」

申し訳ないことをしてしまった。

それに佐藤さんも大丈夫だろうか。もしかしてこの前、私が出張でカイくんをひと晩預けてしまったから疲れてしまったのかな？

「いいのよ、気にしないで。今日はたまたま時間があったしね。それに、かすみちゃんにもちょうど会いたいと思っていたから」

立ち上がり、私を見つめてきた由美ちゃんに、ドキッとしてしまう。

彼女は、なにもかも見透かしたような目をしていたから。

「やっぱり、来て正解だった。かすみちゃん、なにかあったでしょ？」

そう言って、由美ちゃんは目尻を下げた。

「伯母さんをナメないでね。幼い頃から知っているんだもの。帰ってきた時の声を聞いただけでわかったわよ。なにか嫌なことがあったたって」

「由美ちゃん……」

どうやら、由美ちゃんには隠し事などできないようだ。観念し、これまでの経緯をすべて話した。

「なによ、それ！　どこの誰⁉　私の可愛いかすみちゃんを盗撮した、くそ野郎は‼」

「ちょっ……！　由美ちゃん、落ち着いて」

あれから今日のことも含めて話し終えると、由美ちゃんは怒りを露わにした。

「これが落ち着いていられると思う⁉　しかも、メールで社内中に一斉送信ですって⁉　絶対、許せない」

怒りの形相の彼女に慌てふためく中、内心は嬉しいと思ってしまう。だって由美ちゃんは、私のために怒ってくれているわけでしょ？　こんなの嬉しくないわけがない。

「ありがとう、由美ちゃん。そう言ってもらえるだけで、充分だよ。それにさっきも話したように、企画部の皆は味方だから」

安心させるように言っても、由美ちゃんはいまだに腑《ふ》に落ちない様子。

「心配するのは、当たり前でしょ？ それに、盗撮なんてれっきとした犯罪だし、総務部にしっかり調査してもらいなさい。わかった？」

「うん、わかったよ」

すると、やっと落ち着いたのか、由美ちゃんは深いため息を漏らした。

「けれど、まぁ……驚きね。まさかお隣の冴えない彼と、かすみちゃんの会社の社長が同一人物だったなんて」

「……うん。私も最初聞いた時はびっくりしたし、なかなか信じられなかった。でも間違いなくふたりは同じ人で……私の好きな人なの」

改めて自分の気持ちを他人に伝えると、恥ずかしくなる。けれど由美ちゃんに隠し事はしたくない。

彼女は口を挟むことなく、私の話に耳を傾けてくれた。

「知れば知るほど、今井社長のことを好きになっていったの。それに、嘘をついてしまっていたからこそ、自分の口からすべてを明かしたかった。……そしてそのあと、好きって伝えたかった」

切なくて悔しくて、拳をギュッと握りしめる。

胸が張り裂けそうになっていると、由美ちゃんが口を開いた。

「私は順番なんて関係ないと思うな。大切なのはかすみちゃんの口から、しっかりと伝えることじゃないのかな？」

「……え？」

思わず由美ちゃんを見つめると、彼女はクスリと笑みを漏らした。

「もしかしたら、明日会った時にはもう知られちゃってるかもしれないけど、それでも逃げずにしっかり伝えないと。向こうだって聞きたいと思うはずよ。かすみちゃんから直接」

「由美ちゃん……」

ボーッと彼女を凝視してしまっていると、活を入れるように背中を叩かれた。

「しっかりしなさい！　私の姪でしょ？　へこたれていたらメールを送信した犯人の思うツボよ？　堂々と出社して彼に伝えなさい。ちゃんと自分の口で言いたかったってことも含めてすべて。そうすれば、きっと彼もわかってくれるはず。……そういう人なんでしょ？　かすみちゃんが好きになった人は」

そうだよ、由美ちゃんの言う通りだ。だからこそ好きになったんだ。

「ありがとう、由美ちゃん。……元気出た」

身体を小さく丸めて会社に行ったら、本当に犯人の思惑通りだよね。それに今井社長なら、絶対、私の話を最後まで聞いてくれるはず。

お礼を言うと、彼女はニッコリ微笑んだ。

「それならよかった。……かすみちゃんから彼のことを、彼氏として紹介してもらえる日を楽しみにしてるから」

「彼氏っ……!?」

ギョッとして声を荒らげてしまうと、由美ちゃんはクスクスと笑いだした。

「なに照れてるのよ。それくらい好きなんでしょ？　だったら、なにがなんでもゲットしないと！　……応援しているから頑張りなさい」

「うん、ありがとう」

改めて感謝の気持ちを口にすると、由美ちゃんは安心した様子で、彼氏が待つ自宅へと帰っていった。

カイくんと外で見送ったあと、おもむろに空を見上げてしまう。

今夜は雲がかかっておらず、夜空には光り輝く星が散りばめられている。今井社長も、この星をどこかで眺めているだろうか……？

彼のことを考えると、胸が苦しくなる。この想いを大切にしたい。だからこそ、明日は気合いを入れていかないとね。

「ね、カイくん」

すると、カイくんが励ますように飛びついてきた。

「アハハ、ありがとう」

本当に私は感謝しないとね。由美ちゃんやカイくん、そして第一企画部の皆といった、心強い存在がいてくれるのだから。

カイくんと部屋に戻り、この日は翌日に備えて早めに就寝した。

そして迎えた翌日。予感は見事に的中し、本社ビルに着いた途端、感じるのは突き刺さるような視線。それと——。

「嘘、出勤してきてるけど。どれだけ神経図太いんだろうね」

「あんな写真を社内中に送られたら、私だったら無理」

「社長も騙されてたんだよ、きっと。でなければおかしいじゃない。あんなブスと付き合うとか」

エントランスを抜けると、皆が私に聞こえるように悪意ある言葉を放ってきた。

けれど、決して下は向かない。だって私、ただ今井社長が好きなだけだから。この気持ちに嘘はないから。だったら、うつむいていたらダメだよね。

そう思い、堂々と前を見据えたまま、オフィスへと向かっていった。

「かすみ先輩、チェックお願いします」

「馬場くん、この前お願いした春の新商品の企画案、どうなってる？」

「ばっ、馬場さん～！　ちょっと助けてもらえるかな？」

第一企画部はいつもと変わらない。……いや、そうでもないかな。皆いつも以上に私に声をかけてくれている。なにげないフリをしながら。もしかしたら、余計なことを考えずに済むようにしてくれているのかもしれない。

これでは、ますます負けるわけにはいかないよね。

より一層気合いを入れて、仕事に取りかかる。

「かすみ先輩、今日は新しくオープンしたパスタ屋へ行きましょう」

「この前行ったら、これがまた美味しくてさ。今度は馬場さんも一緒に行こうって話していたんだ」

昼休み。今日は皆に誘われて外に食べに行くことにした。

本当は出勤前にコンビニで買ってきておいたんだけど、せっかく皆が誘ってくれたんだもの。

そんなわけで、皆と一緒にオフィスを出たものの……。

「うわぁ、本当に出勤してきてる」

「っていうか、別人すぎ」

廊下を歩けば、心ない言葉をコソコソと囁かれる。

一緒にいる皆にも、嫌な思いをさせているよね。

案の定、亜美ちゃんも松島主任も空元気な声を出すばかり。無理しているのがバレバレだ。

ここで私が落ち込んでしまったら、ますます皆を困らせるだけ。

そう思い、笑顔を貫いた。

「パスタ、すごく楽しみ。もちろん松島主任の奢りですよね？」

「……えっ⁉」

ギョッとする松島主任。

すると、亜美ちゃんも私に続いた。

「そうですよ、この中で一番年上は松島主任じゃないですか。ここは松島主任が奢る

いく。

他愛ない話をしながらエレベーターで一階まで下りていき、エントランスを抜けて
情けない声を出す松島主任に、笑ってしまった。

「ええ、そんなぁ〜」

べきだと思います」


「うわ、さすが馬場。あんなメールだけじゃ、やっぱめげねぇよな」

私たちの行く手を阻むように立ちはだかったのは、同期で営業部の佐久間くんと仙田くんのふたりだった。

久し振りに会う佐久間くんは、見下したように私に目を向け、そんな彼の後ろで、なぜか仙田くんは気まずそうに視線を落としている。

「ちょっと君たち、一体なに？」

松島主任はいつになく厳しい口調で、佐久間くんたちに注意する。

けれど全く意に介さない様子で、佐久間くんは口を開いた。

「しかし驚いたよな。まさか馬場の素顔があんなブスだったとか！　それなのに社長もかわいそうに。騙されていたんだから！」

わざと大声で言う佐久間くんに、皆が何事かと足を止め始めた。

おかげで一気に注目を集めてしまう。

そうなることを見計らっていたように、佐久間くんは演技がかった声で話しだした。

「同期としてやってられねぇよな。バックに社長がいたら、どんなに努力したって勝てるわけねぇし。……なぁ、仙田」

佐久間くんが仙田くんに目をやると、彼の身体はビクッと動いた。

そんな彼の反応で、頭をよぎるのは日曜日の出来事。

そういえば仙田くん、散歩中に電話をくれたよね？　それに、様子がおかしい。いつもの仙田くんらしくない。彼ならこんな場面に出くわしたら、迷いなく助けに入ってくれるはずなのに……。

考えれば考えるほど、嫌な結論しか浮かんでこない。ううん、まさか。仙田くんに限ってあり得ない。だって仙田くんはいつも気さくで、入社当時から仲よくしてくれていたし、これからも付き合っていきたい同期のひとりで……。

そうだよ、信じたくない。もしかしたら犯人が仙田くんかもしれない……なんて。

それでも疑念を拭い去れなくて、彼をジッと見つめてしまっていると、仙田くんに代わって、佐久間くんが代弁するように言った。

「仙田だって悔しいと思ってたんだろ？　許せねぇんだろ？　……だからあの写真を

撮って、俺に送ってくれたんだよな?」

――え、佐久間くん……今、なんて言った?

耳を疑う話に目を白黒させ、仙田くんをまじまじと見つめてしまう。

そんな私の視線から逃れるように、彼は瞼を固く閉じた。

嘘でしょ? まさか仙田くんが……?

呆然とする中、佐久間くんは話を続けた。

「俺も同じ気持ちだよ。いや、俺たちだけじゃない。そう思っている社員はたくさんいるはずだ。今の状況でわかるだろ? 皆、馬場のことを悪く言ってる」

周囲を見回す佐久間くんにつられるように視線を向ければ、私たちを取り囲んでいた社員たちは、冷たい目でこちらを見ては、なにかコソコソと話している。

「適当なこと言わないでください! 私たちはそんなこと、これっぽっちも思っていませんから」

「そうだ、そうだ!」

負けじと声をあげた亜美ちゃんと松島主任だけれど、佐久間くんは愉快そうにニヤリとした。

「悪いですけど、それはあなたたちだけですよ。ほかの社員たちは皆、馬場に幻滅していますから」

佐久間くんには腹が立つ。

でも、それよりも私には、どうしても気になっていることがあった。沈黙を貫いている彼のことだ。私は一歩、また一歩と仙田くんのもとへと歩み寄り、彼の目の前まで来て立ち止まる。

「かすみ先輩？」

私を呼び止める亜美ちゃんの声が背後から聞こえてきたけれど、私は目をつぶったままの仙田くんにそっと問いかけた。

「あの写真を撮ったのは仙田くんだなんて、嘘、だよね？」

信じたくなくて、声が震えてしまう。

けれど、彼はなにも答えてくれない。

「だって私たち、同期で同じ企画部で……。よく愚痴を言い合ったり、相談し合ったりしてたよね？」

それなのに、嘘でしょ？　……信じたくない。

「仙田くんじゃないよね……？」

何度も何度も問いかけてしまう。お願いだから、嘘だと言ってほしい。

でもそんな私の願いも虚しく、彼は閉じていた瞼を開けると、険しい表情で私を見据えた。

「俺……ずっと馬場に嫉妬していたんだ」

「……え？」

いきなりそう言うと、彼は拳をギュッと握りしめ、私に気持ちをぶつけてきた。

「同期として同じ企画部に配属されて、なにかとお前と比べられてばかりだった。戦略会議で馬場の企画が通るたびに、悔しかったよ」

「仙田くん……」

初めて聞く彼の本音に、胸が痛い。

知らなかった。……まさか仙田くんが私に対して、そんな気持ちでいたなんて。

「そうしたら、馬場が社長と付き合っているっていうじゃないか。それで納得いったよ。馬場の企画が通っていたのも、お前が社長に毎回強気でプレゼンできたのも、全部社長の恋人だからだって」

「そんなわけ――」

「あるだろ⁉　でなかったらおかしいだろう！　悪いけど、皆言っているよ」

吐き捨てるように言われた言葉が、胸に深く突き刺さる。

本当に違うのに。そんな理由で、私の企画が通っていると思われていたの？　しかも皆？

企画を通すのは、簡単なことじゃない。皆と同じように残業して話し合って、リサーチして。全力で挑んだ結果だ。それなのに、あんまりだ。

悔しくて悲しくて切なくて、たくさんの感情に一気に襲われていく。

「日曜日、馬場を街で見かけたのは偶然だった。似た声だと思ったら、まるで別人がいてさ。思わず電話で確認したら、まさかの本人だったんだもんな」

だからあの時、電話に出た途端、通話が切れちゃったんだ。

次の瞬間、仙田くんは充血した目をこちらに向けて、顔を歪めて笑った。

「だから写真に収めたんだ。佐久間たちに広めて、恥をかかせてやろうと思った。少しくらい、つらい思いをさせてやろうと」

そこまで言うと、仙田くんは唇をギュッと噛みしめる。

言葉に詰まってしまった彼に代わって、佐久間くんが得意げに話しだした。

「それで俺が社内中に送信してやったってわけ。不正が堂々と行われているなんて、おかしな話だろ？　馬場に嫌な思いをさせるべきだと思ったんだ」

犯人は佐久間くんだったんだ。彼があんなメールを社内中に……！

沸々と怒りが込み上げ、彼を睨みつける。

けれど、そんな私を見て佐久間くんは、面白そうに笑った。

「いいね、その顔。俺はずっと、お前のそんな顔を見たかったんだ。いつも勝気な顔しやがって……！　女のくせに生意気なんだよ」

吐き捨てられた暴言に、涙が込み上げてきてしまう。

こらえなきゃ、こんなところで泣いてしまったらますます佐久間くんの思うツボだ。

「なに言って……！　それより、あなたのやったことは犯罪ですよ！」

「そうだ、そうだ！」

怒りを露わにする亜美ちゃんたちに、佐久間くんは嘲笑った。

「なに言ってるんだよ、俺は皆に真実を教えたまでだ。それが、今のこの現状だろ？　間に割って入って馬場を庇うヤツなんて、誰ひとりいない。……お前ら以外な」

佐久間くんは、悔しそうに顔をしかめている亜美ちゃんと松島主任を、顎で指す。

「社内では、どこを歩いても馬場の話題で持ち切り。もちろん悪い話題で……な。自分が一番わかってんだろ？　突き刺さる視線も、悪く言われてるってことも。社長を騙してズルいことをしてたんだ、当然の報いだ」

『社長を騙していた』――。

その言葉が胸を苦しくさせていく。

そうだ、よね。意図していたわけじゃなくても、結果的に嘘をついていたことになるもの。

いくら自分の口であとから説明しても、今井社長を騙していたことに変わりないって事実が、ズンと胸に重くのしかかってくる。

「バカらしい！　かすみ先輩、早くお昼に行きましょう！」

「そうだね、時間がもったいない」

亜美ちゃんに腕を組まれ、松島主任に庇われながら去ろうとすると、佐久間くんや周囲を囲っていた社員たちから、「逃げるのかよ」「やっぱ本当なんだ」「社長に謝って」といった罵声が浴びせられていく。

違うのに。私は悪いことなんてしていない。ただ、皆と同じように全力で仕事に取り組んでいるだけなのに……！

こらえていた涙が溢れそうになってしまった、その時だった。

「俺は騙されてもいないし、馬場はなにひとつ卑怯《ひきょう》なことなんてしていないが」

大きな声が、エントランス中に響き、周囲は一瞬にして静まり返る。

嘘……この声って……。

私たちも足を止め、エントランスの外から人混みをかき分けてやってくる人物に視線を向けた。

……それは、紛れもなく今井社長だった。

険しい表情の彼に、社員たちは騒ぎだす。

そんな周りには目もくれず、今井社長は私に近づき、呆然と立ち尽くす私を庇うように立つと、集まっている社員や佐久間くんたちに向かって、声を張り上げた。

「うちに勤めている社員なら、俺がどんな男か知っているよな？　特定の社員を贔屓して、つまらない企画を通すと思うか？　なんの努力もせず楽しているヤツに、仕事を任せると思うか？　言っておく。馬場をはじめ、第一企画部の全員がいつも全力で仕事に取り組んでいる。そして、その頑張りが実を結んでいるんだ！　企画書を見ればすぐにわかる。どれだけの思いをぶつけてきているのかを。そんな社員たちをなんの努力もせずに妬み、悪く言う社員はうちの会社にはいらない‼」

今井社長……！　わかってくれていたんだ。私たちが戦略会議に備えて、いつもどれだけ努力してきたかを。

ふと亜美ちゃんと松島主任を見ると、ふたりも感極まって目を潤ませていた。

その姿に目頭が熱くなっていく。

なにも言わなくなった社員たちに、今井社長は怒りを露わにしていく。

「それと、なにやら近頃、俺のプライベートに関して、過剰な噂が流れているようだから言っておく」

するど、今井社長は素早く私の腕をつかみ、引き寄せた。

「え、今井社長……？」

驚いて彼を見上げると、彼の真剣な横顔が視界いっぱいに飛び込んできた。

今井社長は周囲を見回し、ひとりひとりに伝えるように言った。

「俺がどこの誰を好きになろうと、それに関して、お前らに迷惑はかけていないだろう⁉　それともなにか？　俺に好かれた女は皆、社員だったら馬場のように嫌な思いをさせられるのか⁉　勝手に写真をばらまかれて、今のように袋叩きにするのか⁉」

今井社長は、声も出せずに固まってしまっている佐久間くんを見据え、鋭い眼差しを向けた。

佐久間くんの表情が、一瞬にして強張る。

「俺が騙されているだと？　悪いが、俺の愛はそんな小さなことで消えるものじゃない。……知っているよ、彼女のことならなにもかも。第一、俺はこいつの外見に惹かれたんじゃない。すべてに惹かれたんだ」

え……今井社長、今なんて言った？

信じられない言葉に、目を丸くして彼を見つめてしまう。

「それと言っておくが、俺と馬場は付き合ってなどいない。俺の完全な片想いだ」

嘘でしょ？　今井社長が私のことを……？

バクバクとうるさい心臓。胸が痛くて呼吸するのも苦しい。

「根拠のない噂を鵜呑みにして誰かを傷つけるなんて、言語道断！　そんな社員には、厳重に処罰《しょばつ》を受けてもらう。それを今後、肝に銘じておくように」

厳しい口調で言うと、今井社長はそっと「行くぞ」と囁き、私の腕をつかんだまま、エレベーターホールのほうへとズンズン足を進めていく。

そんな今井社長に、私は腕を引かれるがままついていくだけで精一杯。

だって、今井社長が助けてくれたことも、私のすべてを知っていると言ってくれたことも、こうやって連れ去ってくれていることも……すべてが夢のように思えてならない。

背後から亜美ちゃんの嬉しそうな叫び声や、女子社員たちの悲鳴が聞こえる中、向かったエレベーターの前には浅野さんの姿があり、私と今井社長が来るとすぐにドアを開けてくれた。

「どうぞ」

「サンキュ」

そのまま今井社長と共に乗り込むと、すぐに浅野さんも乗り込み、ドアが閉まって上昇していく。

つかまれたままの腕が熱い。

あっという間に最上階に辿り着き、ドアが開かれる。

浅野さんは私たちが降りたのを確認すると、エレベーターに乗ったまま頭を下げ、ゆっくりとドアを閉めた。それを見届けたあと、今井社長はまっすぐ社長室に向かっていった。

初めて足を踏み入れる社長室は、会長室と同じくらいの広さがあり、やはり窓から差し込む太陽の日差しが心地よかった。

ドアを閉めると、今井社長は奥へと進み、私を中央にあるソファに座らせる。そして膝を床について、私と向かい合った。

正面から真剣な眼差しを向けられ、ドキッとしてしまう。

今井社長は私のすべてを見るように、瞬きもせず切れ長の瞳を大きく揺らしていた。

どれくらいの時間、見つめられていただろうか。耐え切れなくなり、先に口を開いたのは私だった。

「あのっ……すみませんでした」

声が震えてしまう。会ったら伝えたいことがたくさんあった。なのに、謝ることしかできない。本人を目の前にしたら、頭の中が真っ白になってしまったよ。

それに、さっきの情景が頭をよぎる。

今井社長の物言いからして、あの写真を見たってことだよね？　隣に住む長日部さんが、私だって知ったってことだよね？　それよりも皆の前で言ってくれた、今井社長の言葉は……？　あれは本心？　それとも私を庇うため？

なにも言わない今井社長の真意を知りたくて見つめ返すと、彼の手がそっと私の頬に触れた。

一瞬、くすぐったさに目をつぶってしまうも、すぐに瞼を開けると、探るような目で私を見る彼と、再び視線がかち合う。

「なぁ、本当に馬場が長日部さん……なんだよな？　ってことは、その……素の俺も知っているんだよな？」

私の答えを待つ今井社長に覚悟を決め、大きく首を縦に振った。

「すみません、騙すつもりはなかったんです。最初は今井社長だと知らなくて――」

「もういい」

私の声を遮ると、今井社長は力一杯、私の身体を抱きしめてきた。

一瞬にして包まれる彼の温もりに、クラクラしてしまう。

彼の大きな手が私の背中や頭を優しく撫でていく。

「浅野から社内メールのことを聞いて、慌てて仕事を早く切り上げて戻ってきたんだが、正解だった。……悪かったな、俺のせいであんな嫌な思いをさせてしまって」

「そんなっ……！」

ゆっくりと離されていく身体。

至近距離の今井社長は、申し訳なさそうに眉尻を下げ、謝ってきた。

謝るべきなのは私のほうだ。

唇をギュッと噛みしめ、両手でそっと彼の胸元を押す。

少しだけできた、私と彼の距離。

それでも、今井社長の顔は予想以上に間近にあって、息を呑んでしまう。一瞬怖《お》じ気づいてしまったけれど、すぐに自分を奮い立たせた。

ダメ、ちゃんと伝えるって決めていたじゃない。

まっすぐ今井社長を見据え、自分の想いを語っていった。

「すみませんでした。私……会長に最初に呼び出された日に、今井社長と山本さんが同じ人だと聞かされて知っていたのに、なかなか自分のことを明かせなくて……。でも今日、今井社長にすべて打ち明けるつもりでした。ちゃんとこうして、面と向かって自分の口から伝えて、謝りたかったんです。……本当にすみませんでした」

すると、今井社長はゆっくりと首を横に振った。

「それはお互い様だろ？　……なんか恥ずかしいな、素の自分を知られているから余計に」

フッと笑い、照れ臭そうに鼻をかく姿に、胸が締めつけられていく。

それだけなの？　私、嘘をついていたのに。それになにより、会社と家での私の違いを知って、なんとも思わないの？

「今井社長は……引かないんですか？」

たまらず、震える声で聞いてしまった。

彼がどう思っているのか知りたい。

「なにに対して？」

すぐに尋ねてきた彼に、想いをぶつけていく。

「だって私、会社と家ではだいぶ見た目が違いますしっ……！　幻滅しなかったんですか？」

大抵の人は、あの見た目にいい印象を受けないはず。会社での私を知っているなら、余計に。現に仙田くんや社内メールを見た多くの社員には、暴言を吐かれてしまったのだから。

先ほどの仙田くんや佐久間くん、周囲を取り囲んでいた社員たちの視線を思い出すと、胸がズキッと痛んでうつむいてしまった。

「するわけないだろ？」

力強い声が聞こえた瞬間、両手がギュッと握りしめられた。

私が顔を上げると、今井社長は口元を緩めた。

「それを言ったら、俺も同じだろ？　お前こそ幻滅しないのか？　普段の俺は冴えない男なのに。おまけに、愛犬に夢中だし」

「……っ！　幻滅なんてするわけないじゃないですか！」

思わず声をあげると、彼は目をパチクリさせたあと、とろけてしまうんじゃないかってほど優しく微笑んだ。

「俺も同じだよ。……第一、さっき俺が言ったことを忘れたのか？」

「――え、わっ⁉」

突然、彼が私の額に自分の額をコツンと当ててきたものだから、色気のない声をあげてしまった。

あまりの至近距離に、胸が締めつけられて苦しくなっていく。

すると今井社長はクスリと笑ったあと、囁くように言った。

「俺は馬場に片想いしているって。……お前のすべてに惹かれたって言っただろ？」

彼の言葉に、先ほどの記憶が蘇っていく。あれは本当なの？　本当に今井社長は私のことを……？

すぐには信じることができなくて、トクントクンと胸の鼓動がせわしなくなる。

彼に釘付けになっていると、今井社長は私からゆっくりと離れ、繋いでいた手を包み込むように握りしめた。

「馬場のことをもっと知りたいと思っていた。不思議となんでも話せて、一緒にいると楽しくて。それはきっと、お前が俺のすべてを受け入れてくれていたからだ」

甘い瞳が私の心を射抜く。

そして、彼の大きな手が私の頬を優しく包み込んだ。

「休日も仕事の日も、どちらも馬場と過ごしていたんだもんな。そりゃ、惹かれて当たり前だ。……好きだよ、会社で仕事を頑張るお前も、家でリラックスした姿でカイくんと過ごすお前も。全部が愛おしい」

「今井社長……」

「これからもずっと一緒にいたいと思えるほど、好きでたまらない」

夢みたいな彼の言葉に、涙がぽろぽろとこぼれていく。

今井社長は私の頬を優しく拭いながら、かすれた声で言った。

「お前は……？　お前は俺のこと、どう思ってくれている？」

不安げな声で聞いてきた今井社長に、感情は昂っていき、彼の胸の中に自ら飛び込んだ。そして、感情を溢れるままに彼に伝えた。

「私も、今井社長のことが大好きですっ……！　最初は正直、苦手でした。……でも、今井社長は引っ越しの挨拶をしに来てくれた時、素の私を見ても全然引かないでいてくれて、一緒にいると心穏やかになれて……」

涙をこらえながら、必死に自分の想いを伝えていく。そんな私の背中を今井社長は優しく撫で始めた。

「会社で今井社長と話す機会が増えて、今井社長のことを知れば知るほど惹かれていって。言葉とは裏腹にいつも優しくて、ちょっと不器用なところも少し子供っぽいところも、すべてが大好きです。……嘘をついていてごめんなさい。すぐに本当のことを言えなくて、ごめんなさいっ」

堰《せき》を切ったように溢れだす気持ち。やっと伝えられた、私の気持ちすべてを。

鼻を啜り、心を落ち着かせるように大きく深呼吸をすると、ゆっくりと身体が離されていく。そして、今井社長の長い指が、私の涙をそっと拭ってくれた。

あどけなく笑う彼の笑顔に、目が離せない。

「ありがとう、こんな俺のことを好きになってくれて。それと、謝るなよ。……言ったただろ？　どんなお前も好きだって」

「今井社ちょ──」

言葉が続かなかった。彼にあっという間に口を塞がれてしまったから。

「んっ……」

一度唇が離れたけれど、すぐにまた塞がれてしまった。

何度も何度も角度を変えながら落とされるキスに、胸の奥がギュッと締めつけられて苦しい。甘くてとろけてしまいそうなキスに、涙も止まってしまう。

気づけば私の腕は〝もっと〟と伝えるように、彼の背中に回されていた。

夢みたいだ。今井社長が私を好き、だなんて。オフスタイルの私を知ったうえで、好きになってくれたなんて。

次第に深くなっていく口づけ。お互いの漏れる吐息が鼓膜を刺激していく。
好きって気持ちが込み上げてくる。
今井社長が好き。……大好き。
彼に唇を奪われながら、何度も心の中で伝えた。

「どうぞ」

「お邪魔します」

この日の夜、カイくんと共にやってきたのは、隣の今井社長の部屋。

一歩足を踏み入れると、すぐに気づいたラブちゃんが姿を見せた。

「ワンワンッ！」

二匹は互いに駆け寄り、対面を果たすと、嬉しそうにじゃれ合い始めた。

その姿に今井社長とふたり、顔を見合わせて笑ってしまった。

「コーヒーでいいか？」

「あ、はい！　すみません」

通されたリビングのソファに座って待っていると、彼からマグカップを手渡された。

すると迷いなく隣に腰かけてきたものだから、心臓が飛び跳ねてしまう。

それに気づいた彼は、クスクスと笑いだした。

「なにを今さら。ラブたちを見習え。あんなにイチャついているんだぞ」

今井社長の言う通り、久し振りに会えたふたりは、終始ラブラブ。

けれど、カイくんとラブちゃんのようにはいかないよ。好きだからこそ、緊張しちゃうものじゃない。

マグカップをギュッと握りしめてしまう。

すると、彼は手にしていたカップをテーブルに置き、身体をこちらに向けた。

「午後の勤務は大丈夫だったか？　なにか言われたりしなかったか？」

心配そうに眉を寄せて尋ねてきた彼を安心させたくて、笑って伝えた。

「大丈夫です。第一企画部の皆がいますし」

それに、今井社長が社員たちに釘を差してくれたおかげで、表立った悪口は言われなかった。

「そうか、ならよかった」

私の話を聞いてホッとしたのか、今井社長は顔を綻ばせた。

本気で心配してくれていたのが伝わってきて、胸が熱くなる。

こういうところも、本当に好きって再認識させられてしまうよ。

「今井社長のほうこそ、大丈夫でしたか？　仕事、早めに切り上げてきてくれたんですよね？」

心配になって、今度は私が尋ねると、彼はクスリと笑った。

「俺を誰だと思ってるんだ？　そんなの大丈夫に決まっているだろ？　……それに、今日は仕事するより、お前と一緒に過ごしたかったし」

ドキッとする言葉に、恥ずかしくなってオロオロしてしまうと、今井社長はますます口元を緩め、私が手にしていたマグカップを奪い取り、私を抱き寄せた。

一瞬にして包まれる彼の温もりに、心拍数が上がってしまう。でも嫌じゃない。心地よくて幸せな気持ちで満たされていく。

「ありがとうな、馬場。……お前のおかげで、あの日、祖父さんと久し振りにたくさん話ができたよ」

私の髪に優しく触れながら、今井社長は話を続けた。

「これまでのことや自分の気持ち、それと祖父さんの気持ち……。互いに全部話し終えたあと、思わず笑っちまったよ。俺も祖父さんも似た者同士で。ずっと悩んでいたのがバカみたいに思えた」

「今井社長……」

嬉しそうに話す彼の声に、私まで嬉しくなる。

本当によかった。ふたりが、お互いの気持ちを伝え合うことができて。

「俺さ、ずっと祖父さんのことを誤解してたみたいだ。非情な人だと思っていたけど、本当は違ってた。誰よりも懐の深い人だった。……それに気づかせてくれて、ありがとうな」

首を横に振った。私はただ真実を伝えただけ。わかり合えたのは、今井社長が逃げずに会長のもとへ行ったからだよ。

「浅野から聞いていると思うけど、亡くなった両親は俺が幼い頃に離婚している。だから、俺は山本と名乗ったんだ。……それとオフのスタイルについてだが、これにもいろいろと事情があってな」

そう言うと、今井社長はすべて話してくれた。

「急激に身長が伸びた高校生の頃から、なぜか騒がれるようになって、それは日を追うごとに激しくなっていったんだ」

容易に想像できてしまう。学生時代の今井社長も、きっとカッコよかったのだろう。

「見ず知らずの人にいきなり声をかけられることもあって、それが少しトラウマになっていて。だから以前、引っ越してきたばかりの頃、近所の人に声をかけられても、うまく返すことができなかった」

そうだったんだ、だからあの時——。謎がひとつひとつ解けていく。

「騒がれるのにうんざりして、大学進学を機に、見た目を変えたんだ。コンタクトから眼鏡に変えて、髪もセットせずにボサボサにしたまま。服装もラフなものばかり。できるだけ目立たないように、わざと肩を縮こませて猫背にしていたんだ。そうしたら誰にも見向きもされなくなった。笑えるよな、所詮、外見でしか判断されていなかったんだから」

そう言って笑う彼だけれど、声が泣いているように聞こえた。

私が今井社長の立場だったら、悲しいと思う。本当の自分を知って好きになってくれないんだ、外見だけなんだと思うと悲しくなるよ。

たまらず今井社長の背中にギュッと腕を回すと、彼はクスリと笑った。

「言っておくけど、俺は好きであんな格好で過ごしているんだ。注目を浴びることなく、平穏に過ごせることが幸せだしな。でも、さすがに大学を卒業したあと、親父に言われたんだ。社会に出る以上、見た目だけはしっかりしろって。常に胸を張って前を向けって」

そうだったんだ……。だから会社と家で、あんなに違ったんだ。

「けれど、そんな親父が亡くなって、強くならないといけないと思った。若い分、ナメられないように、誰よりも仕事ができるようにならないといけないと。自分に厳しくすることで、威厳を保とうとしたのかもしれない。……祖父さんや親父が築き上げてきた大切な会社を、俺のせいでダメにしたくなかったから」

今井社長の思いが、痛いほど伝わってくる。今ならわかるよ。彼がどうして私たち社員に、傲慢な態度を取ってきたのかを。

「その反動で、私生活ではますますだらしなくなる一方だった。でもこのままじゃダメだと思って、家族が増えれば変わると安易に考え、ラブを飼い始めたんだ。けれど慣れない世話にすぐに根をあげて、シッターさんにお願いしてしまった。……でもさ、ラブはどんなに俺が遅い時間に帰宅しても、気づいて駆け寄ってきてくれたんだ。そんなラブと過ごしているうちに、もっとラブと一緒に過ごす時間が作れないかと思って、ここに引っ越してきた」

驚いた。今井社長は、最初からラブちゃんを溺愛していたものだとばかり思っていたから。

「これまですべて人にお願いしていたラブの世話は、極力自分でやるようにしたよ。まぁ、出張中だけは頼るしかなかったけどな。仕事にも慣れてきた頃だったし、少しずつ自分の時間も持てるようになったこともあって、心に余裕ができてきた。……そんな時、お前と出会えたんだ」

すると頭上から、クククッと声を押し殺すようにして笑う、今井社長の声が聞こえてきた。

「それも、俺と似たような格好をしていて、ラブと同じラブラドールを飼っていて、溺愛していて？　おまけに価値観や波長が、ピッタリな女ときたもんだ」

その言葉はすべて真実だけれど、おかしそうに言われてしまうと、彼の腕の中で苦笑いしてしまう。

「会ってすぐに親近感を覚えた。だから人と話すことが苦手だったのに、お前とは不思議と自然体で話せたんだ。……惹かれない理由がないだろ？」

急に身体を離され「な？」と同意を求められると、顔が一気に熱くなっていく。だって、そんなこと聞かれても、反応に困るから。

たまらず視線を泳がしていると、彼は話を続けた。

「でも厄介なことに、会社でなにかと突っかかってくる部下のことも、気になり始めた。俺は一体どっちが好きなんだって葛藤していた時、祖父さんの企てで出張を共にして。……空港で言われた言葉に、完全に心を奪われたよ。あぁ、こいつのこと好きだなって。気づいたら抱き寄せていた。……危うく唇にキスしそうになったのを、どうにか頬にとどめてな」

今井社長の顔が近づいてきて、あっという間に唇を奪われていく。

すぐに唇は離され、意地悪な顔をして「こんな風にな」と囁かれた瞬間、恥ずかしくて思わず「最低です」なんて可愛げのないことを言ってしまった。

なのに、今井社長は愛しそうに、私を見つめてくる。

「馬場があの日、俺に『長日部』と名乗ったのは、俺が表札を見て勘違いしたからだろ？　ただの隣人に、いちいち説明するのが面倒だったんだろ？」

なにもかもを見透かしたような目に、私は頷いた。

「はい、ここは伯母名義のマンションなんです。私はただ住まわせてもらっているだけで。……今井社長のおっしゃる通り、挨拶を交わすだけの隣人に、わざわざ説明して名乗らなくてもいいと思いまして……」

言葉を濁すと、今井社長はクシャッと笑い、「だと思った」と言った。

その表情に、また胸が騒がしくなる。彼の笑顔は素敵すぎる。会社では笑わないからかな？　こんなにも眩しく見えてしまうのは。

そして、今井社長は嬉しそうに話しだした。

「あの日、お前が名乗ってくれなかったから、今の俺たちがあるのかもしれないな」

得意げに話す今井社長だけれど、そこはしっかりと訂正したい。

「私は、たとえ山本さんと出会わなかったとしても、会社で仕事を通して一緒に過ごす時間を重ねていったら、間違いなく今井社長を好きになっていたと思います。……仕事に取り組む姿勢も、社員を思う気持ちにも、そして今井社長の人柄にも、惹かれるものがたくさんありましたから」

頬を緩めて伝えると、今井社長は驚き固まったあと、私の身体を力一杯、抱きしめてきた。

「わっ！ 今井社長⁉」

びっくりして、色気のない声を出してしまった。

けれど、今井社長はかまうことなく苦しいほど抱きしめてくる。

「俺も。……俺も、馬場のすべてに惹かれていたと思う。たとえ、あとから普段の姿を見せられたとしても、な」

今井社長……。

嬉しさを噛みしめていると、再び身体を離されてキスが落とされる。啄《ついば》むようなキスを何度もされ、次第に深くなっていく口づけに、息苦しさを覚えていく。

「今井社長っ……」

「黙って」

わずかな隙をついて声をあげても、すぐにキスで遮られてしまう。キスだけでこんなに苦しいくらいドキドキするのは、初めてかもしれない。いつの間にか羞恥心も忘れてしまうくらい、今井社長とのキスに溺れていた。

「かすみ……」

初めて下の名前で呼ばれて胸がキュンと鳴り、身体の力が一気に抜け、そのままソファに倒れ込んでしまった。

「今井社長……」

すかさず覆い被さってくる彼の瞳は男の色気を含んでいて、心臓がうるさい。至近距離で見つめ合ったまま、再び唇を重ねようとしたその時――。

「ワンワンッ！」

「え、わっ！」

突然、ラブちゃんとカイくんが、私たちのもとへ駆け寄ってきた。

ラブちゃんはいつものように今井社長にじゃれつき、彼はたまらず私の上から退いていく。

そしてカイくんは……。

「ウ〜！　ワンッ‼」

なぜか今井社長に向かって歯をむき出しにし、威嚇《いかく》し始めた。

「え、ちょっとカイくんどうしたの？」

慌てて上半身を起こしてカイくんを宥《なだ》めると、今井社長がカイくんを見て呟いた。

「もしかして俺、嫌われたのかもしれない」

「え？」

「俺に、かすみを取られると思ったんだろう」

苦笑いする彼に、カイくんを見つめてしまう。

嘘、カイくんが？

するとカイくんは鼻を「クゥーン」と鳴らし、すり寄ってきて、さっき感じた胸キュンとは違う思いが込み上げてきてしまう。

あぁ、もう。カイくんってば、どうしてこんなにも可愛いのだろうか。我慢できずに抱きしめてしまうと、今井社長は盛大なため息を漏らした。

「それに比べてラブ、お前は……。寂しくないのか？　俺がかすみに取られても」

「ワンッ！」

どうやらラブちゃんはなんとも思わないようで、すぐに今井社長のもとから離れ、カイくんのもとに駆け寄ってきた。

すると本気で落ち込む今井社長に、たまらず声をあげて笑ってしまった。

「おい、どうして笑う」

「すみません」

当然、彼は面白くなさそうに顔をしかめた。

口元を手で覆い、笑いをこらえたあと、今井社長のすぐ隣に座り直し、彼の肩に頭を預けた。

「おかしくて笑ったんじゃないんです。可愛いくて、その……今井社長のことが愛しいなって思えて」

「……なんだそれ」

面白くなさそうに言うと、今井社長は私の肩を押し、再びソファの上に押し倒した。

すぐに覆い被さってきた彼は、頬をほんのり赤く染めて私を見下ろしてくる。

「好きな女に可愛いって言われて、喜ぶ男がいると思うか?」

「んっ」

いきなりの深いキスに、翻弄されていく。

「今夜は覚悟しろよ」

妖《あや》しく笑う彼に、心臓が跳ねる。でも——。

「ワンッ‼」

許さないというように、今井社長の上にカイくんが飛び乗ってきたものだから、ふたりで顔を見合わせて笑ってしまった。

それから一年という月日が流れた。今井社長との関係が公認となっても、仕事は続けられている。それはきっと、今までと同じように接してくれる、第一企画部の皆のおかげだと思う。

そして恋人だからといって、一切、特別扱いせずに厳しく接してくれる今井社長のおかげ。今まで以上に、私は仕事に対してやりがいを感じていた。

一年前、今井社長が皆の前で気持ちを言ってくれたあと、社内で私に向けられていた視線や陰口は、徐々になくなっていった。そして社内メールを送信した佐久間くんと仙田くんは、地方の支店へと異動になった。

ふたりがしたことに対する処分だ、と社内ではもっぱらの噂だけれど、真相は違う。今井社長がふたりに配慮してくれたんだ。

あの時、エントランスで一部始終を見ていた社員はたくさんいて、今度はふたりに対しての悪い噂が、社内中に広まってしまったから。

『社内メールで拡散なんてひどすぎる』とか『ただの嫉妬で盗撮までしたなんて、最低』とか。悪口はどんどんエスカレートしていき、彼らは本社で仕事しづらい状況に陥っていた。

だからこそ、今井社長はふたりを異動させたのだ。本社での噂が広まっていない、離れた地方の支店へ。そこで心機一転して、頑張ってほしいという願いを込めて。実に今井社長らしいと思った。彼は社員を大切にするから。

仙田くんは異動する前に、私に直接『ごめん』と謝罪してくれた。

仙田くんや佐久間くんのしたことは許せないけれど、それでも今まで切磋琢磨してきた同期だ。新たな気持ちで頑張ってほしい、と心から思っている。

今井社長と会長の関係も少しずつだけれど、改善してきていると思う。

会長が退院すると、すぐに今井社長とふたりで会いに行った。その場で私たちのことを報告すると、会長は泣いて喜び、『ひ孫を抱くまで死ねん』と言って、私たちを安心させてくれた。

その日の帰り、浅野さんが車でマンションまで送ってくれたんだけど、そこで彼から耳を疑うようなことを聞かされた。

浅野さんは今井社長には彼女がいないことも、私と今井社長の気持ちにも、ずいぶん前から気づいていたとか。だからこそ、想いを伝え合わない私たちにヤキモキしていて、会長のパーティーに私を半ば無理やり出席させたらしい。出席した社員から噂が広まり、噂をきっかけに私たちがうまくまとまればいいと思って。

よく考えれば、今井社長に本物の彼女がいると知っていながら、業界中に私をお披露目させるなんて無茶なこと、仕事のデキる浅野さんがするわけないよね。『皆にはあとで私のほうから否定する』なんて言われて、私はうまく乗せられたようだ。

そんな私たちが付き合い始めて、心底ほっとしたと嬉しそうに話してくれた。

そして有言実行する会長の行動は、素早かった。会長は私たちの知らないところで、私の両親や由美ちゃんとコンタクトを取り、私たちの関係は両家公認となった。

特に会長と由美ちゃんは、同じ経営者として意気投合したようで、度々私たちも交えて食事の機会を設け、経営話に花を咲かせている。もちろん、そこに今井社長も加わり、時々私の存在が忘れられてしまうほどだ。

今井社長は会長と仕事のこと以外にも、いろいろと話しているらしい。その時の様子を、彼が照れ臭そうに話してくれる機会が増えて嬉しく思う。

ちなみに、由美ちゃんには約束通り、一番に彼を紹介した。その時の今井社長はラフな格好だったけれど、次に両親たちの顔合わせの場で会った時は、きっちりとした姿だったから、由美ちゃんはひどく驚いていた。

あの時の由美ちゃんのびっくりした顔を思い出すと、今でも笑えてしまう。

そんな由美ちゃんは、近々付き合っている彼氏と籍を入れる、と嬉しそうに報告してくれた。

『悩みの種がやっとなくなったから』なんて、皮肉交じりに言われちゃったけど。

三周年限定商品のフラワーチョコレートも、見事ターゲット層に受け、一時生産が追いつかないほどの人気を博した。

これを機に大久保さんは事業を拡大し、今では我が社の大切な取引先となっている。


そして、さらに半年後――。

都内の有名なホテルにあるレストランの個室で、窓の外に光り輝く夜景をバックに、彼……大喜さんは胸元のポケットからある物を取り出し、そっと私の前に差し出した。

「かすみ……俺と結婚してくれないか？」

シンプルだけど愛を感じるプロポーズの言葉に、指輪が入ったケースと彼を何度も交互に見つめてしまう。

大喜さんは愛しそうに目を細めた。

「これから先の未来も、ずっとかすみと一緒にいたい。……なにがあっても幸せにする。だから、俺と結婚してほしい」

繰り返されるプロポーズの言葉に、目頭が熱くなっていく。

信じられなくて、でも嬉しくて。いろいろな感情が溢れて止まらない。

「かすみと一緒にいられるだけで、俺は毎日幸せだから。……ラブやカイくん、それと、いつか新しい家族を迎えて幸せに生きていこう」

「……は、い」

返事をするだけで精一杯だった。それくらい嬉しかったから。

すると大喜さんは顔をクシャッと崩し、目尻に皺をいっぱい作って笑った。

私も大喜さんと一緒にいられるだけで幸せ。今の幸せをこの先もずっと感じていたい。大好きな大喜さん、カイくんとラブちゃん。……そして、いつか生まれてきてくれる大切な命と共に。

どんな私も、まるごと愛してくれる彼となら、そんな幸せな未来がきっとやってくるはず。

彼が左手薬指にはめてくれた指輪のように、キラキラと光り輝く幸せな未来が。

特別書下ろし番外編

未来は幸せで満ち溢れている

大喜さんにプロポーズされたあと、すぐに大切な人たちに見守られて挙げた結婚式から早一年。

結婚を機に、私たちは住んでいたマンションから一戸建ての新居へと引っ越した。新居には広い庭もあり、休日はカイくんとラブちゃんを、思いっ切り遊ばせることができる。

天気のいい日は大喜さんとふたり、ベランダでお茶をしたり、二匹と遊んだり。ふたりと二匹で暮らすには少々広すぎる一軒家で、幸せな生活を送っていた。

そんな幸せな日曜日の昼下がり。大喜さんは私が食器棚から食器を取るところを見てギョッとし、慌てて駆け寄ってきた。

「かすみ、そういうのはしばらく俺がやるって言っただろ？」

「え、でも……」

「いいから！」

私が手にしていた食器を奪うと、大喜さんは小さく息を漏らした。

「今が大切な時期だってわかってるのか？　お願いだから、安定期に入るまでは安静にしてろ」

　心底、心配そうに私を見つめる彼に、思わず笑みがこぼれてしまう。

　先日、産婦人科医院へ行ったところ、妊娠九週目ということが判明した。

　その日から大喜さんはずっとこうだ。私の身体を心配して、家のことはなにもかもやってくれている。

「やべ、そろそろ祖父さんたちが来る時間だな」

　時計を見て、慌てだす大喜さん。実は今日、会長を招いて妊娠の報告をする予定になっている。

「やっぱり私も手伝います。運ぶくらい平気ですから」

　大喜さんの言う通り、約束の時間まで三十分を切っている。ひとりで準備するより、ふたりでしたほうが早い。それなのに……。

「じゃあ本当、運ぶだけでいいからな。無理するなよ？　無理して、来週行けなくなったら大変だ。かすみのご両親へも、直接会って報告したいんだから」

　そうなのだ。本当は私の両親も今日来るはずだったのに、タイミング悪くお父さんが昨日ぎっくり腰をやってしまい、来られなくなってしまったのだ。

「すみません。大喜さん、仕事忙しいのに」

申し訳なく思っていると、彼は手にしていたお皿をテーブルに置いて、私の身体をそっと抱き寄せた。

「なに言ってんだよ、仕事より大切なことだろ?」

「大喜さん……」

結婚して一年も経つというのに、優しく微笑む彼に、いまだにドキドキしてしまう。

そっと瞼を開ければ、大好きな彼が私に熱い眼差しを向けている。

見つめ合い、ゆっくりと重なる唇。

嬉しくなって、ふたりで顔を見合わせて笑ってしまう。

「ワンッ!」

そんな私たちを現実世界へ引き戻すように、カイくんとラブちゃんが足元にやってきた。

私たちは互いにクスリと笑ったあと、協力して準備を進めていった。

「ラブちゃん、カイくん、元気にしとったかい?」

「ワンッ」

「ワンッ」

時間通りやってきた会長に、すっかり懐いてしまったカイくんとラブちゃん。早速、お出迎えしてくれた。

「祖父さん、いらっしゃい。それと浅野も悪いな、休日まで付き合わせて」

私たちも玄関へ向かい、出迎える。

会長の後ろには、いつものスーツ姿ではなく、ラフな私服姿の浅野さんがいた。

「いいえ、お気になさらず。私が好きで会長についてきただけですので」

犬が苦手な浅野さんは、カイくんとラブちゃんを何度も見ながら、恐る恐る玄関へ入ってきた。

実は、浅野さんがこうして私たちの新居を訪れるのは、初めてではない。

会社以外では、ずっと山本姓を名乗っていた大喜さんだけれど、結婚を機に今井姓に変更した。

その報告を聞いた時の会長は嬉しそうで、涙ぐんでいて。私まで泣きそうになってしまったくらいだった。

一般家庭の祖父と孫に比べたら、まだまだよそよそしいところはあるけれど、ふたりの関係は確実にいい方向へ進んでいると思う。

なぜなら会長は今では、毎月のように我が家まで来てくれているから。大喜さんと私との結婚が決まってからというもの、会長は心臓を患っているのが嘘のように、元気になっていった。

最初は私たちの結納《ゆいのう》に出席するため、その次は結婚式に出席するため。……そして今は、これから生まれてくるひ孫を抱くため。

浅野さんがお医者さんから聞いた話だと、『目標や生きがいがあると、驚異的な回復力を見せることがある』とか。

けれど、いつどこで急変するかわからない。

だからこそ浅野さんは会長のことが心配で、こうして休日も関係なしに、会長に付き添っているようだ。我が家に訪れる際も、必ず。

「上がって、今食事の準備するから」

「すまんね、お邪魔するよ」

「どうぞ」

ふたりを招き入れ、四人と二匹で楽しいひと時を過ごしていった。

「はい、かすみの分」

「すみません、大喜さん」

食事だけでなく、片づけや食後のコーヒーの準備まで、ほとんど彼ひとりにやってもらってしまった。座ったままなのが申し訳ないほどに。

「いいから。かすみは紅茶な」

最後に私の分の紅茶と、自分の分のコーヒーをテーブルに置くと、彼は私が座るソファの隣に腰を下ろした。

食事からの一部始終を見ていた会長は、コーヒーを啜りながら聞いてきた。

「かすみさん、お身体の調子があまりよろしくないのかな？　確か、最近会社を休まれたそうじゃが……」

「そうでしたね。なのに、私まで伺ってしまってすみません」

会長に続いて、浅野さんも申し訳なさそうに謝ってきた。

「いいえ、そんなっ……！」

慌ててふたりに言うと、隣に座る大喜さんは小声で「かすみ」と囁いた。隣を見ると、彼は頷き〝今話そう〟と目で合図を送ってきた。

今日話すと決めていたものの、いざ妊娠の報告をするとなると、緊張してしまう。

けれどそれは大喜さんも同じようで、彼の横顔は少し強張っているように見える。

「どうしたんだ、ふたり共。難しい顔をして」

なにも知らない会長と浅野さんは、首を傾げた。

大喜さんは意を決するように小さく深呼吸したあと、ふたりをまっすぐ見据えて言った。

「今日は、祖父さんに報告があって呼んだんだ。……本当はかすみのご両親も一緒に伝えたかったんだけどさ」

そう前置きをすると、大喜さんは会長に伝えた。

「祖父さん、かすみ……妊娠しているんだ。今、九週目」

「……本当ですか？　おめでとうございます！」

妊娠の報告に、浅野さんは歓喜の声をあげたものの、会長は微動だにせず、目を何度もしばたたかせた。

私も大喜さんも報告した瞬間、誰よりも声をあげて喜んでくれるのは会長とばかり思っていたから、戸惑いを隠せず顔を見合わせてしまう。

「会長、おめでとうございます！　念願のひ孫ですよ!?」

「あ……あぁ」

浅野さんの言葉に会長はどうにか返事をするものの、いまだに信じられないような目で私と大喜さんを交互に見てきた。

「……本当にかすみさん、妊娠……しておるのかい？」

そして恐る恐る問いかけてきた会長に、私は大きく頷いた。

「そうか、大喜も父親に……」

自分に言い聞かせるように呟くと、会長の目は次第に赤く染まり始め、大粒の涙がこぼれ始めた。

「え、会長？」

「どうしたんだよ、祖父さん」

戸惑いを隠せない私たちに、会長は涙を拭いながら胸の内を話してくれた。

「すまん、嬉しくてな。……幼い頃からつらい思いばかりさせてきたから余計に。それだけじゃない、両親を亡くし、会社という重圧まで背負わせてしまって……っ。だからこそ、大喜には幸せになってもらいたかった。お前に家族ができるまでは、死ぬわけにはいかないとっ」

「祖父さん……」

会長の思いに目頭が熱くなっていく。

けれどそれは私だけではないようで、浅野さんもそっとハンカチを取り出し、背を向けて目元を拭っていた。

「これで、いつお迎えが来ても、安心して逝《い》けるわい」

目を赤くさせたまま笑う会長に、大喜さんはたまらず声をあげた。

「なに言ってんだよ！　そう簡単に、父さんたちのもとへ行かせるわけがねぇだろ？　父さんと母さんの分まで、生まれてくる子供と過ごしてやってよ」

「大喜……」

ダメだな、我慢できないや。溢れる涙を手で拭う。

少しずつ改善してきたとはいえ、大喜さんと会長は、どことなくぎこちない時もあり、なんて不器用なふたりなんだろうって思っていた。でも、きっともう大丈夫だよね。大喜さんも会長も、互いに素直に感情を伝え合えるようになったのだから。

「それに、俺はまだ経営者として半人前だ。……もう少し教えてよ、いろいろと」

照れ臭いのか目を泳がせながら話す大喜さんに、会長は目を細めて笑った。

「そうじゃな、わしもまだまだ死ねんな」

「そうですよ、会長。今度はひ孫さんが成人して、結婚するまで頑張らないと」

ハンカチを握りしめて言う浅野さんに、三人で声をあげて笑ってしまった。

私も、きっと大喜さんも、同じ気持ちだ。会長には、いつまでも私たちと一緒に生きていてほしいと、切に願ってしまうよ。

「かすみ、大丈夫か？　そのお腹じゃ、動くのも大変だろ？」

「平気ですよ。それになるべく動いたほうがいいんです」

月日は流れ、妊娠九ヵ月目に入った。

お腹は大きく膨れ上がり、胎動を感じることもしばしば。

先週から産休に入っているものの、大喜さんの計らいで家政婦さんを雇ってくれて、家事やカイくんとラブちゃんの散歩をお願いしてしまっている。

「もうそろそろ会えるな」

ふたりでソファに並んで座っていると、大喜さんは愛しそうに私のお腹を優しく撫でてくれた。

「可愛いだろうな、かすみとの子供」

まるで少年のように目を輝かせて私を見てくるものだから、思わず笑ってしまった。

「間違いなく可愛いですね」

おどけて言うと、大喜さんが「ふたりして親バカだな」なんて言いだしたものだから、互いに声をあげて笑ってしまった。

「あの、でも本当にいいんですか？　……出産後も仕事を続けて」

リラックスしながらも、ずっと気に病んでいたことを彼に問いかけた。

仕事は好きだし、続けられるのなら続けたい。……でも、育児と両立できるか心配だし、大喜さんは社長という立場にある。だから出産を機に、家庭に入ることも考えていた。

すると、大喜さんは私の肩に腕を回し、そっと抱き寄せた。彼の肩に頭を預けると、大喜さんは私の髪に優しく触れながら話しだした。

「いいに決まってる。それにかすみだって、まだ仕事を続けたいんだろ？」

「……はい」

あぁ、やっぱり大喜さんには、私の気持ちなんてお見通しのようだ。

「だと思った。……俺と結婚したことで、我慢させたくないんだ。続けたいなら続けてほしい」

「大喜さん……」

彼の優しさに胸を熱くする中、彼がクスリと笑って言った。

「それに戦略会議で俺に歯向かうヤツがいないと、俺もやりがいを感じられないしな」

からかい口調で言ってきた彼に、面食らってしまう。

すぐに顔を上げて彼を見ると、ニヤリと口角を上げていた。

その姿を見て彼を睨むものの、いつの間にか一緒になって笑ってしまっていた。

大喜さんと過ごす日々は満たされていて、時々幸せすぎて怖くなるくらい。

きっと、子育ては大変だと思う。それなのに仕事も……となると不安ではあるけれど、大喜さんがそばにいてくれるなら、どんなにつらい日々も喜びに変えられるはず。

この先もずっと——。


三年後——。

「浅野から聞いたけど、今日も祖父さん、保育所へ迎えに行ったんだって？」

「そうみたいなんです。助かりましたけど、なんだか申し訳なくて……」

大喜さんが帰宅後、子供部屋のベッドの上で幸せそうにスヤスヤと眠る息子、大地《だいち》の寝顔を、ふたりでしゃがみ込んで眺める。

大地が生まれてから、今日まであっという間だった。初めての子育てに戸惑うことばかりで、お母さんや由美ちゃんに聞いてばかり。

そんな中、職場に復帰したものの、最初の頃は両立が大変だった。

けれど大喜さんや両親に由美ちゃん、特に昨年仕事を引退した会長にお世話になりながら、どうにか奮闘している。

「まぁ、祖父さん、仕事に行かなくなってから大地の面倒を見てばかりだからな。この前、定期検診に付き添った時、医者も『驚異的な回復力だ』って驚いてたし、大地は祖父さんの元気のもとなんだから、気にするな」

「そうかもしれないですけど……」

大地を起こさないように、ふたりでそっと立ち上がって子供部屋をあとにし、廊下に出た。

それでも迷惑をかけていることには変わりないから、申し訳なくなってしまう。

「祖父さんの健康のためだと思って、任せられることは任せればいい。その分かすみは仕事に専念すればいいし、休める時は休めばいい。俺も父親にしかできないことを、精一杯するつもりだから」

「大喜さん……」

昔からそうだけど、大喜さんは私が落ち込んでいる時、いつもこうして与えてくれる。彼のひと言で元気になれてしまうくらい、とびっきり優しい魔法の言葉を。

「俺たち、親としてはまだまだ半人前だろ？　最初からすべてうまくできるわけがないんだから、そんなに気負うなよ」

「……はい」

お互い見つめ合い、クスリと笑ってしまう。

「ラブやカイくんも寝ているし、たまには一緒に風呂でも入ろうか？」

「……えっ」

突然の提案にギョッとしてしまうと、彼はそんな私の反応を予想していたかのように、口元を押さえて笑いだした。

からかわれたんだ。

ジロリと彼を睨むと、「ごめん」と謝りながら、そっと肩を引き寄せてくる。

「幸せすぎてたまに怖くなる。……かすみがいて大地がいて。ラブやカイくんと笑い合って暮らせていることが。それに祖父さんとも、今までで一番いい関係が築けているしな」

そう言うと、大喜さんは私の耳元で囁いた。

「幸せだからさ、もっと幸せにならないか？」

「……え？」

「今度は俺、女の子がいいな」

彼の話に面食らってしまうも、嬉しさが込み上げてきて、自分から大喜さんの胸の中に飛び込んだ。

「私も、次は女の子がいいです」

顔だけ上げて彼に伝えれば、大喜さんは顔をクシャッとさせて笑ったあと、優しいキスを落とした。何度も何度も角度を変えて、甘くてとろけそうなキスを――。

未来の話をすると、幸せな気持ちで満たされていく。仕事と家事、子育ての両立がつらくても、頑張ろうって思える。

大喜さん、これからも幸せに暮らしましょう。

大切な存在と共に、ずっとずっと――。

END

あとがき

　このたびは本作をお手に取ってくださり、ありがとうございました。田崎くるみです。ヒーローが社長という設定で初めて書いた本作、少しでもお楽しみいただけたでしょうか？

　社長とどうやったら出会えるのだろう。どんな風に恋に落ちるんだろう。そんな思いから生まれたお話でした。

　かすみの仕事ぶりは、社会人になって実際に私が感じたことや、経験したことだったりします。私は、人に任せるより自分でやったほうが早く終わるし、効率がいいと信じて疑わず、まさに作中のかすみと同じでした。

　だから、上司に『なんでも自分でやりすぎ』とよく言われていて、かすみが大喜からかけられた言葉は、実際に私が上司に指摘されて気づいたことでもあります。

　仕事を通して、相手のことをより深く知っていくことも、だからこそ知り得ることもあると思います。

かすみと大喜の関係は理想的ですよね。最初は嫌悪感を抱いていた相手でしたが、共に過ごし、仕事をしていく過程でお互いのことを認め、惹かれ合っていく……。なにより、自然体の自分でいられる相手と出会えることって、奇跡ですし、素敵だと思います。

たくさんの思いを詰め込んだこの作品。読んでくださった皆様に、少しでも伝わるものがあれば幸いです。

本作でも大変お世話になった説話社の額田様、三好様。そしてスターツ出版の皆様。細部に至るまで、ふたりを素敵に描いてくださった花岡美莉様。かすみが手にしている人気商品、『フラワーチョコレート』まで描いてくださって、嬉しかったです。なにより、いつも作品を読んでくださる皆様。本当にありがとうございました！

マイペースではありますが、読んでくださる皆様に少しでもお楽しみいただけるよう、今後も執筆活動を続けていきたいと思います。

またこのような素敵な機会を通して、皆様とお会いできることを願って……。

田崎《たさき》くるみ

田崎くるみ先生への
ファンレターのあて先

〒104-0031
東京都中央区京橋1-3-1
八重洲口大栄ビル7F
スターツ出版株式会社　書籍編集部　気付

田崎くるみ先生

本書へのご意見をお聞かせください

お買い上げいただき、ありがとうございます。
今後の編集の参考にさせていただきますので、
アンケートにお答えいただければ幸いです。

下記URLまたはQRコードから
アンケートページへお入りください。
http://www.berrys-cafe.jp/static/etc/bb

ツンデレ社長の甘い求愛

2017年5月10日　初版第1刷発行

著　　者　田崎くるみ

発 行 人　松島 滋
デザイン　カバー　菅野涼子（説話社）
フォーマット　hive&co.,ltd.
D T P　説話社
校　　正　株式会社　文字工房燦光
編　　集　額田百合　三好技知（ともに説話社）
発 行 所　スターツ出版株式会社
〒104-0031
東京都中央区京橋1-3-1　八重洲口大栄ビル7F
TEL　販売部　03-6202-0386（ご注文等に関するお問い合わせ）
URL　http://starts-pub.jp/
印 刷 所　大日本印刷株式会社

Printed in Japan

乱丁・落丁などの不良品はお取替えいたします。
上記販売部までお問い合わせください。
定価はカバーに記載されています。

ISBN 978-4-8137-0252-8　C0193

『腹黒エリートが甘くてズルいんです』

実花子《みかこ》・著

30歳、彼氏ナシ。人生停滞期のOL莉緒は、合コンで中学時代の同級生、酒井と再会する。しかも彼はあの頃よりもさらにかっこよく、一流企業の超エリートに変貌を遂げていた。ついに運命が!?と、ときめくもつかの間、彼の左手薬指にはキラリと輝く指輪があって…。

ISBN 978-4-8137-0251-1／定価：本体630円＋税

ベリーズ文庫
2017年5月発売

書店店頭にご希望の本がない場合は、
書店にてご注文いただけます。

『ツンデレ社長の甘い求愛』

田崎《たさき》くるみ・著

しっかり者OLのかすみは敏腕だけど厳しくて怖いイケメン社長、今井と意見を衝突させる日々。ある日、今井に「お前みたいな生意気な部下、嫌いじゃない」と甘い笑みを向けられ…。以来、不意打ちで優しくしてきたり、守ってくれたりする彼にときめき始めて…？

ISBN 978-4-8137-0252-8／定価：本体650円＋税

『イジワル御曹司に愛されています』

西《にし》ナナヲ・著

取引先の営業マンとして寿の会社に現れた、エリートイケメン・都筑。彼は偶然にも高校の同級生。御曹司で学校一目立っていた"勝ち組"の都筑が寿は苦手だった。でも再会したら、まるで別人のイイ男!?イジワルながらも優しく守ってくれる彼に胸が高鳴り…!?

ISBN 978-4-8137-0248-1／定価：本体640円＋税

『冷酷王太子はじゃじゃ馬な花嫁を手なずけたい』

佐倉伊織《さくらいおり》・著

大国の王太子・シャルヴェに嫁ぐことになった小国の姫・リリアーヌ。冷酷と噂される王太子が相手といえど幸せな結婚を夢見る彼女は「恋をしに参りました」と宣言。姫を気に入った王太子は、時にイジワルに、時に過保護なほどに寵愛するが、とある事件が起きて…。

ISBN 978-4-8137-0253-5／定価：本体640円＋税

『ホテル王と偽りマリアージュ』

水守恵蓮《みずもりえれん》・著

地味ＯＬ・椿は、イケメン御曹司・一哉と結婚し、誰もがうらやむ現代のシンデレラに！けれどそれは愛のない契約結婚だった。反抗心しかない椿だが「君は俺の嫁だろ」と独占欲を見せる一哉にドギマギして、契約外の恋心を抱いてしまい……!?

ISBN 978-4-8137-0249-8／定価：本体630円＋税

『カタブツ皇帝陛下は新妻への過保護がとまらない』

桃城猫緒《ももしろねこお》・著

内気な公爵令嬢のモニカは、絶対的権力者である皇帝・リュディガーからある日突然求婚される。迎えた新婚初夜、モニカは緊張のあまり失敗してしまう。そんなウブな妻を甘やかす、彼の独占愛に戸惑うモニカだが、実は幼い頃に不慮の事故で記憶を失っていて…。

ISBN 978-4-8137-0254-2／定価：本体620円＋税

『ただ今、政略結婚中！』

若菜《わかな》モモ・著

初恋相手である大企業のイケメン御曹司・隼人との政略結婚が決まった亜希。胸が高鳴るけれど、結婚式で再会した彼はそっけなく、勤務地のNYにすぐ戻ってしまう。愛されていないとショックを受けつつも隼人の元へ行った亜希に、彼は熱く深いキスをしてきて…。

ISBN 978-4-8137-0250-4／定価：本体650円＋税